# 神のロジック
# 次は誰の番ですか？

◆

西澤保彦

コスミック文庫

本書は文藝春秋より二〇〇三年五月に単行本、二〇〇六年九月に文庫として刊行された『神のロジック　人間のマジック』を改題したものです。本作品はフィクションであり、実在の個人・団体などとは一切関係がありません。

目次

Ⅰ …… 7
Ⅱ …… 75
Ⅲ …… 116
Ⅳ …… 173
Ⅴ …… 210
Ⅵ …… 224
Ⅶ …… 234
Ⅷ …… 251
Ⅸ …… 267
Ⅹ …… 303
解説 …… 大矢博子 329

# 〈学校《ファシリティ》〉見取図

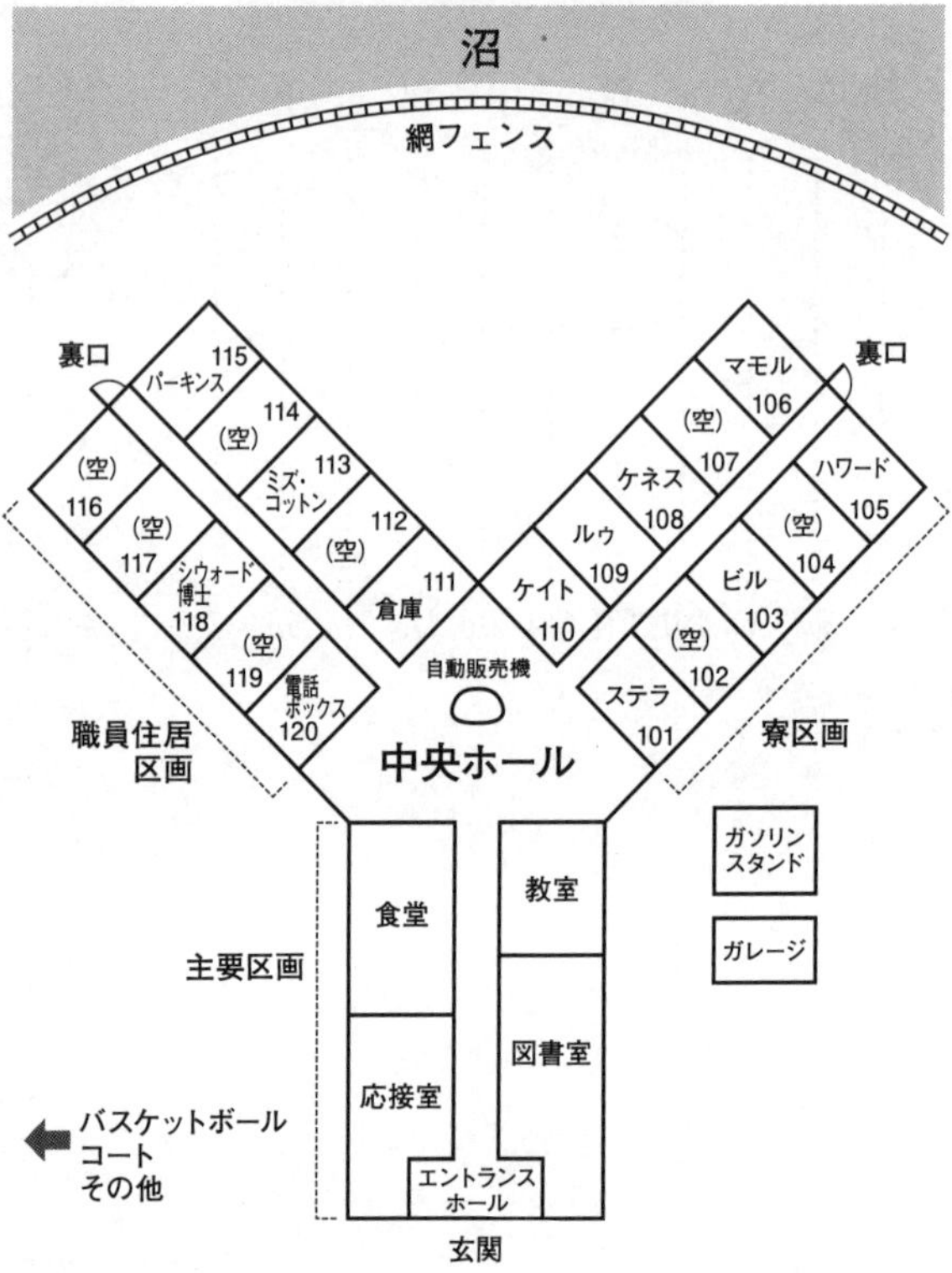

# 神のロジック　次は誰の番ですか？

主よ、あなたがわたしを欺《あざむ》かれたので、
わたしはその欺きに従いました。

――旧約聖書「エレミヤ書」第二〇章七節

赤や茶色の海藻にくるまった海の乙女のお伴して、
わたしたちは海の部屋にずいぶん長居して、
やっと人声に眼が醒めるかと思ったら、わたしたちは溺れてゆく。

――T・S・エリオット
「J・アルフレッド・プルーフロックの恋歌」

# I

変な夢を見た。内容そのものは、怖い、と言ってもいいと思う。でも、なんていうのか、全体的に滑稽な感じもあって。ともかく変。

こんな夢だ。気がつくとぼくは、不気味な館の中へ連れ込まれようとしていた。たしかに最初は、お父さんとお母さんに手を引かれて、見覚えのある自宅の近所を歩いていたはずなのに。いつの間にか両親は、見たこともない男のひとと女のひとの姿にすり替わっているのだ。なんとも言えない冷たい、冷たい眼でぼくを見下ろしてくる。歳はお父さんとお母さんと同じくらいか、いやそれとも少し上くらいだろうか。ふたりの中年男女は尻込みするぼくの手をむりやり引っ張り、そして背中を押して、その館の中へ入ってゆく。映画の中でしかお目にかかったことのないような、果てしなき地平線をバックにそびえる巨大な館へ。

館の奥のほうから黒っぽい服を着た女のひとが出てきて、ぼくたち三人を出迎える。歳は三十か、それとも四十くらいだろうか。両親と同じか、それとも少し下くらい。髪が茶色なのに加えて、その白い顔つきは明らかに日本人ではない。青い瞳のその女のひとは笑顔を浮かべて、何かをしきりに話しかけてくるんだけれど、ぼくにはそれが何語なのかも判らない。日本語でないことだけはたしかなんだけれど、判らないと言いながらもなんとなく、ほんとうになんとなくなんだけれど、彼女の言葉の内容を察知している自分がいるんだ——ようこそ、マモル、今日からあなたはここでわたしたちと一緒に暮らすのよ、と。

　夢の中のぼくには、そんな彼女の笑顔がまるで魔女か何かのそれのように思えて、ただ怯《おび》えるだけ。でも、そんな自分と自分を取り巻く状況を冷静に観察している、もうひとりのぼくがいた。なんだ、よく見たら彼女は〝校長先生《プリンシパル》〟じゃないか、と。どうやらぼくは、この〈学校《ファシリティ》〉へ連れてこられた日のことを憶《おも》い出しているらしい。その証拠に、〝校長先生《プリンシパル》〟に続いてメガネを掛けた小太りの中年男と、黒いメイド服を着たお婆さんにも続けて紹介された。もちろん〝寮長《RA》〟にミズ・コットンだ。いまのぼくには、それがよく判っている。判っているから怖くはない。けれど夢の中のもうひとりのぼくは、ただひたすら怯えているんだ。ふたりがまるで魔女の邪悪な召使のように思えて。すぐにでも、この館から逃げ出したがっている。

　ぼくをここへ連れてきたふたりの男女の姿は既に消えている。最初はお父さんとお母さんになりすます怪しいやつらめと反発していたぼくも、ふたりがいなくなったらなったで心細くなる。独りにしないでくれよと、ますます不安になってくる。黒っぽい服の女のひとに手を引かれ、館の奥へと連れてゆかれながら、いまにも泣き出してしまいそうだ。おいおい何も心配する必要なんてないんだぜ、もうひとりの自分にそう言って安心させてやりたいと思いながらも、夢を見ているこのぼく自身からして徐々に夢の雰囲気に流されてきたのか、胸の奥から悲鳴の衝動が湧いてくる。そしてその衝動は五人に紹介された時、頂点へと達したのだった。

五人——というより、その時のぼくの眼に彼らは五匹と呼ぶほうが正しく映った。それまで想像したこともなかったほど嫌らしくも醜い生き物。いや、化け物だった。どう説明したらいいんだろう、まるで塗り固めた泥を全身にまとい、それが崩れかかっているかのような、とにかくなんと言っていいか判らないほど不気味なその姿。その中でもひと際、異様にこちらへ迫ってくる彼らの眼。眼。眼。眼。また眼。人魂《ひとだま》のようにぼんやりと、それでいてきれいな宝石のように爛々《らんらん》と光る十個の玉。ここは既に、まともな世界ではない。人間がいるべき場所ではない。ぼくは恐怖のどん底へと突き落とされた。ここは魔界なのだ、と。両親から引き離された上、得体の知れない怪物たちの巣食う魔窟へと連れ込まれてしまったのだ、と。

夢というものの常で、悲鳴を上げようとしてもなかなかまともに声が出てくれない。もどかしくて、もどかしくって恐怖はますます募ってゆく。たすけて。誰かたすけて。ここからぼくを救い出して。お願い。お願いだよ。お父さんとお母さんのところへ帰してよ。

ぼくをおうちへ帰して。そう泣きじゃくっているっていうのに、もうひとりのぼくはおかしくておかしくて吹き出しそうだったりするんだ。おいおい、だからさっきから言っているだろ、何も怯える必要なんかないんだってば。みんな、化け物なんかじゃないさ、ちゃんとした人間だよ。しかも、よく知っている連中ばかりじゃないか。ほら。ステラに〝詩人《ポエト》〟、〝ちゅうりつ《ニュートラル》〟に〝けらい《オベイ》〟、そして〝妃殿下《ユアハイネス》〟だ。

そう。いまのぼくはちゃんと知っている。彼ら五人が異形の怪物なんかではない、ということを。みんな、ぼくと同じようにある日突然、家族から引き離され、この〈学　校《ファシリテイ》〉へと連れてこられた子供たちばかりなのだということを。でも一番最初にここへ来た時には、そんなことは判らなかった。自分がいまどこにいるのかも含めて、判ることは何ひとつなかった。周囲のすべては、ひとも物も悪意に満ちた暗黒にしか見えなかったのだ。けれど、いまはちがう。いまは。ちゃんと判っている。何もかも。そう納得するとともに五匹の魔物たちは徐々にその気味の悪い輪郭を溶かし、見慣れた顔、また顔へと変貌を遂げてゆく。五匹は五人になった。ほらね。よく見てみなよ。ステラがいる。〝詩人《ポエト》〟がいる。〝ちゅうりつ《ニュートラル》〟に〝けらい《オベイ》〟、そして〝妃殿下《ユアハイネス》〟。それぞれの顔を確認して安堵するとともに、ぼくは緩やかに目を覚ました。

目を覚ますと、見慣れた自室の天井がぼくを見下ろしている。ああ夢だったんだな。そう思ってもなかなか実感が湧かず、しばらくベッドの中でもやもやとした感じを持て余す。

変な夢だった。ほんとうに変な夢だった。夢の中のぼくはひたすら怯えて泣き叫んでいるのに、もうひとりのぼくはそんな自分をせせら笑っている。怖いのか、それとも滑稽なのか、自分でもよく判らない。そんなふうに混乱しているせいだろうか、いつになく夢の後味はかなり長い時間、ぼくを落ち着かない気分にさせた。ほんとうに現実へと戻ってきたのだろうか、と。それは錯覚で、実はまだ夢の中をさまよっているんじゃないだろうな、なんて。

気を取り直してベッドから這《は》い出た。バスルームへ入る。ベッドルームと同じくらいのサイズのスペースに、バスタブと便座がお互いに間抜けなくらい離れる形で、ぽつねんと設置されている。普通のユニットバスを見慣れた眼には、なんとも奇異に映る眺めだ。いまは慣れてきたけれど、最初のうちは便座に座っても周囲のだだっぴろさに身が竦《すく》んで、落ち着いて用が足せなかったものである。どうしてこんなに無駄なスペースを取っているのか。〝ちゅうりつ《ニュートラル》〟によれば、それはこの〈学校《ファシリティ》〉の建物がもともと病院だったからではないかという。なるほど。言われてみれば便座とバスタブの傍らには、起き上がる際に摑《つか》んで勢いをつけるためとおぼしきバーがそれぞれ取り付けられている。通常の何倍も広いスペースは、患者が用を足したりお風呂に入ったりするのを手助けする介護者が充分に動き回れるようにするためのものなのだろう。なかなか説得力があるんだけれど、でも仮にこの〝ちゅうりつ《ニュートラル》〟の説が正しいのだとしたら、ぼくたちは介護が必要な入院患者用の病室を改造したものを寮の個室として、それぞれ与えられていることになるわけで、そう考えると、かつての消毒液臭い面影は残らないようにきれいに改装されているとはいえ、なんだか複雑な気分になったりもする。

　用を足した後、ぼくはバスルームを出てベッドルームへ戻った。ベッドルームには、これもかつて病室だった時の名残りだろうか、隅っこに簡易キッチンがある。下の収納には調理器具もいろいろ放ったらかしにされているけれど、ぼくは食堂からこっそり材料をかっぱらってきて自分で料理をつくったりするほど器用じゃないので、もっぱら洗面のために使っている。水道の蛇口をひねり、冷たい水でざぶざぶと顔を洗った。ようやくすっきりしかけたぼくの眼に、ふとあるものが飛び込んでくる。壁に掛けられた鏡に映った、ぼく自身の顔である。水滴が頬をつたっていて、まるで泣いているみたい。見慣れた顔だ。生まれてから十一年間、ずっと慣れ親しんできた顔……のはずなのに、今朝は唐突に奇妙な妄想にかられる。なんだかこれってぼくの顔じゃないみたいだ、と。〈学校《ファシリテイ》〉の寮暮らしを始めてから、はや半年。だいぶこの環境に馴染《なじ》んできたとはいえ、ぼくが特殊な状況に置かれている現実に変わりはない。そのせいだろうか。ふとこんなふうに、もっとも見慣れているはずの身近なもの、例えば自分の手や自分の顔などが異質なモノに思えて仕方がなくなる時がある。今朝は特に、変な夢を見た直後だからだろうか、自分が、ひとりというより一匹と呼ぶべき存在になったかのような気がした。そう。やはりここは魔界なのではないか、そんな妄想が湧いてくる。ステラたちが五匹から五人に戻ったんじゃなくて、単にぼくのほうが、ひとりから一匹へと異形のモノに変貌を遂げ、彼らと同様になってしまっただけなんじゃないだろうか、と。

頭をぶるぶる振りたくって、ぼくは鏡から眼を逸らした。そういえば、このところ変な夢を見ることが多くなってきたような気がする。それが、何かは判らないんだけれど、悪い出来事が起こる前兆のような気がして、ひどく不安にかられる。もちろん、以前日本でごく平凡に、そして平和に過ごしていた時だってたびたび悪夢を見た。でもそれはほんとに単純な、怖い夢であったり、疲れる夢であったりするだけで、目覚めてから後も日常生活にまで侵略してきそうなほど強烈な何かが混ざったりはしていなかった。そんな差が生じるのは、やはりこの特殊な環境のせいなのだろう。ぼくは自分では、もうすっかり〈学校《ファシリティ》〉と寮の毎日に慣れたつもりでいるんだけれど、身体が拒否反応を示しているのかもしれない。こんなのは、ほんとうの自分の人生じゃない。そんな不満が夢という形を借りて、たまに噴き出してくる。きっと、そういうことなんだと思う。少なくとも、そんなふうに解釈するのが、ぼくにとっては精一杯だったんだ。この時はまだ。

顔をタオルで拭《ぬぐ》うと、着替えた。いつも寝る時はTシャツに短パンで、なんならそのままの格好で一日じゅう過ごしてもいいんだけれど、以前〝校長先生《プリンシパル》〟に「あら、マモルったら、だらしないのね。寝巻と普段着はきちんと区別しなければだめよ」と注意されたことがあるのだ。その時の〝校長先生《プリンシパル》〟はいつも通り穏やかな表情と口ぶりながら、どこかしら有無を言わせぬ迫力もあって、それ以来ずぼらなぼくもまめに着替えるようになった。でもよく考えてみたら、どうして〝校長先生《プリンシパル》〟はあの時、ぼくが寝巻がわりのTシャツを着たまま校内をうろうろしていると判ったんだろう？　ひょっとして〝校長先生《プリンシパル》〟って、ぼくたちが寝静まった後、こっそりとみんなの部屋を見回っているんじゃないだろうか？　そう疑ってしまう。寮の個室にはそれぞれ鍵が――おそらく病室から改造するとともに新しく――取り付けられてはいるものの、〝校長先生《プリンシパル》〟はマスターキーを持っているらしいと誰かから聞いたことがあるから、その気になれば夜中に部屋へ忍び込んでくることだってたやすいわけで……なんて。考えすぎかな。だいたい、そんなことをしたって〝校長《プリン》先生《シパル》〟には何の得にもならないだろうし。

　自室の一〇六号室を出ると、ドアに鍵を掛けた。てかてかと白っぽくて長い廊下が延びている。真向かいは〝ちゅうりつ《ニュートラル》〟の個室、一〇五号室で、裏口がすぐ横にある。ここへ連れてこられたばかりの時は、しめた、この裏口を抜ければこっそり脱走ができるかもしれない、なんて期待を抱いたものだったっけ。建物の裏に張り巡らされた網フェンスとその背後の沼にひそんでいるものたちの存在を知って、そんなムシのいい期待もきれいさっぱり打ち砕かれてしまったわけだけれど、いまでは何がなんでもこの〈学校《ファシリティ》〉から逃げ出したいなんて気持ちもなくなっている。あれこれ不可解な点が多いこともたしかだけれど、慣れてしまえばそれなりに快適な毎日と言えなくもない。このままずっとここで暮らさなければいけないというなら、そんな呑気《のんき》なことは言っていられないんだけれど、いずれは日本へ帰れるんだから。その日が待ち遠しい。お父さんとお母さんが迎えにきてくれるその日が。でも。

もちろん、日本へ帰れるのは嬉しい。学校——といっても、もちろんこの変な〈学　校《ファシリティ》〉のことじゃなくて、ぼくがもといた日本の小学校——の友だちや先生、みんなに早く会いたい。でも、そうなると心残りなことが、ひとつあるんだ。ほんとに、たったひとつだけ。それは。

長い廊下を歩きながら、腕時計を見た。ミッキーマウスの絵が付いたキャラクターグッズで、ここへ来た時、〝校長先生《プリンシパル》〟からもらったものだ。なんだかずいぶん子供扱いされているようで気恥ずかしいんだけれど、この腕時計に限らず、日用品すべては〈学　校《ファシリティ》〉から支給されたものなんだから、仕方がない。ここへ来た時、自分で持ち込んだ物なんてほとんどないんだ。時刻は、あと五分で朝の七時。ちょうど朝食の時間に間に合う。思えば、ぼくもたった半年でずいぶん規則正しくなったものだ。日本にいた時は、お母さんがいくら大きな声で、いい加減に起きないと遅刻するわよと叱っても、布団の中でぐずぐずしていたものなのに。

建物の中央ホールへ辿り着こうとした、ちょうどその時、すぐ手前の一〇一号室のドアが開いた。その個室の主、ステラ・デルローズが現れる。

「あら、おはよう」と中央ホールのほうへ向かいかけていたステラは一旦立ち止まって、ぼくのほうを振り向いてくれた。英語ではなく日本語で、にっこり微笑む。

ステラは〈学校《ファシリティ》〉の生徒の中で、ぼくがもっとも気安く接することができる少女だ。理由は簡単。ここで日本語を話せるのは、ぼく自身を除けば、彼女しかいないからなんだ。フルネームはステラ・ナミコ・デルローズといって、日本人のお父さんとフランス人のお母さんのあいだに生まれたハーフなんだって。年齢は、ぼくと同じ、十一歳になったばかりだと本人は主張しているんだけれど、失礼ながら、それはちょっと怪しいかもしれない。だって、どう見たってぼくよりもお姉さんぽいんだもん。ぼくがもうすぐ六年生になることを考えれば、彼女は既に中学生だとしてもおかしくない。いやもちろん、面と向かって深く追求して乙女心を刺戟《しげき》するなんて野暮な真似はしないけどね。

長い黒髪をきれいに三つ編みにしたステラは、妙にひらひらした感じのブラウスと裾《すそ》の長いスカートを穿《は》いている。もし小学校の同級生の女の子が同じような恰好をしたら、うへ、なんだよこの少女趣味はと、げっぷが出そうになるんだろうけれど、ステラにはこういう服がとても似合っている。実際お父さんはパリで有名な日本食レストランのオーナーシェフで、凱旋門《がいせんもん》の見える高級アパルトマンに家族三人で暮らしているというから、正真正銘、上流社会のお嬢さまなんだ。

そんな彼女がどうして〈学　校《ファシリティ》〉にいるんだろう。判らない。謎めいている。ステラだけの問題じゃない。ぼくだって他の生徒たちだって、いったいどうして家族から引き離され、こんな人里離れた場所に集められているのか。家族の同意がなかったとしたら誘拐とか犯罪の可能性を疑うところだけれど、お父さんとお母さんも納得ずくのことだしね。ステラや他のみんなの場合もそうだという。だったらいったい、どういう目的があるんだろう。突き詰めて考えようとしてもわけが判らなくなるばかりなんだけれど、まあしばらくの辛抱だ。

その「しばらく」が具体的にどれくらいの期間になるのかも、なかなかはっきりしない。ぼくに限って言えば小学校への復学はもう無理だけれど、中学校からはちゃんと日本へ戻れるというから、あと一年か。長くても二年くらいなんだろう。そんなに長いあいだここで暮らさなくちゃいけないのかと最初はうんざりしていたぼくだったんだけれど、ステラが日本語を喋《しゃべ》れると知ってからは、そしてよくよく見てみると彼女がとても可愛い女の子だということに気がついてからは、なんなら滞在期間が延長されてもいいかも、なんて考えるようになったんだ。一日も早く日本へ帰って両親や友だちに会いたいという気持ちがなくなったわけじゃないし、ホームシック状態だってずっと続いているんだけれど、いずれこの〈学　校《ファシリティ》〉生活も終わるのかと思うと、ちょっぴり、いや、大いに寂しくもある。だってその後、ぼくは日本へ帰るわけだし、一方のステラはフランスへ帰ってしまうんだ。

お互い、そう簡単に往き来できるような距離じゃないし、我が家の経済状態のことを考えると気安く国際電話もできない。地道に手紙のやりとりをするしかないんだろうな。って。もちろん、彼女が文通してもいいと言ってくれればの話なんだけどさ。

それにしても我ながら笑ってしまうのは、いまはこんなに可愛いと思っているステラのことですら、最初ここへ連れてこられた時はまるで地獄から這い出てきた化け物のようにぼくは怖がり、怯えていたってこと。それぐらい、いきなり見知らぬ世界へ放り込まれたショックは大きかったということだ。このまま一生深い傷として心の中に残ってしまうんじゃないかと怖くなるほど。でも〝校長先生《プリンシパル》〟によれば、あと何年も経たないうちにぼくはそんな経験のことなんか、きれいに忘れ去ってしまうっていうんだ。「だってその証拠に、マモル、あなたはたった半年でここの生活に、もうこんなに溶け込んでいるでしょ。子供の順応力って、それはそれはすごいものなのよ。それに、ここへ来た時はまったく英語が話せなかったあなたが、既に他の生徒たちとのコミュニケーションに関しては何の不自由もない。大人だったら、とてもこうはいかないわよ」――だってさ。〝校長先生《プリンシパル》〟の言いたいことは判らなくもないけれど、それってやっぱり大人の見方だっていう気がする。大きくなれば昔の出来事なんて、ほんの一瞬にしか感じられないってことでしょ。でも、いまのぼくたちにとっての一日一日は、ひょっとしてこのまま終わらないんじゃないかと心配になるくらい長いものなんだから。

食堂へ向かいながら、ぼくはごく自然にステラと手を繋《つな》いだ。いまでこそ日常の一部になった習慣だけれど、最初に実行した時には、自分で自分の勇気にけっこうびっくりした。さいわい彼女のほうも嫌がる様子はなく、それどころかちょっと恥ずかしがりながらも嬉しそうだったので――ぼくの勝手な思い込みじゃないよね？――それ以来、ぼくたちふたりはとても仲良しになっている。

「こんにちは」ステラはおどけてスカートの裾を持ち上げる真似をしてみせた。「はじめまして。あたしの名前はステラ。ステラ・ナミコ・デルローズ。いま十一歳よ。あなたのお名前は？」

もちろんぼくたちは初対面ではない。これは彼女とぼくが時々やるお遊びなんだ。ステラはあと六、七年後にはパリの社交界にデビューする予定だそうで、機会があればぼくを相手に自己紹介の練習をしているというのがその建前なんだけれど、ほんとうはふたりだけでこっそり楽しめれば、なんでもいいんだよね。だから「ぼくの名前はマモル・ミコガミ」と、こちらもいつものようにちょっと気取って返す。「いま十一歳。日本の神戸に両親と一緒に住んでいる。大きくなったらフランスへ、きみを迎えにゆきたいな」

「あら。それはすてき。あたしはいま両親と、凱旋門の見えるパリのアパルトマンに住んでいるの。首を長くして、あなたのことを待っているわ」

ひとしきり社交界デビューごっこをして彼女とぼくは、くすくす笑い合う。パリへステラのことを迎えにゆくというくだりは、冗談めかしてはいるけれど、できれば将来、実現したいものだとぼくはひそかに思っている。

　中央ホールをぬける際、そこに二台並んでいる大きな自動販売機の前を横切った。一台はスナック菓子の、もう一台はソフトドリンクの販売機だ。ぼくはチョコバーを一本買っておきたいという、とても強い誘惑にかられたんだけれど、ステラの手前、がっつくような真似をしたら、ちょっとカッコ悪いかもしれないと、ぐっと我慢。あれ。まてよ。そういえばぼくのお小遣い、もう二十五セント硬貨が一枚しか残っていなかったんだっけ。なあんだ。じゃあ買いたくてもチョコバーは買えないや。我慢するまでもない。二十五セントで買えるものといえばポテトチップスのスモールサイズだけだけれど、ぼくはあんまり好きじゃない。

　主要区画と呼ばれる棟の廊下へ入った。〈学校《ファシリティ》〉の建物は、空から見下ろすと大きなＹの字の形をしていて、下の縦の棒の部分が主要区画に当たる。斜めの棒の右の部分がぼくたち生徒の個室が並んでいるところで、通称は寮区画。そして左の部分は〝校長先生《プリンシパル》〟たち職員の住居が在るところで、通称は職員住居区画だ。主要区画に入るとすぐ右に食堂が在る。おや。いい匂いが漂ってくるぞ。あ。今朝はベーコンだ。やったあ。嬉しくなって少し早足になったぼくは、食堂のテーブルに先についている子に気づいて、慌ててステラから手を離した。

一番乗りでテーブルについていたのは、ケネス・〝詩人《ポエト》〟ダフィだ。〝詩人《ポエト》〟というのは、もちろんほんとうのミドルネームではない。ぼくがひそかに付けた渾名《あだな》で、他のみんなは彼のことをそんなふうに呼んだりはしない。〝詩人《ポエト》〟は、よく独り言を呟《つぶや》く癖がある。それが何かの詩を暗唱しているように聞こえることがあるんだ。もっともぼくにはそれがほんとうに詩なのかどうかは、はっきりしない。単に節がついていて、それっぽく聞こえるというだけで。意味なんかもさっぱり判らないんだけれど。ともかくケネス・ダフィって子は、ぼくにとっては〝詩人《ポエト》〟なんだ。

〝詩人《ポエト》〟はぼくよりもひとつ上の十二歳だという。彼は常に車椅子に乗って移動する。膝にはいつもテディベアの刺繍《ししゅう》をあしらった水色の毛布を掛けていて、彼の脚を、少なくともぼくは見たことがない。どういう事情があるのかも知らない。本人はもちろん、他の誰かに訊いたこともないし、これからも訊くつもりはない。他人のことをあれこれ詮索するものじゃないと、いつもお母さんに厳しく注意されているからだ。

〝詩人《ポエト》〟は無言で、こちらに会釈してきた。さっきまではぼくとステラが手を繋いでいたのに気がついているのか、なんだか普段よりも、じっとりした険しい眼つきだ。睨《にら》んでくるというと大袈裟《おおげさ》なような気もするけれど、あるいは彼って普段からぼくのことを疎ましく感じているのかもしれない。〝詩人《ポエト》〟が〈学校《ファシリティ》〉へ連れてこられたのは、ぼくよりもずっと先だ。一年くらい前のことらしい。ステラも同じ頃からここにいるという話で、ふたりは言わば古株同士。実際、ぼくがここへやってくるまでは、ステラと一番仲が良かったのは、〝詩人《ポエト》〟だったと誰かに聞いたことがある。もしもそれがほんとうなら、ぼくは途中からふたりのあいだに割り込んだという見方もできるわけだ。少なくとも〝詩人《ポエト》〟はそう思っているんじゃないだろうか。でもそのことで恨まれたりしても、こちらは困ってしまう。お互い日本語が通じるぼくとステラが親密になるのはごく自然な成り行きで、仕方のないことなんだしね。彼女は英語が喋れるとはいえ、流暢な〝詩人《ポエト》〟と比べるとややたどたどしい感じは否めない。公平に言ってしまえば、彼のほうが分が悪い——と本人も多分判っているのだろう、〝詩人《ポエト》〟が面と向かって、ステラと仲良くしているぼくを責めたり、意地悪したりすることはない。

それにしても今朝は、ムシの居所でも悪いんだろうか、ほんとに眼つきが険しい。いったいどうしたんだろうというこちらの戸惑いが通じたのか、〝詩人《ポエト》〟は急に柔らかい表情になった。笑顔を向けられては無視するわけにもいかない。ぼくとステラは交互に「おはよう」と〝詩人《ポエト》〟に声をかけておいてから、大きな鍋の中味をおたまで掻き混ぜているミズ・コットンのところへ行った。

朝食はバイキング形式だ。自分で盆を取って、ずらりと並んだバットの中から好きな料理を選んで皿に盛る。というと聞こえはいいんだけれど、今朝に限らず毎度まいど、あんまり選択の余地はないんだよね。

ミズ・コットンは六十か、それとも七十歳くらいだろうか。〝校長先生《プリンシパル》〟にとっては母親、ぼくたちにとってはお祖母《ばあ》ちゃんに当たるくらいの歳恰好。白髪《しらが》をお団子のように頭の後ろでまとめた、黒い服と白いエプロンがトレードマークのお婆さんだ。一見どこぞのお屋敷に仕える立派なメイドさんのようだけれど、実は大まちがい。少なくとも料理の腕がいいとは口が裂けても言えない。育ち盛りのぼくたちには絶対もっとボリュウムのある食事をさせたほうがいいと思うのに、これがもう毎日まいにち、うんざりするほど肉っけに乏しい。ここへ来て以来、フライドチキンやハンバーガーなんて一回も口にしていない。ステラや〝詩人《ポエト》〟に訊くと、彼らが来た時から状況は全然変わっていないらしいんだけれど、とにかくメニューのバリエーションが貧困なのには閉口する。夕食に必ずと言っていいほど出てくるのがクズ野菜を数ばかりたくさんぶち込んでとろとろ溶けそうなほど煮込んだ、いったい何て呼んだらいいのか悩んでしまう、スープらしきもの。そしてマッシュポテトのような食感だけれど、ほんとにジャガイモでつくっているのかどうかいつまで経っても確信が持てない、怪しげな代物。これらが、ぶっちゃけた話、まずくてまずくて。まったく。食事をしたという気が全然しない。スナック菓子のおやつという楽しみがなければ、ぼくだけでなく、生徒たちはみんな暴動を起こしているよ。

それでも朝食は、まだましなんだ。たまに、ほんとうにごくたまにだけれど、卵料理と一緒にベーコンが出てくることがある。本来ぼくはベーコンはあまり好きなほうじゃなかったんだけれど、いまは贅沢は言っていられない。かりかりに焼くのはともかく、ちょっと焦がしすぎなんじゃないかという代物であっても、肉っけに飢えに飢えた身にはかなりの癒しになる。それをスクランブルエッグと一緒にトーストに載せてかぶりつくところを想像しただけで、口じゅうに唾が溢れてきた。

バットからベーコンを、叱られない程度に多めに取って皿に盛り、さっさとテーブルへ向かおうとしたぼくは「マモル」というミズ・コットンの、ぴしゃんと感電しそうな声で呼び止められた。大きなおたまですくってプラスチック製のボウルへ入れた、いつもの野菜スープもどきを「ほら」と有無を言わせぬ眼つきで手渡してくる。スープに限らず、一旦自分の盆へ取ったものを食べ残したりしたらひどく叱られるので、ほんとうは受け取りたくなかったんだけれど、しらばっくれるわけにもいかない。「どうもありがとう」と、しかめ面にならないように注意しながらボウルを受け取った。やれやれ。またしてもこんな味気ないクズ野菜をたいらげなくちゃいけないのか。こんな苦行は夕食の時だけで勘弁して欲しいよ。ほんとに。

ぼくとステラは〝詩人《ポエト》〟のいるテーブルへ行って座った。この状況でわざわざ別の席を選んだりしたら、まるで〝詩人《ポエト》〟のことを除け者《の》にしているみたいだものね。別にぼくは彼のことが嫌いなわけでもなんでもないんだし。波風を立てるような真似はしたくない。

ぼくたち三人が他愛ないお喋りをしながら食事を始めたのと前後して、食堂に〝妃殿下《ユアハイネス》〟

が入ってきた。もちろんこれもぼくがひそかに付けた渾名で、彼女の本名はケイト・モズリィ・マックグロー。年齢は〝詩人《ポエト》〟と同じ、十二。きりっと長身の背筋を伸ばした姿勢がどことなくやんごとなき雰囲気を醸《かも》し出していることと、たっぷりと頭を覆ったくるくる巻き毛のプラチナブロンドが冠のように見えることがその由来なんだけれど。そればかりではない。彼女はいつもお伴を従えているからだ。

ほら。噂をすれば〝妃殿下《ユアハイネス》〟のすぐ後から、ビル・〝けらい《オベイ》〟・ウイルバーが食堂へと入ってきた。ぎょろりと大きくて猜疑《さいぎ》心《しん》の強そうな眼が、いつもおどおどして見える。脂っけのない砂色の髪をした彼は、ぼくたちの中で最年少の十歳。そのせいなのか〝妃殿下《ユアハイネス》〟の庇護を求める家来みたいに、いつも彼女にべったりくっついている。うっかりとケイト・〝妃殿下《ユアハイネス》〟マックグローさまの御姿を見失ったりすると、ただでさえ大きく剝《む》かれた眼がさらにきょろきょろと落ち着きがなくなり、ほとんど涙ぐみそうになるほどだ。

最後に食堂へ現れたのは〝ちゅうりつ《ニュートラル》〟こと、ハワード・ウイット。ひょろりと細長い身体つきに、なんとかという映画に登場するコメディアンによく似た愛嬌のある顔つき。とりわけ外部の者にとっては、ここの生徒の中で一番とっつきやすいタイプだろう。実際、彼はぼくたちの中では一番社交的で、どちらのグループからもほどよく距離を取るのがうまい。〝ちゅうりつ《ニュートラル》〟という渾名をぼくがこっそり付けた理由もそこにある。

以上〈学校《ファシリテイ》〉の生徒は、ぼくを含めて六人。その中で女の子はステラと〝妃殿下《ユアハイネス》〟のふたりだけだ。そしてそれぞれの娘を中心にして、派閥というと大袈裟かもしれないけれど、グループが形成されている。ぼくと〝詩人《ポエト》〟はステラ派。一方〝けらい《オベイ》〟が〝妃殿下《ユアハイネス》〟派というのが、ごく大雑把な区分だ。そして〝ちゅうりつ《ニュートラル》〟は、そのどちらにも属さない。ぼくなんかの場合だと、例えば実習《ワークショップ》で同じ班にならない限り〝妃殿下《ユアハイネス》〟やそのお伴の〝けらい《オベイ》〟と親しく口をきいたりすることは滅多にないんだけれど、〝ちゅうりつ《ニュートラル》〟はさっきステラと親しげに話していたと思ったら、いまは〝妃殿下《ユアハイネス》〟と遊んでいたりする。まるでコウモリみたいなやつというと聞こえが悪いけれど、ぼくたちの中では一番大人という見方もできるだろう。

ミズ・コットンから愛想よく——本音ではもちろん嫌がっていると信じたいけれど——野菜スープもどきを受け取った〝ちゅうりつ《ニュートラル》〟は、ざっと食堂の状況を見回すと、〝妃殿下《ユアハイネス》〟と〝けらい《オベイ》〟のいるテーブルについた。こちらもあちらも三人ずつになるようにバランスを取ったのだろう。お調子者のわりには気配りに長《た》けたやつなのだ。

ふとぼくは、普段ならとっくに食堂へ現れていなければならないはずの〝校長先生《プリンシパル》〟と〝寮長《RA》〟の姿が見当たらないことに気がついた。どうしたんだろう？　普段ぼくたちの遅刻についてはことのほか厳しい先生たちが、まさか寝坊するとは思えないし。身体の具合でも悪くなったのかな。でも、ふたりいっぺんに？　などと首を傾《かし》げていたら、ミズ・コットンが、いつものむっつりした顔で両手をぱんぱん叩きながら近寄ってきた。

「はい、静粛に。みんな《ボーイズ・アンド・ガールズ》」いつも巻き舌でボーイズ・アンド・ガールズの発音をやたらに強調するのがミズ・コットンの癖で、聞くたびになんだか皮肉っぽく、必要以上に子供扱いされているように感じてしまう。「食事をしながらお聞きなさい。シウォード博士とミスタ・パーキンスは今朝早く、仕事のためにお発《た》ちになりました」

シウォード博士とは〝校長先生《プリンシパル》〟のことだ。フルネームはデボラ・シウォード。そしてミスタ・パーキンスは〝寮長《RA》〟のこと。彼のフルネームは、ええと。そういえば知らない。聞いたことがないや。どうでもいいけれど。

「ふたりとも夕方までお留守にされます」てことは、ひょっとして今日の授業《レッスン》と実習《ワークショップ》はお休み？　というぼくたちの期待を膨らませる隙も与えず、ミズ・コットンはそっけなく続けた。「よって午前中の授業《レッスン》はテストにします。わたくしがシウォード博士の代わりに監督をしますから、そのつもりで。がんばるように」

「午後の実習《ワークショップ》のほうは」と挙手をしたのは、相変わらずひとなつっこい笑顔を浮かべたままの〝ちゅうりつ《ニュートラル》〟だ。「どうなるんですか」

「ミスタ・パーキンスが用意した新しい課題があるそうだから、それを進めるように。ひとりで勝手にやらず、ちゃんと決められた班のみんなと一緒にやるんですよ。いいですね。それから、いつも言っていることだけれど、くれぐれも」如何《いか》にも、これで話は終わりという感じで、くるりと回れ右。「食事は残さないように」

「あの……」と、くぐもった声が〝妃殿下《ユアハイネス》〟のテーブルのほうからしたので、驚いた。おどおどしながらもしっかり手を挙げているのは、〝けらい《オベイ》〟ではないか。非常にシャイで内向的な彼が、こんなふうにみんなの前で口を開いたりするのは極めて珍しいことである。

「シウォード博士とミスタ・パーキンスは何をしに外へ……」

「言ったでしょ」めんどくさそうにミズ・コットンは肩越しに振り返った。「お仕事よ」

「だから……その……何の」

「それは夕方になってみてのお楽しみ」

変な言い方をするんだなあとぼくは首を傾げたんだけれど〝けらい《オベイ》〟は何かぴんとくるものがあったらしい。「もしかして……あの」おや、彼がふと、ぼくのほうを横眼で窺《うかが》ったように思ったのは、気のせいだろうか。「……またここへ来るんですか、新入生が？」

「おや。勘がいいわね」まるで正解されたのがおもしろくないとでも言いたげにミズ・コットンは肩をそびやかして〝けらい《オベイ》〟から眼を逸らし、自分のテーブルへついた。

「そのとおり。シウォード博士とミスタ・パーキンスはいま、あなたたちの新しいお友だちを迎えにいっているの」

その時の〝けらい《オベイ》〟の反応を、いったいどんなふうに説明したらいいのだろう。彼は明らかに震えていたんだ。ただでさえ普段から何かに怯えているかのような眼つきがいまは、はっきりと恐怖に潤んでいる。〝妃殿下《ユアハイネス》〟が眉をひそめて「ちょっと。あなた、大丈夫？」

と小声で心配してやっているのに、それもまったく耳に入っていないみたいだ。そしていきなり、がたんと椅子を蹴るようにして立ち上がった。いまにも食堂から遁走しそうな様子を見せる〝けらい《オベイ》〟のことを、しかしミズ・コットンは冷たく叱りつけた。「食事を残しちゃだめだって何回言わなきゃいけないの、ビル坊や《ボーイ》」

　そのまま床へ転げ落ちてしまわないのが不思議なくらい〝けらい《オベイ》〟はしょんぼりと力なく、椅子へ座りなおした。顔が歪《ゆが》んでいるのは、うっかり泣き出してしまいそうなのをこらえているからなのか、それとも笑い出してしまいそうなのをこらえているからなのか、妙に区別がつかない。見ていて不気味なほどだ。何事なんだろう。彼は何にそんなに過剰反応をしているのか。

　ぼくはふと、様子がおかしいのは〝けらい《オベイ》〟ひとりではないことに気がついた。スプーンを持つ〝詩人《ポエト》〟の手が止まっている。それが決してスープがまずいからではないことは彼の虚《うつ》ろな眼を見れば明らかだった。おまけに、普段は何があってもうろたえたりせず至ってクールにかまえているはずの〝妃殿下《ユアハイネス》〟ですら、なんだか動揺している。きわめつけはあの〝ちゅうりつ《ニュートラル》〟から笑顔が消え、むっつりとふさぎ込むように顔を曇らせていることだ。いったいこれはどうしたことだろう。

　かろうじて冷静さを保っているのはステラだけだったが、その彼女にしても他のみんなの異変に気がついたのだろう。いったい何事？　と問いたげな戸惑った瞳をこちらへ向けてきたが、ぼくは「さあ」という形に口を動かしながらも声は出さずに、肩を竦めてみせるだけ。

不可解で仕方がなかったが、誰もそれ以上、何も喋ろうとしないので、どういうことなのか、まったくわけが判らない。そのままぼくたちはお通夜のように暗いムードで朝食を終えた後、ミズ・コットンに追い立てられ、廊下を挟んで食堂の真向かいにある教室へと移動した。窓の外にはガレージとガソリンスタンドが見える。

あらかじめ〝校長先生《プリンシパル》〟が用意してあったのだろう、ミズ・コットンはみんなに二枚ずつテストを配った。一枚は分数式をメインにした算数。もう一枚は英文法だ。答案用紙を受け取るや、ぼくたち六人は指示されるまでもなく黙々と問題を解きにかかった。食堂での奇妙な一幕など忘れてしまったかのように、みんな真剣に集中する。〝けらい《オベイ》〟だって例外でない。テストの結果によって、もらえるお小遣いの額が決まる。それが〈学校《ファシリティ》〉のルールだ。十得点につき十セント。百点取れば一ドルもらえる。三十セントのチョコバーなら三本、四十五セントのコークなら二本買えるわけだ。

さっきも言ったように、ここの食生活は悲惨そのものである。ミズ・コットンが用意するメニューを拒否することはできない。ごくたまにステラが調理場からこっそりくすねてきた材料を使って自室の簡易キッチンでこしらえた、幾分まともな料理をお裾分けしてくれることもあるけれど、ミズ・コットンの物品管理の眼がなかなか厳しいため、ひと月に一回ありつければめっけもの。そんな中でのぼくらの楽しみは中央ホールにある自動販売機だ。スナック菓子とソフトドリンクが、かろうじて人間らしい喜びを与えてくれる。しかしそれはお金がなければ手に入らない。〈学　校《ファシリティ》〉へ連れてこられる際、お金も含めて私物を持ち込むことはいっさい許されなかった。文字通り身ひとつで、もとからの自分の持ち物と言えるのはその時着ていた服くらいだ。ここには銀行も郵便局もなく、家族からの送金も望めないので、頼りになるのは週に平均一、二回行われるテストのご褒美として〝校長先生《プリンシパル》〟からもらうお小遣いだけ。勢いみんな、必死にならざるを得ないというわけなのだ。

当然、たまにカンニングしてやろうかという誘惑に誰しもかられる。例えばぼくは算数は得意だ。毎回百点か、それに近い点を取れる自信があるから〝けらい《オベイ》〟などいつも露骨にぼくの答案を覗《のぞ》きたがる。もちろん普段は〝校長先生《プリンシパル》〟の、そして今日はミズ・コットンの厳しい監督の眼があるから、そう簡単にはできないけどね。一方算数は朝飯前のぼくだが、英文法は大の苦手。ようやく日常会話に不自由しなくなってきたとはいえ、問題からしてすべて英語で記された上、その内容について解けと言われてもお手上げである。〝詩人《ポエト》〟あたりの答案を覗きたくてたまらなかったけれど、厳しい眼つきのミズ・コットンにうろうろと歩き回られては、そうもいかない。今回はどうやら算数で百点を取れても、英文法のほうは零点の可能性もある。お小遣いは一ドル前後どまりってところか。まあいいや。チョコバーが三本買えるし。

テストの時間は八時半から十時まで、たっぷり一時間半。でもぼくたちにそんな長いあいだ集中力が持続するわけはない。早々と解答を済ませて机につっぷし、居眠りをしている者が大半だった。生徒たちが私語や悪戯《いたずら》などをせずにおとなしくしている分にはミズ・コットンも叱ったりはしない。多少のいびきも大目に見てもらえる。

テストが終わると、昼食まで自由時間ということになった。ある者は図書室へ読書に、別の者は応接室へビデオ鑑賞にと三々五々散ってゆく。ステラが応接室のほうへ行くのが見えたので付いてゆこうかとも思ったけれど、とりあえず外の空気を吸いたくなったぼくは図書室と応接室のあいだのエントランスホールを抜け、建物の外へ出た。

玄関を出ると眼の前には広々とした大地が拡がっている。荒野を左右に従える形で、一本の舗装道路が遥か彼方の地平線へと延びている。見渡す限り、障害物は何もない。家一軒建ってもいなければ、樹木一本生えていない。一番近い街なり村なりまで、いったいどれくらいの距離があるのか、想像もつかないけれど、自動車がないと外の世界と往き来できないことだけはたしかだ。図書室側の敷地に在る大きなガレージを覗いてみると、いつも停められている三台の車のうち、グリーンのステーションワゴンが見当たらない。〝校長先生《プリンシパル》〟と〝寮長《RA》〟はそれに乗って、いったいどこまで出かけていっているのだろう。ぼくたちが起床する前に出発して、戻ってくるのは夕方になるというんだから、ちょっとした小旅行並みである。自分が半年前にここへ連れてこられた時のことを憶い出そうとしたが、どこまでも続く荒野を何時間も何時間も、ただひたすら自動車の振動に揺られるばかりで疲れ果て、うんざりしたという記憶しか残っていない。ここはほとんど陸の孤島で、燃料貯蔵のためにガレージの裏には小規模ながら自前のガソリンスタンドまで設置されている。ぼくはまだ実際にその光景を目撃してはいないんだけれど、半年に一回くらいの割合でタンクローリーがここまでガソリンを運んでくることになっているという。

　雲ひとつない青空が気持ちいい。ぼくは応接室側の広い庭へ出た。テニスコートとバスケットボールコートの向こうには、あまり手入れが行き届いているとは言えないけれども一応ゲートボールに興じられる芝生も拡がっている。ボールなど競技用の道具はすべて〝校長先生《プリンシパル》〟の許可がないと借りられないので、今日はどんなに天気が好くても外で遊べそうにない。

　庭の隅っこに並んでいるベンチのひとつに座ろうとしかけて、ふと背後に気配を感じた。振り返ってみると、車椅子に乗った〝詩人《ポエト》〟がやってくるところだ。ぼくたちは「やあ」と声をかけ合った後、どちらからともなく一緒に芝生をぶらぶら散策し始めた。広い敷地内を歩き回っていると、少し汗ばんでくるほどの陽気だ。それでいて全体的にあまり湿気を感じない。確信があるわけじゃないんだけれど、どことなく空気が乾燥していて、自分がいまいるのはやっぱりほんとうに日本じゃないんだな、と実感させられる。

「どうだった」黙ったままだと気詰まりなので、軽い調子で訊いてみた。「さっきのテスト」

「うーん。まあ、首尾は」車椅子を漕ぎながら、〝詩人《ポエト》〟は首を傾げる。「両方合わせて一ドル八十セント、てところかな」ここでのテストの点数は常にセントとドル換算だ。「マモルは？」

「判んないけど。多分一ドルいけば御の字だと思うよ。やれやれ。まいったなあ。だいぶ懐《ふところ》が寂しくなっているっていうのに」

「節制するのにいい機会だと思えば？　キャンディバーを食べ過ぎるのは身体に悪い」

そういえば、チョコバーって英語ではキャンディバーって言うんだよね。なんでキャンディなんだろう。ヌガーみたいなのが中に詰められているタイプが多いからかな。

「ソフトドリンクもそう。いい気になって飲み過ぎてたら将来エナメル質が溶けて、歯はぼろぼろ。おまけに成人病への道をまっしぐら」

「そんなこと、判ってるけどさ。ここでは他に楽しみがないんだもの。そういうケネスだって、自動販売機には全然お世話になっていないわけじゃないんだろ」

「ぼくはまあ」ちょっと照れ笑い。「甘いものよりもポテトチップスのほうが好きだけどね」

「同じことじゃないか。塩分だって控えめにしとかないと、身体に悪い」

「仰せのとおりだ」

「塩分といえばさあ」食べ盛りだというのに、もうすぐ昼食だと思ってもちっとも心が躍らない。重たい溜め息が出るばかり。「前にも似たような愚痴をこぼしたような気もするんだけれど。ミズ・コットンの料理のこと。あれ、もうちょっと、どうにかならないもんなの？」

「どうしようもないよ」もうすっかり諦めているのか〝詩人《ポエト》〟の苦笑ぶりは、ぼくよりも大人っぽい余裕が漂う。「以前ぼくたちも何度か改善を求めてみたんだが、まったく無駄な抵抗だって思い知らされただけだった。きみもね、ここにいるあいだは全面降伏して、あの料理に付き合うしかない。でないと生きていけない」

「ぼくが不思議なのはさ、ミズ・コットンは自分だってあの得体の知れないスープもどきとかマッシュポテトもどきとかを、みんなと一緒に食べなきゃいけないわけでしょ。だったら、もっと塩を利《き》かせるとか、もう少し味を工夫する努力をしてみてもよさそうなものなのに」

「というか、むしろ」車椅子を一旦止めると、〝詩人《ポエト》〟は首を傾げた。「むしろ、だからこそ、なんじゃないかな」

「ん。というと」

「つまり、あれはもともとミズ・コットン本人の口に合わせてつくられているわけだよ」

「冗談じゃない。あんなまずいものを自ら好んで食べるって言うの？　変だよ。おかしいよ。彼女の舌はおかしい」

「気がついていないかい、マモル。材料が全部溶けてなくなってしまいそうなくらい煮込んだ野菜のごった煮といい、グレイビーソースも付いていないマッシュポテトもどきといい、ミズ・コットンのつくる料理って柔らかいものばかりだろ」

「そういえば」あまり深く考えたこともなかったのだが、なるほど、改めて指摘されてみればそのとおりである。「そういえばそうだけど。だから何だって言うの」

「あまり嚙《か》まなくても食べられる、歯に負担がかからないものばかりだろ。察するにミズ・コットンは歯があまり丈夫じゃないんだろうね。総入れ歯だという噂もあるし」

「すると何かい、要するにあの婆さん、単に自分が食べやすいメニューをぼくたちにも押しつけているだけだ、って言うの？」

「そうとでも考えないと、あの料理の奇ッ怪さは説明がつかない。味が薄いのだって、自分の健康を考えて塩分を控えているからだろ」

「なんとまあ」ぼくは納得もしたけれど、うんざりもした。「てことは、これから先、どんなに期待しても肉なんか食べられないってことか」

「そうだね。そんな期待はさっさと捨ててしまったほうがいい。虚しいだけだから」

「それにしても」ぼくは感心した。「ケネスは鋭いんだな。言われてみれば、なるほどと思うんだけれど、ぼくはいままでそんなこと、頭に思い浮かびもしなかった」

「そんなに褒められるとくすぐったいから、さっさと種明かしをしておこうか」

「種明かし？」

「ええと。いつだったかな、マモルがここへ来る前だったっけ。それとももう来ていたっけ。ちょっと忘れてしまったけど。ともかくミスタ・パーキンスがシウォード博士をつかまえて、ぼやいているのを聞いたことがあるんだ」

「ぼやいていた？　何て」

「ぼくたちとまったく同じ不満さ。いまの食生活をなんとかしてくれないと気が狂いそうだ、ってね。こちとらまだ若いんだぞ、棺桶に身体の半分以上を突っ込んでいる老人の口に合わせていたら干上がってミイラになっちまう、なんてね」

「へーえ」笑ってしまった。なんだ。あの〝寮長《RA》〟だってミズ・コットンの料理にはうんざりしているんだ。「そいつは傑作だ」

「ちょうどぼくが通りかかったことに気がついて、ミスタ・パーキンスは抗議をやめたけどね。バツの悪そうな顔をして、そそくさと立ち去った」

「そういえば仲、悪そうだしね」

「何の話？」

「ミスタ・パーキンスさ。シウォード博士ともミズ・コットンとも、あまり折り合いがよさそうには見えない」

「たしかにミスタ・パーキンスがここでの仕事を心から楽しんでいるとは、とても思えない。ただ、だからといって、シウォード博士たちとの関係がうまくいっていないかどうかまでは判らない」

〝詩人《ポエト》〟は無難に断言を避けるが、〝寮長《RA》〟にはかなりのストレスが溜まっているとぼくは見る。彼は相当なヘビースモーカーなのに〝校長先生《プリンシパル》〟から建物内での喫煙を固く禁じられているため、何かといえばぼくたちの前で火を点けもしない金色のライターをこれみよがしに弄《もてあそ》ぶのが癖だ。わざわざ外へ出て喫《す》ってきても、戻ってきたらニコチン臭いと厭味を言われる。おまけにミズ・コットンはあんなペットの餌《えさ》にもなりそうにない料理しか出してくれないとくれば、〝寮長《RA》〟がいつもいつも汚物を吐き出したいのをこらえているみたいに不機嫌な顔を晒《さら》しているのも当然だろう。禁欲的な人生を強いるふたりの女性に対して日々恨みが募っているとしても、ちっともおかしくない。

「でもさ、ミスタ・パーキンスがそれほど不満を抱いているのなら、彼よりも若いシウォード博士だってミズ・コットンの料理にはきっと閉口していると思うよ。博士は何も文句を言わないんだろうか。それとも、目上のミズ・コットンに遠慮しているってことかな」

「いや、全然ちがうと思うよ。シウォード博士はそもそもベジタリアンらしいしね。食べることについて、あんまりこだわりもないようだ。従ってミズ・コットンの料理だって気にならない。というよりむしろ、日々の定番メニューは博士の指示によるものだという可能性すらある。残念ながら、そういうことなのさ」

「勘弁して欲しいなあ、もう」

　ぐるりと芝生を一周して、ベンチのあるところへ戻ってきた。ぼくが腰を降ろすと、〝詩人《ポエト》〟もその傍らへ車椅子を停める。

「――あのさ、ケネス」はたして口にしていい疑問なのかどうか判断がつかなかったけれど、会話の勢いに乗ってしまったのか、ぼくは好奇心を抑えられなくなった。「今朝、食堂でさ」

「うん」

「シウォード博士とミスタ・パーキンスが今日の夕方、新入生を連れてくるとミズ・コットンが言ったら、ビル・ウイルバーが動揺したというか、様子が変になっただろ」

「うん」頷《うなず》く〝詩人《ポエト》〟の表情が曇った。「そうだったね」

「あれって、どういうことなの。そういえばビルだけじゃなくて、他のみんなも、なんだか反応がおかしかったような気がしたけれど」

「今回に限った話じゃないんだよ」

「というと」

「マモル、きみがここへやってくると聞かされた時も、ぼくたちは動揺したんだ。みんな」

「え？　なんで？」

「いやもちろん、その時点では新入生、すなわちきみがどんなやつなのかまでは知らなかったさ。誰もね。だからマモル・ミコガミという生徒本人に対してぼくたちが拒否反応を示したとか、そういう意味ではないんだ。でも……」あたかも言葉を探すのに肉体的苦痛が伴ってでもいるかのように〝詩人《ポエト》〟は車椅子の上で身をよじった。「でも、何て言えばいいんだろう、ぼくたちにとって新しい仲間を受け入れるというのは、常に試練なんだよ。それも途轍《とてつ》もなく大きな」

「試練」

「通過儀式とでも呼ぶべきなのかもしれない。はたして今回は大丈夫なんだろうか、と」

「大丈夫って……何が？」

「何事もなく無事に終わるのか。試練を経た後、はたしてもとの平和な日常に戻れるのか。いや、ひょっとして今度こそ、すべてが駄目になってしまうんじゃないか、と」

「だから、それって」彼が何を言おうとしているのか、ぼくにはまったく見当がつかない。

「いったいどういうこと？」

「それが判れば苦労しないよ」と〝詩人《ポエト》〟は弱々しい笑みを浮かべる。「いや、きみをからかっているわけじゃないんだ。ほんとうに自分たちにもよく判らない。でも……」一旦黙ると、意を決したかのように視線を上げた。「こんなことを言うと、きみはきっとぼくの頭がおかしいと思うだろう。でも言っておかなくちゃならない。きみもいずれ、体験するんだから」

「体験する？　ぼくが何を——」

「ここにはね、マモル、何か邪悪なモノが棲《す》みついているんだ」

「邪悪なモノ……？」

ぼくは〝詩人《ポエト》〟につられて〈学校《ファシリテイ》〉の建物を見上げた。普段はきれいに改装された屋内にいることが多いせいで、あまり意識しないんだけれど、改めて外から見ると〈学校《ファシリテイ》〉はかなり古ぼけている。こんな清々《すがすが》しい太陽の光の下でさえどうかすると、おどろおどろしいムードが漂いがちだ。それはたしかなのだが。

「って。何なの、それは？」

「口ではうまく説明できない。でも何かがいるんだよ。ほんとうに」

「どこに」

「だから」と〝詩人《ポエト》〟は、眼は建物から逸らしながら、後ろ手で〈学校《ファシリテイ》〉のほうを示した。「あそこの中に、さ」

「どの部屋に？」

「あらゆる部屋に、だ。多分」

「まさか、ぼくの部屋にもいる、なんて言うんじゃないだろうね」

「いるかもしれない。いや、きっといる」

「で、でも、別に変なモノを見かけたことなんかないけどなあ」

「眼に見えないんだよ、そいつは」

「その邪悪なモノというのは――」正直な話、彼の頭がおかしいのか、それともぼくのことをからかっているのか、どちらかだとしか思えなかったんだけれど、〝詩人《ポエト》〟の語り口は静かながら、これまでにない迫力があって、茶化す気にはなれない。「生き物……なの？」

「そうだね、生きている。と言わなければならないだろう。普段は眠っているし」

「眠っている、だって」

「そう。静かに、ね。この施設内で何か特別なことが起こらない限り、そいつはおとなしくしている。冬眠しているみたいに。だけど……」と〝詩人《ポエト》〟は自分の唇を舐めて間を取った。「だけど、何か変化があると察知した途端、そいつは目を覚ましてしまうんだ」

「変化。それがつまり」ぼくもつい自分の唇を舐めてしまった。「例えば、ここへ新入生がやってくるとか、そういう出来事を指しているの？」

「まさしくね。そのとおり。そいつは変化を好まないやつなんだよ。だから新入生がやってくると目を覚まし、牙《きば》を剥く。新入生だけにじゃなくて、ぼくたちみんなに向かって」

「牙を剥いて、どうするっていうの。襲いかかってくるとでも言うのかい」

「そうかもしれない。具体的なことは、よく判らない。ぼく自身はまだ決定的に最悪な事態を体験してはいないからね。でも、ひとつまちがえたら、ぼくたちはそいつに滅ぼされてしまうかもしれない。そんな予感がする」

「もうひとつよく判らないな」どうも彼の言い方だと〝詩人《ポエト》〟以外で決定的に最悪な事態を体験した者が他にいるかのように聞こえるんだけれど、その点を深く追及するべきかどうか、ぼくは途方に暮れてしまった。「するとぼくがここへやってきた時も、そいつは目を覚ましたの？」

「そうだ。だからぼくたちは動揺した。ビルだけじゃない。みんな、ね。今度こそ乗り切れないいんじゃないか、と。でもさいわい――」ようやく〝詩人《ポエト》〟は表情を少し和らげた。「さいわい、マモル、きみはわりあい早くここに順応してくれた。それを知って、そいつも安心したんだろう。さっさと冬眠へ戻ってくれた。ぼくたちもホッとした。なにしろその前の時は大変だったから、一時はいったいどうなることかと思――」

「その前の時、というのは？」

「ああ」再び〝詩人《ポエト》〟の表情が曇った。「ビル・ウイルバーの時さ」

「え。ビルがどうしたの」

「きみよりもひとり前の新入生がビルだったんだ。彼はきみほどにはすんなりと、ここに順応できなかった。ぼくたち五人は、それはやきもきさせられたものさ。いまでは彼も多少は落ち着いているけど、まだまだ完全に順応しているとは言えないいんじゃないだろうか。常にケイトにくっついて行動することで、なんとか凌《しの》いでいるのが現状で――」

ビル・〝けらい《オベイ》〟ウイルバーが、親鴨の後についてゆく子鴨のように常に〝妃殿下《ユアハイネス》〟べったりなのは、どうやら彼女への崇拝ゆえという単純な理由ではない、と言いたいようだ。ただ〝詩人《ポエト》〟本人も、ではどういう理由なのかをはっきりとは把握していないらしく、ふと「ケイト……か。それにしても、どうして彼女なんだろう」などと独り言みたいに呟き、首を傾げたりしている。

そんなことよりも、ぼくにはもっと気になる点があった。「五人……って？」

「え？」

「それって、ぼくがここへ来る前の話なんだろ。ビルは新入生だった。その彼がなかなか順応できないのを見てやきもきしていた先輩たちはその時、四人だったはずだろ。きみにステラ、ハワード・ウイットにケイト・モズリィ・マックグロー」

ずいぶん長いあいだ〝詩人《ポエト》〟は黙り込んだ。どんなふうに話そうかと悩んでいるのか、それともこの話題はもう打ち切ろうと決めたのか。ようやく口を開いたものの、彼はぼくと眼を合わそうとはしなかった。「……そうか。きみが知らないのは当然だよね。実はその時、生徒はもうひとりいたんだ。デニス・ルドローという男の子が」

「その子はいま、どうしてるの」

「もういない。ここには」

「どうして」

「要するに、ぼくたちと一緒に勉強することはなくなってしまったからさ」

「つまり卒業した、ってこと？」

「というより、落第《ドロップアウト》したと言ったほうが正確なんだろうな。ついていけなくなったんだよ、ここの授業《レッスン》にも実習《ワークショップ》にも。少なくともシウォード博士はそう判断したと言っていたから、そうなんだろう。そしてある日、デニスはここから出ていってしまった。きみがやってくる直前の話さ。それっきりぼくたちは、彼に会っていない」

「じゃあそのデニスって子は、いまは家族のもとへ帰っているんだね」

「さて」ぴくぴくと、まるで痙攣《けいれん》しているかのような、まばたき。「一応そういうことに、なってはいるんだろうけど」

「どういう意味なの、それ」

「そろそろ」〝詩人《ポエト》〟は自分の腕時計を見た。クマのプーさんの絵が付いている。やはり〝校長先生《プリンシパル》〟からもらったものだろうか。「昼食の時間だ。続きはまた後にしてもいい？」

「ぼくはいいけど」

「それと、マモル、ぼくとこういう話をしたことについては、シウォード博士たちにはもちろん、他の生徒たちにも秘密にしておいて欲しい。約束してくれるかい」

そういえば〝詩人《ポエト》〟相手に限らず、〈学校《ファシリティ》〉のことに関して多少なりとも突っ込んだ話をしたのはこれが初めてだと思い当たった。「もちろん約束するよ。で、続きは、いつ？」

「そうだな。できるだけ早いほうがいい。新入生が来る前に済ませておきたいんだ」

「じゃあ夕方まで、か。厳しいね」

「それまでに時間が取れなければ、新入生が到着した後になってしまうけど、仕方がない。今夜、タイミングを見てぼくの部屋へ来てくれ。誰にも気づかれないように」

「判った」

「嫌な予感がするんだ……ほんとうに、嫌な予感がする」ぽつりと呟くと〝詩人《ポエト》〟は車椅子を漕いで建物の玄関へ向かった。「じゃ、後で」

「うん」

なんとなく〝詩人《ポエト》〟と連れ立って建物へ戻らないほうがいいような気がしたぼくは、ガレージとガソリンスタンドの周囲をゆっくり一周しておいてから玄関へ向かった。別に一緒にいたからといって彼とぼくが内緒話をしていたと誰かにばれるってわけでもないとは思うけれど、〝詩人《ポエト》〟の真剣な態度につい圧倒され、用心したのだ。お蔭で昼食開始時間に少し遅れてしまう。


小走りに食堂に入ったぼくへ「遅刻ですよ、マモル」というミズ・コットンの叱責が飛んできた。見ると、いつものように〝妃殿下《ユアハイネス》〟べったりの〝けらい《オベイ》〟と同じテーブルに〝詩人《ポエト》〟はついている。彼のほうも秘密の話をした直後だけに、ぼくと同席するのを避けたいのかもしれない。当然ぼくがステラと一緒に座るだろうと見越した上で、〝妃殿下《ユアハイネス》〟たちとひとかたまりになったわけだ。一方ステラのテーブルには〝ちゅうりつ《ニュートラル》〟がついている。彼は彼で朝食の時と同様、三人ずつふたつのグループに分かれるよう配慮したのだろう。その配慮に従い、ぼくもステラに合流することにした。

「なんと、珍しいこともあるものね」とステラは悪戯っぽく英語で囁《ささや》いた。〝ちゅうりつ《ニユートラル》〟が同席しているからだろう。彼女が日本語を喋るのは、ぼくとふたりきりの時だけなんだ。

「謹厳なマモルが遅れてくるなんて」

「ちょっと、ね。外を散歩していて」

「ひとりで？」

「ひとりさ。もちろん」

「孤独を愛するひとね。それとも実は、ワニさんたちに会いにいってたんだったりして」

ワニさんたちとは、建物の裏の網フェンスの向こう側に棲息しているアリゲーターのことだ。普段はただ広い沼が拡がっているだけで、特に殺気だった気配は感じられない。言われなければ生物なんか棲んでいないんじゃないかと勘違いしそうなくらい至って平穏な眺めなのだが、一度、何か小動物とおぼしき獲物を奪い合い、もつれ合うワニの大群を目撃したことがある。どろりとしたミルクコーヒーのような泥を盛大に跳ね上げながら、やつらの上顎《うわあご》、また上顎が宙に向かって突き上げられる。尻尾《しっぽ》と胴がお互いぶつかり合う衝撃が、かなり離れているはずのこちらまでずっしり重く伝わってくる。無数の刀が鍔《つば》ぜり合いする剣劇シーンもかくやという、なんともすさまじい光景だった。

「まさか」厳重な囲いに阻まれワニたちは〈学　校《ファシリティ》〉の敷地には入ってこられないとはいえ、あれ以来、泥まみれの細長い流木もどきが沼を横切るところを網フェンス越しに眼にしただけでも、心臓が縮み上がるようになってしまった。何が哀しくてわざわざやつらの顔を拝みにいったりするもんか。「冗談きついよ、ステラ」

昼食メニューはチリスープだった。といっても例によって例の如く水っぽくて味も何もあったものじゃない。ひたして食べるクラッカーが、これまた湿ってぱさぱさ。歯応えもくそもない。まるで紙みたいだ。たしかに歯が弱かったり高血圧が心配だったりするひとにとっては、安心できる食事なんだろうけどさ。

「あのう。すみません」信じられないくらいまずいチリソースとクラッカーをもりもり食べているミズ・コットンに向かって、ぼくは手を挙げた。「さっきのテストの結果ですけど。いつ返してもらえるんですか」

「それはもちろん」彼女は顔を上げもせず、こともなげに言い放った。「シウォード博士が採点しなければいけませんからね。返却は博士がお帰りになってからですよ」

「えっ」

ということは答案を返してもらえるのは早くても明日以降で、それまではお小遣いをもらえないし、チョコバーも買えないってことじゃないか。この悲惨な昼食が終わったら真っ先に中央ホールの自動販売機へすっ飛んでいこうと身構えていたぼくは、すっかりへなへなと凹《へこ》んでしまった。

「どうしたの、マモル?」怪訝《けげん》そうなステラだったが、すぐに察しよく頷いた。「あ。そうか。判ったわ。懐が淋しいのね」

「そうなんだよ。少なくとも今日一日、まともな栄養補給を諦めなきゃいけないなんて。そんなあ。ひどすぎるよ」

「キャンディバーでしょ。なんなら分けてあげてもいいけど」

「え。ステラ、余分のを持っているの」

「うん。実習《ワークショップ》の後でよければ、あたしの部屋へ取りにきて」

「そいつはありがたい」

椅子の上で小躍りせんばかりのぼくと彼女を、なんだか戸惑ったような眼で〝ちゅうりつ《ニュートラル》〟は見比べると、「ね、ステラ」と小声で囁いた。「変なことを訊いて申し訳ないが、きみ、普段からスナック菓子やソフトドリンクを自分の部屋にストックしておくタイプ?」

「ストックってほどじゃないけど。テストでいい点を取れた時は、ついまとめ買いしちゃう。みんなだって、そうでしょ。たいてい食べきれないから、残りは置いておく。それだけよ」

「その買い置きがさ、ええと、何と言えばいいのかな、つまり、知らないうちに消えていた、なんてことはない?　これまでに」

「え？」ステラは怪訝そうに、クラッカーを割る手を止めた。「どういうこと？」

「たしかに自分の部屋にストックしておいたはずのスナック菓子もしくはソフトドリンクを、さて取り出そうとすると、なぜか跡形もなく消えていた。そんな経験はない？」

「いいえ、全然」ステラは、くすっと吹き出すのをこらえられないようだ。「いったい何の話なの。それとも、ハワード、あなたにはそういう経験があったりして」

「実はそうなんだ」と〝ちゅうりつ《ニユートラル》〟にしては珍しく真剣な表情で、そっと周囲の様子を窺って間を取った。「あったんだよ、そういうことが」

「気のせいでしょ」

「ちがう。ちゃんと簡易キッチンの下の収納に隠しておいたんだ。いや、隠すというのはもちろん言葉の綾だよ。おれとしては単に、そこへ仕舞っただけのつもりだったんだからね、バーベキュー味のポテトチップスを。さて食べようかと見てみたら、あらら、どろんと消えていたんだなこれが」

「ちゃんと隠しておいたのなら、消えちゃうはずないでしょ。それとも、ネズミに曳《ひ》かれていった、なんて言うんじゃないでしょうね」

「いや。ネズミじゃあないね」と〝ちゅうりつ《ニユートラル》〟はますます意味ありげに声を低めた。

「曳いていったのは人間だよ。誰かが盗んだんだ」

「え」ぼくは驚いた。「おいおい、ハワード。それっていったいどういう――」

「しっ」ステラは、そっと肘《ひじ》でぼくの腕をつっ突いてきた。「ミズ・コットンがこちらのほうを睨んでいるわ。食事中の私語は慎んで。詳しい話は、また後にしましょ」

というわけでスナック菓子盗難事件の話題はそこで打ち切られた。昼食が済むと短い休憩を挟んで、すぐに実習《ワークショップ》だ。ぼくたちは全員、一旦教室へ連れられていった。

「では、みんな《ボーイズ・アンド・ガールズ》」ぼくたちが席へつくのを待ってから、ミズ・コットンは咳払《せきばら》いした。

「ミスタ・パーキンスからの指示に従って、今回の課題の班分けを発表しますからね。先ず第一班は、ステラ・デルローズとケネス・ダフィ、そしてビル・ウイルバーの三人」

「え」と戸惑った声が数人分、重なった。そのうちひとりはぼくだ。ステラの班のメンバーは〝詩人《ポエト》〟と〝けらい《オベイ》〟？　じゃあ、ぼくは――

「そして第二班」じろりと爬虫類《はちゅうるい》みたいな、それこそワニが愛らしく思えてくるほど嫌な眼でミズ・コットンはひと睨みくれてくる。「ケイト・モズリィ・マックグロー、ハワード・ウイット、そしてマモル・ミコガミの三人。以上」

〝妃殿下《ユアハイネス》〟の班には〝ちゅうりつ《ニュートラル》〟と、ぼく。〝けらい《オベイ》〟は〝妃殿下《ユアハイネス》〟から引き離されるわけだ。はたして彼は、いまにも泣き出しそうなくらい、おろおろしている。ぼくだってステラと別々になるのは嫌だけれど、あんなにしょげ返るほどの大ごとでもない。そう思うと、なんだか〝けらい《オベイ》〟のことが哀れなような、それでいて不甲斐なくて腹立たしいような、複雑な気分になる。

「では、第一班の課題はこちら。第二班の課題は、これ」ミズ・コットンはひとりひとりにプリントを配った。「第一班は図書室、第二班は応接室に分かれて、それぞれディスカッションを行うこと。最初の発表は明日にもミスタ・パーキンスの前でやってもらうそうなので、そのつもりで。いいですね。では早速始めなさい。それから、いつも言っていることだけど」と彼女はこれみよがしに、ぼくに皮肉っぽい一瞥《いちべつ》をくれた。「くれぐれも夕食の時間には遅れないように」

ミズ・コットンがドアから出てゆくのを待ち、ぼくたちもぞろぞろと教室を後にした。第二班の〝ちゅうりつ《ニユートラル》〟とぼくは〝妃殿下《ユアハイネス》〟に従って、応接室へ向かう。

「さあて、と」鬼のいぬ間になんとやら、〝ちゅうりつ《ニユートラル》〟はお行儀悪く靴を履いたまま、クッションを枕にして長椅子に寝そべると、自分の分のプリントを見た。「拝啓ミスタ・パーキンス、今回はどういう事件でございましょうか」

ぼくも椅子に座り、プリントを見てみた。日常会話ではあまり馴染みのない、もって回った表現がやたらに多いため、〝ちゅうりつ《ニユートラル》〟と〝妃殿下《ユアハイネス》〟に説明を補足してもらって、なんとか理解できた。以下はその内容である。

**・人物設定・**

女A……主婦。離婚歴あり。前夫とのあいだに高校生の女の子がいる。目下の悩みは娘の学校の成績。そして、姉宅に食事をたかりにくる学生の弟の行く末。

男B……女Aの父親。もと消防士だが、いまは引退している。献身的なレスキュー活動が認められて、大統領にホワイトハウスへ招かれたことがあるのが、何よりの自慢。妻に先立たれ、現役を引退した後、独り暮らし。少し惚けの兆候が出始めている。

男C……女Aの再婚相手。某金融会社勤務。やはり離婚歴あり。前妻とのあいだに小学生の男の子がいるが、親権は彼女が持っていて、月に一回、息子に会いにゆくのを楽しみにしている。

**・事件設定・**

男Cはビデオソフトのコレクターで、映画やTV番組などの膨大なテープのコレクションを持っている。ある日、仕事から帰宅した彼は、自分のコレクションが荒されているのを発見。ジャンル別にきれいに棚に並べておいたものが、すべて床に滅茶苦茶にばらまかれた上、一本一本貼っておいたレーベルがことごとく剝《は》がされていた。盗まれたテープがあるようには見えないが、すべてを整理しなおしてみないとたしかなことは判らない。なお、他の金品にはまったく手をつけられていなかった上、外部から侵入した形跡はないため、身内の仕業《しわざ》と思われる。

さて犯人はだれか？

またその目的は？


「ほう。これはまたなかなか、ややこしい問題ですな」と〝ちゅうりつ《ニュートラル》〟は楽しそうだけれど、ぼくは早くもうんざり。〝寮長《RA》〟の出す課題はいつも、こんなふうにへんてこりんなものばっかりだ。完全な作り話なのか実話を下敷きにしているのかは知らないけれど、ともかく変な出来事を設定し、そのシチュエーションに即したストーリーの結末をぼくたちに考えさせるのである。班ごとにその結果を発表しなければいけないんだけれど、その判定というか、評価の仕方は極めていい加減なんだ。「正解？　それは、ひとつとは限らん。こちらの用意した答えと合致していなくても、ちゃんと筋が通っていておもしろければ正解と看做《みな》す」というのが〝寮長《RA》〟の言い分なんだけれど。これって要するに、課題にパスするかどうかは彼の気分次第、ってことなんじゃないの。

「早速、配役を決めようか」と〝ちゅうりつ《ニュートラル》〟は手際よく進行する。「別に女の子が必ず女性役をやらなければいけないってこともないんだが。ケイトは女Aでいいかな」

「いいわよ」

これもまた〝寮長《RA》〟の実習《ワークショップ》のへんてこりんな特徴だ。ぼくたちみんなに、設定された事件の関係者ひとりひとりの役を割り振り、その人物になりきってその視点から事件を見てみるように、というのだ。そうすることでなるべくいろんな方向から事件の内容を考えられるから、とかなんとか、もっともらしい理屈は付いているんだけれど。単に〝寮長《RA》〟が仕事にかこつけて悪のりしているだけだとしか、ぼくには思えない。

「じゃあ決まり。あとは男Bと男Cを、おれとマモルが受け持つわけだが。どうする？」

「ええと」ぼくはちょっと考えてから言った。「ハワードさえかまわなければ、ぼくは男Cをやりたいんだけれど」

敢えてそう申し出たのは思惑があってのことだ。今回の課題において、男Cは事件の被害者である。通常ならば被害者というのは一般的に、その事件の動機にもっとも心当たりのある人物ということになろう。しかし〝寮長《RA》〟の設問は、こうした被害者自身、筋の通った理由に思い当たりそうにないというパターンが実に多い。当然真相は男Cにとって予想外のところに落ち着くはずで、従って彼を演じるぼくはその分あまり推理せずに済むだろう、と。そう期待したのだ。

「女Aの再婚相手のほうだな。うん。別にかまわないよ。じゃ、おれは男B」

「自分で希望した以上は、ちゃんとやってよね」じろりと〝妃殿下《ユアハイネス》〟は横眼でぼくを睨む。

「マモルのせいで、いつまで経っても正解に辿り着けない、なんてことのないように。課題にパスできるまで、わたしたち三人、一蓮托生《いちれんたくしょう》なんだから」

「そんなの、お互いさまだろ」と言い返した途端、ぼくはふと自分の見込みちがいに気がついた。まてよ。よく考えてみれば、男Cがほんとうに被害者とは限らないわけだ。被害者を装った犯人という可能性も当然あるわけで、そうなると彼の動機とはいったい何だったのかという回答は、ぼくが全面的にひねり出さなければいけなくなるかもしれない。しまった。こいつは勇み足だったかな。

「まあまあふたりとも。同じ班なんだから、そういがみ合わずに。仲良くしてくれ」と〝ちゅうりつ《ニユートラル》〟はぼくと〝妃殿下《ユアハイネス》〟をにやにや見比べる。「ではその配役で行きましょうか。先ず設定をざっと見て、何かご意見は？」

「犯人は、わたしの娘ね」と〝妃殿下《ユアハイネス》〟はいきなり断言した。もちろんこの場合の「わたし」とは配役上の女Aのことだ「高校生の」

「こりゃまた一発目から、意外な犯人だな」

「そうでもないでしょ」呆《あき》れる〝ちゅうりつ《ニユートラル》〟を尻目に〝妃殿下《ユアハイネス》〟は、しれっとしている。「配役ABC以外の登場人物の中に犯人がいるというパターンは、これまでにも何回かあったじゃない」

「それはそうだが。動機は？」

「自分の母親と義理の父親を離婚させるため」

「というと、あなたの娘さんは義理のお父さんのことがお嫌いなんですか」

「大嫌いなのよね、それが」

「そんなこと、設定のどこにも書かれていないが。何か根拠でも?」

「ビデオコレクターなんておたく《ナード》な男のことを、嫌わない女はいないもの」

「無茶をおっしゃいますな」

「どうせいかがわしい内容のものも、こっそり隠しているにちがいないわ。しかも非合法でアブノーマルな、危ない趣味のものを」

「おいおい」なんでもかんでも断定しまくる〝妃殿下《ユアハイネス》〟の勢いに〝ちゅうりつ《ニュートラル》〟は苦笑気味。「お忘れかもしれませんが、あなたはそのおたく《ナード》な男と再婚しているわけですぜ」

「つい魔がさしたのよ」至極ごもっともな指摘をされても〝妃殿下《ユアハイネス》〟は動じない。「某金融会社勤務という経済力に目が眩《くら》んでね」

「まいったな。あなたの娘は義理の父親が嫌いでこんな悪戯をした、と。それはいいんだが、だからって、このことでお母さんが彼と離婚するだろうと、なぜ期待できるんですかね」

「彼にとって」と〝妃殿下《ユアハイネス》〟はぼく、すなわち男Cを顎でしゃくってみせた。「大切なコレクションに悪戯をしたのは身内の者だと判っても、具体的に誰の仕業なのかは断定できない。義理の父親なのか、義理の娘なのか、それとも義理の弟なのか、はたまた妻なのか。そういう状況をつくることによって彼を疑心暗鬼に陥らせるのよ。自分はこの家族に歓迎されていないんだ、とね」

「なるほど。なかなかもっともらしい考え方だ」

「もっともらしい、じゃなくて、真相なのよ。これにて今回の実習《ワークショップ》は終了」

「そうはいかないよ。きみの娘さんが犯人だとは考えにくい」

「へえ、どうして。根拠はあるんでしょうね」

「彼が」と〝ちゅうりつ《ニュートラル》〟は、さっきの〝妃殿下《ユアハイネス》〟そっくりの仕種《しぐさ》でぼくを顎でしゃくる。

「自分のコレクションの被害を発見したのは、仕事から帰宅した時だ。つまりその日は平日だったわけだ」

「そうとは限らないでしょ。休日出勤だったかもしれないし」

「特に断り書きなんかされていないんだからさ。素直に平日だったと解釈すべきだよ」

「まあいいわ。平日だったから何だっていうの」

「当然きみの娘だって学校があった。さて。彼のコレクションの規模がどれほどのものだったのか、具体的な数は判らない。でも、膨大と記されている以上、それらをすべて棚から下ろして床にぶちまけ、あまつさえレーベルを全部剝がしておくという作業は一時間や二時間で済んだとは思えない。一日仕事だったはずだ。学校へ行っていたきみの娘にはできなかったことになる」

「無断で学校を休んだのかもしれないでしょ」

「そんなことをしたら、すぐにばれる。特にきみの娘は成績があまり芳《かんば》しくないようだからね。普段から彼女の素行に関しては、学校と家族とのあいだの連絡が行き届いていたと考えるべきだろう」

よくもまあこれだけもっともらしい出鱈目《でたらめ》を次から次へと思いつくものだと、ぼくは〝ちゅうりつ〟《ニユートラル》の屁理屈に感心してしまう。

「従って、きみの娘は犯人たり得ない」

「その前提を受け入れるとすれば、一日じゅう家の中に籠もっていてもおかしくない者たちに容疑者は絞られる、と。そう言いたいわけ？」

「まさしくそのとおり」

「つまり犯人は、わたしか、わたしの父親か、あるいはわたしの弟か。三人のうちの誰かだと」

「そう。あ。いや、まてよ」と〝ちゅうりつ〟《ニユートラル》はひとさし指を立てて、ぼくをピストルか何かで撃つ真似をした。「彼が前夜、こっそり徹夜して自分のコレクションを滅茶苦茶にしておき、その翌日、被害者を装ったという可能性もあるな」

ほらきた。犯人に仕立て上げられても自分の動機なんか思いつきそうにないぼくとしては、なんとか矛先《ほこさき》を変えるしかない。「えーと。ちょっとぼくの意見を述べてもいい？　犯人は」と〝ちゅうりつ《ニュートラル》〟を指さした。「きみだ」

「ほう」待ってましたとばかりに、彼は嬉しそうに身を乗り出してきた。「動機は何だ？」

「きみはかつて消防士としての業績を評価され、ホワイトハウスへ招かれたことがあったんだよね。実はその模様はテレビ番組で放映された」

そんなこと設定のどこにも書いていないじゃないのよと抗議する〝妃殿下《ユアハイネス》〟を〝ちゅうりつ《ニュートラル》〟は、まあまあとなだめる。「ふむ。それで？」

「もちろん、その番組はちゃんとビデオに録画してあり、きみの義理の息子のコレクションの一本となっている」

どうやらこちらの予想以上に彼らの興味を惹きつけてしまったらしく、〝ちゅうりつ《ニュートラル》〟ばかりか〝妃殿下《ユアハイネス》〟まで身を乗り出してくる。困ったな。ぼくとしては、男Bとビデオコレクションとの関連の可能性を指摘したかっただけで、何か明確な仮説があったわけではないんだけれど。

「ある日きみは自分の晴れ姿を見返したくなり、ぼくの、つまり義理の息子の部屋へビデオテープを探しにいった」仕方ない。喋り続けながら適当に話をでっち上げることにする。

「ところが、ぼくは各テープの内容のタイトルを自分にさえ判別できればこと足りると省略してレーベルに表記していたため、きみはどれがホワイトハウスでの晩餐会の様子を録画したものなのか全然見当がつかない」

「ほほう」晩餐会だったなんてどこに書いてあるのよと突っ込む〝妃殿下《ユアハイネス》〟を〝ちゅうりつ《ニュートラル》〟は、うるさそうに遮る。「それで?」

「仕方なくきみは、適当に目星をつけたテープを何本か選んで再生してみることにした。ところが、その作業を繰り返しているうちに、どのテープがチェック済みでどれがそうでないのか判らなくなり、混乱してしまう」

「ふむふむ」

「きみは苛立《いらだ》ちのあまり、チェック済みのテープはレーベルを剝いで区別し始めた」

「え。ちょっと待てよ」さすがに〝ちゅうりつ《ニュートラル》〟は唇を尖《とが》らせた。「そんな乱暴なことをしなくても、区別する方法なら他にいくらでも――」

「そこはそれ、きみは少し惚けの症状が出始めていて、合理的な思考ができなくなっていたんだ。作業を繰り返しているうちにその行為自体が先行して、歯止めが利かなくなる。お目当てのテープを探すという本来の目的をすっかり忘れてしまって、はっと我に返ると、すべてのレーベルを剝いでしまった後だったというわけさ。どう?」

「どうもこうもないぜ」〝ちゅうりつ《ニュートラル》〟は、しらけた表情だ。「途中まではおもしろいよ。うん。おれのホワイトハウスでの勇姿が実はビデオに録画されていたとか、それを再生してみようとしたとかのくだりは、なかなかいい点に着目している。しかし結論がそれじゃ、ちょっとなあ」

「事件の真相は犯人が惚け老人だったからでした、と言っているのと同じじゃないの」

〝妃殿下《ユアハイネス》〟は辛辣《しんらつ》に肩を竦めてみせる。「安易にもほどがある。そんなご都合主義な答えで課題にパスできると、まさか本気で思っているんじゃないでしょうね」

「安易は言い過ぎだろう」むっとして、ぼくは彼女に言い返した。「少なくとも、きみの娘犯人説よりもずっとましだ」

「なんですって。だいたい、マモル、あなたは普段から軽はずみな――」

「まあまあまあ。ふたりとも。まあまあ。同じ班なんだから、もうちょっと仲良く。な。な」

そんなふうにぼくたち第二班はあれこれディスカッションを重ねたが、おいそれとは全員が納得する仮説に辿り着かない。

「――ちょいと休憩しようか」と〝ちゅうりつ《ニユートラル》〟は長椅子から立ち上がった。実習《ワークショップ》の課題に取り組んでいるあいだの時間の使い方は、比較的ぼくたちの自主性に任されている。

「飲み物でも買ってくるか。きみたちもどう?」

「お願いするわ。わたしは」〝妃殿下《ユアハイネス》〟は〝ちゅうりつ《ニユートラル》〟に二十五セント硬貨を二枚、ぴんと指で弾いて渡す。「スプライト」

「マモルは?」

「いや、いい。いま懐がさびしくてね」

「じゃ、紙コップを持ってこよう。おれたちのを分けてやるよ」

〝ちゅうりつ《ニユートラル》〟が応接室を出てゆくと、短いあいだとはいえ〝妃殿下《ユアハイネス》〟とふたりきりになる。知らん顔して腕と脚を組んでいる彼女に何か話しかけるべきかどうか悩んでしまって、なんだか気詰まりだ。やがて〝ちゅうりつ《ニユートラル》〟が戻ってきた。食堂から持ってきたらしい小さな紙コップを三つテーブルに並べ、缶入りスプライトを等分に注ぐ。

「あら？」お釣りの五セント硬貨を受け取りながら、〝妃殿下《ユアハイネス》〟は怪訝そうに、「ちょっと待って、ハワード。買ってきたのは、この一本だけ？　あなたの分は？」

「いやあ、実を言うと」彼のほうはあくまでも、ひとなつっこい笑顔を崩さない。「おれもいまマモルと同じなんだ。おけらでさ」

「まあ、呆れた」さすがに〝妃殿下《ユアハイネス》〟は、ぷっと頬を膨らませた。「ふたりして、わたしにたかったたってわけ？　とんだ紳士たちね」

「おれは別に、自分の小遣いを使うつもりだとはひとことも言わなかったぜ。単に、飲み物でも買ってこようかと提案しただけだもん」

「おやめなさい、小賢《こざか》しい言い訳は」うるさそうに〝ちゅうりつ《ニユートラル》〟を蹴っ飛ばす真似をして〝妃殿下《ユアハイネス》〟は自分の紙コップに口をつけた。「まったく、ハワードったら。油断も隙もありゃしない。泥棒にでも遭った気分だわよ」

「そういえば」彼女のその言葉で、ふと憶い出したことがあった。「ハワード、きみ、さっき食堂で言ってただろ。自分の部屋に置いてあったスナック菓子を誰かに盗まれたことがある、とか」

「何の話？」と興味を示す〝妃殿下《ユアハイネス》〟に〝ちゅうりつ《ニュートラル》〟は、例のバーベキュー味のポテトチップスが消えた一件を簡単に説明した。

「ふと気になってきたんだけど――」ぼくは慎重に言葉を選んだ。「もしかしたら、ぼくも同じ被害に遭っているかもしれない」

「なに。ほんとか？」

「確認しているわけじゃないよ。でも、ちょっと前に、珍しくテストの合計点が高くて、お小遣いをいつもより多めにもらったことがあったんだ。嬉しくて、キャンディバーを思い切り買い溜めした。というか、してあったはずだったのに――」

「知らないうちに消えていた、というのか」

「これまでは単に、自分でもびっくりするくらい、あっという間に食べてしまったんだろうと納得していた。たしかに、なくなり方が妙に速すぎるような気もしたんだけれど、誰かに盗まれたかもしれないなんて、思いつきもしなかったしね」

「それが当然よ。だって、そんな思いつきなんて気のせいに決まっているもの」〝妃殿下《ユアハイネス》〟は、にべもない。「いったい誰に盗めるっていうのよ。それぞれの個室には鍵が掛かっているっていうのに。それとも何？　自分の部屋を留守にする時、うっかりドアをロックし忘れるようなお間抜けさんなの、あなたたちは揃いもそろって」

「おれは常に鍵を掛けている。忘れたことなんかないと自信があるね。マモルはどうだい？」

「ぼくもだいたい、いつも掛けているはずだ。もしも自分の部屋へ戻ってきた時、鍵が掛かっていなかったとしたら気がつくだろう。でも、そういう覚えはない。少なくともこれまでは」

「ほらご覧。盗難なんてありっこない。そもそもスナック菓子が消えたってこと自体、あなたたちの勘違いに過ぎないわ。自分で食べてしまったのを、すっかり忘れているだけよ」

「いや、勘違いなんかじゃない。なんならその証拠を見せようか」

「え？」自身たっぷりな〝ちゅうりつ《ニュートラル》〟の提案に、思わずぼくは〝妃殿下《ユアハイネス》〟と顔を見合わせた。「証拠って、どんな？　そんなもの、あるの？」

「あるとも。後で持ってきてやってもいいんだが、おれが適当にでっち上げたものだと思われるのも癪《しゃく》だからな。どうだい、ふたりとも。いまから一緒に来ないか」

「どこへ？　証拠とやらを見せてくれるの？」

「まあ、運がよければ、な。そろそろ出てくる頃のはずだから」

何なんだろう、運がよければとか、そろそろ出てくる頃のはずだからとか。ずいぶん謎めいた言い方である。わけが判らなかったけれど、ともかくぼくと〝妃殿下《ユアハイネス》〟は〝ちゅうりつ《ニュートラル》〟に誘われるまま応接室を後にした。自動販売機が置かれている中央ホールへ向かう。

「さあ、これだ」と〝ちゅうりつ《ニュートラル》〟はスナック菓子のほうの自販機を指さした。ガラスの仕切りを挟んでバーベキュー味のポテトチップスがフックにぶら下がっている。「さてと。あ。いけね。おれ、一セントも持っていないんだっけ」

　またもや自分にたかるつもりかとばかりに〝妃殿下《ユアハイネス》〟は眼を剝いた。彼女の怒りが爆発する前にぼくは慌てて、なけなしの二十五セント硬貨を〝ちゅうりつ《ニュートラル》〟に差し出した。

「な、なんなのよそれは。マモルったら。信じられない」やっぱり〝妃殿下《ユアハイネス》〟の怒りは爆発してしまって大騒ぎ。「あなた、ちゃんとお金、持っているんじゃないの。それなのに。それなのにあたしから毟《むし》り取るなんて、どういう神経してるのよ」

「ちがうってば。ケイト、聞けよ。これはぼくの最後のクオーターなんだってば」

「この泥棒。いかさま師。大嘘つき」

「まあまあまあ。ふたりとも。まあそう揉めるな。さて」もとはと言えばこの騒ぎの張本人のくせして〝ちゅうりつ《ニュートラル》〟はしれっとしたままメモ用紙を取り出して、そこにボールペンで**Howard Witt**と書きつける。「これがおれのサインだ。OK?」と〝妃殿下《ユアハイネス》〟にメモを手渡すと、ぼくから巻き上げた二十五セント硬貨をスナック菓子の自販機のスロットへ入れた。「みなさま、お立ち会い。運がよければおなぐさみ、っと」

〝ちゅうりつ《ニュートラル》〟はバーベキュー味のポテトチップスのボタンを押した。仕切りガラスの向こう側でフックに引っかかっていた小さい袋がするりと移動するや、かたんという音とともに取り出し口へと落ちてくる。そのポテトチップスの袋を〝ちゅうりつ《ニュートラル》〟はそのままぼくに放って寄越した。

「何だい？　どうしろっていうの」

「値段シールを剝がしてみなよ」

わけが判らなくて、つい〝妃殿下《ユアハイネス》〟のご意向をお伺いしてしまった。彼女が無言で頷くのを確認しておいてから、ぼくはそっとシールを、破れないように剝がしてみる。

「あ？」思わず声が出た。剝がしたシールの裏側には、なんと豆粒みたいな細かい文字ながら、ちゃんとHoward Wittと記されているではないか。まちがいなく〝ちゅうりつ《ニュートラル》〟のサインだ。

「やれやれ。どうやら運がよかったみたいだな。めでたい、めでたい」

「ど、どういうことなの」〝妃殿下《ユアハイネス》〟もすっかり怒りを忘れている。「ハワード、ちゃんと説明しなさいな。どういうことなのよ、これは？」

「まあ待ちなよ。あんまりここで騒いでいたらまずい」と〝ちゅうりつ《ニュートラル》〟は食堂のほうに目配せ。さっき紙コップを取りにいった時、ミズ・コットンがそこにいることを確認しているのだろう。「とりあえず応接室へ戻ろう」

「あのね、もったいぶらずに」もとの長椅子に悠然と寝そべる〝ちゅうりつ《ニユートラル》〟の態度に、またもや〝妃殿下《ユアハイネス》〟の怒りは爆発寸前。「さっさと種明かしをしてちょうだい」

「種明かしも何も、見たまんまさ。これは」とぼくの手の中を指さす。「おれが買い置きしてあったはずのポテトチップスなんだよ」

「それが、どうして？」彼女は呆気《あつけ》にとられた顔でぼくと〝ちゅうりつ《ニユートラル》〟を交互に見る。「どうして自動販売機の中にあったのよ？」

「さっき言ったように、おれは以前から、どうも自分のスナック菓子の買い置きが盗まれているような気がして仕方がなかった。しかし、もうひとつ確信を持てないでいた。ケイトも指摘したように、鍵の問題があるからな。誰かが盗んでいるとすれば、おれが部屋を留守にする時か、それとも眠っている時しか考えられないが、そのいずれもドアはしっかりロックしてある。従って他の生徒たちが犯人だとは考えられない。ただ——」意味ありげに〝ちゅうりつ《ニユートラル》〟は間を取り、上半身を起こした。「マスターキーを持っている者なら、どうだろうな」

「って、まさか」〝妃殿下《ユアハイネス》〟は、あんぐりと口を開けた。「まさかシウォード博士のことを疑っているの？　彼女がそんなことをしたって——」

「ケイトが言いたいことはよく判るよ。おれだってまさかと思った。なんで博士がわざわざおれたちからスナック菓子なんかを盗まなきゃいけないんだ、そんなことしたって意味ないじゃん」

「そうよ。まさしくそのとおり」

「ところがおれ、ある夜、見ちまったんだな」

「え。何を？」

「たまたま眠れなくてさ、図書室から何か本でも借りてこようと思って、部屋のドアを開けたんだ。夜中の、そうだな、二時か三時頃だったと思う。そしたら廊下の向こう側から、かちゃかちゃと何やら不審な音が聞こえてくるじゃないか。常夜灯の乏しい明かりの中、眼を凝《こ》らしてよく見てみたら、中央ホールに誰かいる。シルエットですぐ判ったよ。シウォード博士だ。彼女は自動販売機の扉を開けて何かをしている最中だった」

「何をしていたの？」

「近くまで行って確認したわけじゃないが、どうやら自販機に商品を詰めていたようだね」

「なんで？　なんでシウォード博士がそんなことをしなくちゃいけないの？」

〝妃殿下《ユアハイネス》〟の驚きはもっともだ。自動販売機の商品はガソリンと同じように、定期的に外から業者が配達してくることになっていて、職員住居区画の一一一号室が倉庫代わりに使われている。在庫の管理をしているのはミズ・コットンだ。ぼくも何回か、彼女が自販機に商品を詰めているところを見たことがある。〝寮長《RA》〟が手伝っていたこともある。しかし〝校長先生《プリンシパル》〟がそんな雑用に携わっているなんて、思いもよらなかった。

「おれもわけが判らなかったが、そういえばシウォード博士はこの建物全室のマスターキーを持っているんだから、スナック菓子を盗もうと思えば簡単に盗めるわけだよな、と。そう思い当たった途端、閃《ひらめ》いたね。もしかして博士、おれたちの部屋から盗んだスナック菓子を、ああやってもとの自動販売機に詰めなおしているんじゃないか、と」

「いったい何のために、わざわざそんなことをしなきゃいけないの」

「さあそこだ。閃きはしたものの、我ながら突飛な推理だと思ったさ。でも、確認しようと思えば確認できる。詳しい話はそれからだ、と」

「なるほど。で」〝妃殿下《ユアハイネス》〟は剝がされた値段シールを指さした。「こうして確認してみたわけね」

「値段シールの裏にサインして、貼りなおしておいた。知らん顔して自分の部屋の簡易キッチンの下の収納に仕舞っておいたら、しばらくして、はたして消えてしまった。自動販売機に戻されるとしたらタイミング的にそろそろかな、と。まあそこは単なる勘だったがね。うまくいけば、きみたちふたりにも証拠を見せられるから、今日思い切って、試してみたってわけさ」

「運がよければとあなたが言っていた意味が、ようやく判ったわ。最初はハワードのことだから、またとんでもない与太を吹いているとばかにしていたんだけれど。こうもはっきりとした証拠を見せられちゃあ、ね」

「そういえば、こんなこともあったぞ」いつか〝校長先生《プリンシパル》〟が、ぼくが普段着のTシャツと短パンのまま寝ているなんて知るはずがないのに、なぜかずばり指摘したことをふたりに説明する。「――というわけなんだ。シウォード博士は真夜中にぼくたちの部屋へこっそり忍び込んできているんじゃないかというのは、どうやらぼくの妄想ってわけじゃなかったんだね、こうなってみると」

「でも、さっきから何度も同じ疑問を呈するようだけれど、だったらシウォード博士は、いったい何のためにそんなことをするわけ？」

「多分」と〝ちゅうりつ《ニュートラル》〟はぼくのクオーターで買ったポテトチップスの袋を我がもの顔で開封し、かけらをひとつ口へ放り込んだ。「おれたちを試しているんだろうな」

「試す？」

「そう。これ」と課題のプリントを、ひらひら振ってみせた。「これと同じさ」

「え。どういう意味？」

「だから、推理テストだよ。誰かがこっそり自分たちの部屋へ侵入していることに、おれたちがちゃんと気づくかどうか。これが最初のステップ。そしてスナック菓子やソフトドリンクが盗まれるのは、いったいなぜか。合理的な理由をひねり出せるかどうかが次のステップ。ざっとそんな具合さ」

「ちんぷんかんぷんなことばっかり言わないで。いったい何のためにわたしたち、そんなふうに試されなきゃいけないのよ」

「だってさ、そもそも、ここはそのための養成所なわけだろ」

「養成所？　何の？」

「あれ？」ぼりぼりポテトチップスを噛み砕いていた口を止めて〝ちゅうりつ《ニュートラル》〟は、きょとんと〝妃殿下《ユアハイネス》〟とぼくを見比べた。「もしかしてケイトもマモルも知らないのか、どうしておれたちがこんな場所へ集められているのかを？　まったく理解していないのかい」

「あいにくとね。でもお利口さんのあなたは理解しているってわけだ。なぜなのか教えてよ」

「なぜなら、ここは特別養成所だからさ」〝ちゅうりつ《ニュートラル》〟は、にやにや不敵な笑いを浮かべた。「プロの秘密探偵の、ね」

＊

なんだかいろいろあったせいか、ぼくとしたことが実習《ワークショップ》の後、ステラの部屋へチョコバーをもらいにゆくのも忘れてしまった。この日、暗くなっても、〝校長先生《プリンシパル》〟と〝寮長《RA》〟のふたりは〈学校《ファシリティ》〉へ戻ってはこなかった。夕食の席でミズ・コットンは、いつものように極めてそっけなく「シウォード博士とミスタ・パーキンスのお帰りは今夜遅くなると、さっき連絡がありました。みんなはかまわなくていいから、さっさとあとかたづけをして就寝するように。判りましたね」と指示する。

夕食の後、一旦自分の部屋へ引っ込んだぼくは、昼間〝詩人《ポエト》〟と交わした約束のことを憶い出した。例の「新入生が到着する前に話しておいたほうがいい」とかいう話だ。ぼくが〈学校《ファシリティ》〉の一員になる以前にここにいたとされるデニス・ルドローという名前の男の子について教えてくれることになっていたんだっけ。〝詩人《ポエト》〟の部屋は空き室の一〇七号室を挟んで、ぼくの部屋の隣りの隣りの一〇八号室だ。早速会いにいってみる。

ところが、廊下へ出た途端、中央ホールのほうから歩いてきたミズ・コットンに出くわしてしまったのだ。「こら、マモル。こんな時間にこんなところで何をしているんですか」見逃してくれるような彼女ではない。「夜は自分の部屋でおとなしくしていなければだめでしょう」

「え……ええと」口籠もった拍子に、つい一〇八号室のほうを横目で窺うぼくを、ミズ・コットンはさらにじろりと睨んできた。

「何です。ケネスに何か用でも?」

「まあその。ちょっといろいろと――」

「急用？　そんなわけ、ありませんね」こちらが何も答えないうちに決めつけてくる。

「ケネスに話があるなら明日になさい。彼はこれから入浴タイムなんだから。いいですね。

おやすみなさい」

そう命じると、ミズ・コットンは一〇八号室のドアをノックした。返事を待たずに鍵束を取り出し、勝手にロックを外す。どうやら〝校長先生《プリンシパル》〟が留守の際はミズ・コットンがマスターキーを預ることになっているらしいな、と察する。

そうか。〝詩人《ポエト》〟は介助してもらわないと、自分独りではお風呂に入れないんだ。ようやくそう思い当たったぼくは、一〇八号室へ入ってゆくミズ・コットンの後ろ姿を、なんとなく後ろめたい気持ちで見送った。にしても、この建物が介護用の広いスペースのバスルームを備えた元病院だったのはラッキーな偶然だ。そうでなければ〝詩人《ポエト》〟本人も介助するミズ・コットンも毎回もっと大変な思いをしなければならなかっただろうから。

まてよ。自分の部屋へ戻ろうとして、ふと足が止まった。〝詩人《ポエト》〟はここの生徒の中で一番古株のひとりだ。ひょっとしてその彼の境遇に合わせてこの建物が〈学校《ファシリティ》〉として選ばれたんだったりして。そんな突飛な考えが頭に浮かんだのである。もちろん的外れもいいところだ。身体が不自由な生徒が複数いるのならばともかく、たったひとりの都合に合わせて場所を選ぶなんて、そんな発想は。

# II

ぼくの家は日本の神戸に在る。お父さんの名前は御子《みこ》神《がみ》透《とおる》。お母さんの名前は衛子《えいこ》。ぼくの衛《まもる》という名前はお母さんの名前から一文字をもらったものだという。ぼくはまだ自分の名前を全部きちんと漢字で書けない。字面はイメージで憶《おぼ》えているから読む分には大丈夫なんだけれど、自分で書いてごらんと言われると、ちょっと怪しいんだ。自信があるのは「みこがみ」のうちの「子」と「神」くらい。「まもる」はいま練習しているところで、堂々とお披露目するには至っていない。だから教科書やノートに記された名前は「み子神まもる」で、小学校へ行く時に胸に付ける名札も同じ。

いつだったか、その名札を付けてバスに乗っていると、隣りの席に座っている黒い服を着た外国人のおじさんが、しげしげとぼくの胸もとを覗《のぞ》き込んでくる。そして感心したように、やたらに何度も頷《うなず》くんだ。なんだこいつ、変なやつと思っていたら、バスを下りる直前、そのおじさんから握手を求められた。かたことの日本語で「あなたの名前、すばらしい。どうか神のご加護がありますように」と言われた。いったい何のことやらさっぱりわけが判らなかったので、家へ帰ってお母さんにその話をした。すると「そのひと、きっと牧師さんか神父さんじゃないかしら」とお母さんは自信ありげに頷いた。「衛の名前を『御子を神が守る』という意味だと読み取ったのね」

ミコってなあにとぼくが訊くと「キリスト教で言えば、神さまの子供のこと。つまりイエス・キリストよ」と説明してくれたけれど、あんまりぴんとこなかった。イエスさまとかキリストという言葉は聞いたことがあるけれど、それが何なのという感じ。横でお母さんとぼくのやりとりを聞いていたお父さんが「そういえば衛の名前って平仮名で書くと『みこがみまもる』で『御子が見守る』というふうにも読めるな」と口を挟んできた。お母さんは「そういえばそうね。イエスさまが見守ってくださる、という意味に通じるんだ」と、とても嬉しそうだったけれど、やっぱりぼくには意味が判らない。お父さんは続けて「その伝で言えば、お父さんの名前を平仮名にすると『みこがみとおる』で『御子が看取る』。つまり神さまが看取ってくださる、という意味になるわけだ」と笑った。それを聞いたお母さんは、なんだか複雑な表情を浮かべていたような気もする。よく判らないんだけれど。

どうやらお父さんとお母さんのあいだではお互いの宗教観にずれがあるらしい。お父さんは無神論者で、お母さんはクリスチャン。簡単に言えばお父さんがこの世に神さまなんていないという考え方な一方、お母さんは世界のすべては神が造ったと信じているらしい。

そんなにお互いの価値観がちがっていては夫婦仲がうまくいくはずがないと、結婚前、周囲のひとたちはずいぶん心配したそうだ。それがどれだけ深刻な問題なのか、ぼくには判断できないんだけれど、お父さんのほうにはさしてこだわりがないからふたりの結婚式はキリスト教式で教会で挙げた、とも聞いた。洗礼を受けているお母さんは結婚後も、一ヵ月に一回くらいの割合で教会へ行っている。ぼくを連れてゆくこともある。でもそのことについてお父さんはあんまりいい顔をしない。夫婦喧嘩《げんか》になることもある。なぜなのか、これまたぼくにはよく判らない。

判らないといえば、そもそも「洗礼を受ける」って、どういうことなんだろう。お母さんに訊いてみると「簡単に言えば、これからわたしは一生、神さまを信じて生きてゆきます、と宣言することよ」と説明してくれた。「神さまを信じる」というのはお母さんによれば「神さまがこの世に存在することを信じる」というのと、そして「神さまが自分たち人間を愛してくださっていることを受け入れて生きてゆく」というふたつの意味合いがあるんだって。そう宣言して洗礼を受けたひとはクリスチャンになるというわけだ。お母さんみたいに。

でも、やっぱりよく判らない。そもそも神さまが存在するっていうけど、どこにいるの？　お母さんは「天国に」なんて答えるんだけど、そんなの、どこにあるのか判らないじゃん。天国ってどこ。まさか空のことじゃないよね。空をめがけてどんどん上がっていっても、やがて宇宙があるだけだよ。神さまがその辺をうろうろしているんだとしたら、とっくにスペースシャトルあたりが見つけていてもおかしくないはずだろ。そうだよね。でもそんな話、聞いたこともない。そんな、いったいどこにいるのかも判らないような神さまなんてものが、自分たち人間を愛してくださっているとか言われても、なんだそりゃって感じ。これがお母さんじゃなくて他のひとだったら正直な話、ちょっと頭がおかしいんじゃないのって思うところだ。それが失礼なら、非科学的だと言い換えてもいい。

そんな議論をわざわざするつもりはなかったんだけれど、ある日ぼくはそういう本音をぽろっと洩らしてしまった。するとお母さんは別に怒りもせず、ちょっと考えてから頷いた。

「そうね。衛の言うとおり、物理学的には神さまって多分、どこにもいないというのが正解だと思う。このまま科学が進歩すれば、神さまなんてものはこの世のどこにも存在しないんだということが、いずれはっきりと証明される日が来るかもしれない。いえ、きっと来るでしょうね」

え。なんなのそれ。お母さんてクリスチャンじゃなかったの？　クリスチャンともあろう者が、神さまなんてどこにも存在しないことはいずれ科学が証明する、なんて言っちゃっていいの？　それっていわゆる問題発言ってやつではと戸惑っていると、お母さんはさらに続けた。

「でもね、衛。事実として神さまが存在しないことと、わたしたちが神さまを信ずることとは、まったく別のことなのよ」

「え。どういう意味、それ」

「例えばね、郵便ポストの色は何色」

「決まってるじゃない。赤だよ」

「衛は赤だって言うんだ」

「誰だってそう言うよ。あたりまえだもん」

「じゃあもし、ケンイチくんが」とお母さんは、ぼくが一番仲の良い友だちの名前を挙げる。「ポストは青い色をしていると言ったら、どうする？」

「ふざけてるなあと思う。ばか言って」

「でもケンイチくんはふざけているわけではない。大真面目に、郵便ポストの色は青だと言っているとしたら、どう？」

「どうって。頭がおかしくなったのかと思う」

厳密に言うと日本以外で、実際にポストが青い色をしている国もあるそうなんだけれど、これはあくまでも譬《たと》え話だと一応お断りしておこう。

「ケンイチくんだけじゃなくて、衛のクラスの生徒全員、四十人だっけ、が郵便ポストの色は青だと言ったら、どうする？」

「何をばかなこと言ってんの、お母さん。そんなこと、あるわけないじゃない」

「これは例えばの話。クラスのみんながみんな、郵便ポストの色は青に決まってるじゃないか、赤いなんて言う衛くんは頭がおかしいんじゃないの――と本気で気味悪がられたらどうする？」

「クラスのみんなから？」

「そうよ。全員。誰も衛の意見に賛成してくれないの。どうする？」

「みんなが賛成してくれなくたって、まちがっているものはまちがっているんだからさ。しょうがないじゃない。いくらクラスのみんなが真剣に青だって言い張ったって、ポストの色は赤なんだ。青に変わるわけはない」

「でもね、クラスの中で、赤だって言い張っているのは衛だけなのよ」

「先生は判ってくれるよ、他のみんながまちがっているんだってことを」

「それがね、なんと先生も、ポストは青だよって言うんだよね」

「え。そんなふうに話を拡げるのはずるいよ」

「ずるくなんかないわ。もしもの話だもの。学校だけじゃなくて日本じゅうのひとが、郵便ポストの色は赤じゃなくて青だって言っている。あくまでも赤だと信じているのは、ついに衛ひとりになってしまいました。さて、どうなるでしょう」

「どうって。どうにもならないよ。何にも変わったことなんか起こらない」

「それが起こるのよ。衛にしてみれば、ポストの色が青いって言っているひとたちは頭がおかしいんだと思う。そうでしょ」

「うん。思うよ。だってそうだもん」

「でもね、ひとり残らずみんながポストは青いと言っているその世界では、頭がおかしいのは衛くんのほうだ、ということになっちゃうのよ」

「え。え。なんで。なんでそんなふうになるの。ずるいよ。そんなのずるい」

「ずるくないわ。青じゃなくて赤だと認めるひとが他に誰もいない。つまり、その世界において郵便ポストは青いものだということが常識であり、そして事実になってしまうの」

「むちゃくちゃだ」

「そうよ。むちゃくちゃなの。いい、衛。わたしたち人間はね、自分が信じるものしか事実とは認めないの。たとえそれが嘘でも、ね。いいえ。極端なことを言ってしまえば、この世の中のすべては嘘なのよ。嘘だという言い方が悪いなら、なにもかも幻だと言い換えてもいい」

「嘘とか幻とかって、何が？」

「だから、すべてのものが」

「すべてって、この世の中のすべて？」

「そう。すべて嘘。そしてわたしたちはその嘘を真実と信じることで生きてゆける。例えば、人間は地球上で一番賢い動物だとか言ってね」

「それは嘘じゃなくて、ほんとのことでしょ。学校で習ったもん。万物の霊長っていうんだよ」

「その言い方って、実は人間が地球上で一番弱くて愚かな動物であることを隠すためのものの。あのね、衛、お母さんは別に、嘘や幻だから意味がないと言っているわけじゃないのよ。神さまがいるかいないかって問題を考えてみて。世界のみんなが、神さまなんてどこにもいないって言えば、それはもちろん、どこにもいないんでしょう。神さまだって所詮、嘘であり幻なのよ。それは否定しない。でも、神さまは存在するんだと信じるひとたちもいる。そう信じてしまえば、科学のことなんか関係なくなるのよ。信じるひとたちにとって、神さまが存在することは真実であって、嘘でも幻でもなくなる」

お母さんの理屈はなんとなく判る。判るんだけれど、話の譬え方がずるいと思う。だってさ、この世のすべてが嘘だっていうんなら、飛行機なんて鉄の塊りが空に浮かぶのも実は大嘘で、幻だってことになるじゃないか。そうでしょ。ぼくたちが飛べると信じているから飛んでいるだけであって、乗客みんながそれを信じるのをやめた途端、墜落してしまうとかさ。別に揚げ足を取るつもりもないんだけれど、お母さんの言い分を素直に突き詰めてゆくと、そういう無茶な結論になりかねないよ。

「神さまがほんとにいると信じたら」水掛け論になっても疲れるので、ぼくはちょっと突っ込む方向を変えてみた。「得なことでもあるの？　何か御利益《ごりやく》があるとか」

「御利益？　そんなものないわよ」お母さんは、びっくりするようなことを平然と言う。「あたりまえでしょ。神さまは神さまなんだもの。人間にとっての召使や便利屋さんじゃないんだから」

「そんな」なんだかもう、めちゃくちゃだ。「だったら神さまなんて信じたって、何の意味もないじゃない」

「もちろんありますとも。神さまはわたしたちがすることを高いところからご覧になってくださっているんだから。いつもそう思うことで、悪いことはせずに明るく正直に生きていこうという気持ちになれるでしょ？　世界じゅうのひとたちがいっせいにそういう気持ちになれれば、争いごともなくなって、みんな幸せになれるわ」

お母さんの言い分が非現実的なことは、小学生のぼくにだって判る。お気楽な理想を唱えて現実から眼を逸らしているだけだ。いや、神さまなんて実際にはいもしない存在に頼り、そこに人生の意義を見出そうとするのは、単なる逃避よりも質《たち》が悪い。学校の先生も言ってた。人類の歴史は戦争の歴史であり、その原因の大半は国家や民族の宗教上、信仰上のすれちがいにあるのだ、と。早い話が「おまえの仰ぎ見ている神とは、わたしの信ずる主なる神とはちがう」なんてくだらない理由で、ひとはお互いに殺し合いをするわけだ。両方とも所詮は嘘で幻なのに、自分のファンタジーに付き合ってくれないというただそれだけの理由で相手を否定し、抹殺しようとする。ひとは己れの幻を守るためには他人の血を流しても平気なわけだ。だったら人間は、なまじ神さまなんか信じないほうが平和を保てる、そういう理屈だって成り立つだろう。

お母さんが「世界じゅうのひとたちが神さまのことを信ずるようになればいい」と言う時、それはキリスト教の神さまを指しているんだよね。あたりまえだけど。でも世の中、信心深いからといってみんながみんなクリスチャンとは限らない。お母さんが見ている神さまとは全然ちがう神さまを信じているひとだってたくさんいる。これまた、あたりまえのことだ。その中には、自分には到底受け入れ難い嘘や幻を事実だと信ずるなんて許せないという理由でお母さんや他のクリスチャンのことを憎む者だっているだろう。そもそもぼくたち御子神家の家族からして、お母さんのお気楽な理想論からはほど遠い状態だったのだから。

ぼくたち三人は、ごく平凡な家族だった。テレビドラマに出てくるような妙に馴れ合い的にのどかな明るさとは無縁だったけれど、そこそこ幸せだったと思う。お父さんは横文字の社名のメーカーに勤めるサラリーマンだったし、お母さんは専業主婦だった。などと過去形で語らなければならないのは、ぼくが小学校四年生になった頃から、すべてが変わってしまったからだ。それまでは夜遅くならないと家へ帰ってこなかったはずのお父さんが、ぼくが学校から戻ってくると、もう既に台所にいる。そしてむっつりと赤い顔でお酒ばかり飲んでいる。そんな日が続くようになった。不景気のせいで勤めていた会社をリストラされたという事情をぼくが知るまで、けっこう長い時間がかかったような気がする。どちらかといえば陽気な性格だったはずのお父さんは急に無口になり、朝起きるなりお酒を飲むようになった。やがて学校から帰ってみるとお母さんの顔に青痣《あざ》ができていたり、家具が壊れていたりと、それまでのぼくの想像力では追いつかないような出来事がたびたび起こるようになった。新しい仕事を探そうともせず、ただ家に閉じ籠もって酒びたりになるお父さんのことをお母さんは心配して慰めたり、時には厳しく叱責したりしたらしい。それに対してお父さんは最初うるさそうに無視していたらしいんだけれど、やがて何か言われるたびに気が狂ったように怒り、暴れて、お母さんを殴ったり蹴ったりするようになったという。よりによって自分自身の家庭の中でそんなひどいことが起こるなんて、なかなか信じられなかった。お母さんのことを守ってあげなければいけないはずのお父さんが、そんなひどいことをするなんて。

これはきっと一時的な現象だ、悪い夢なんだ、そう思い込もうとした。素知らぬ顔をしていればやがてすべてはもと通りになり、平和な毎日が戻ってくるんだ、と。でも、そんなぼくの期待をあざ笑うかのように事態は悪化の一途を辿《たど》る。それまでは息子の眼の前ではかろうじて修羅場を演じずに留まっていたふたりだったけれど、やがてぼくが学校から帰ってきてもお父さんはお母さんに暴力をふるうようになった。家じゅう妻を追いかけ回すお父さんの怒鳴り声。夫から逃げ惑うお母さんの悲鳴。食器が割れ、障子が壊れた。ぼくたちは当時マンションに住んでいて、隣りの部屋の住人が通報したのだろう、おまわりさんが飛んできたこともある。そんなふうに流血沙汰は日々エスカレートしていった。このままだとお母さんは殺されてしまうかもしれない……必死で仲裁に入ろうとしてもふたりに弾き返される己れの無力さが徐々に身に染みてくるにつれ、不安が恐怖にとってかわり、そして父親に対する憎しみが確実に育ってきた。その矢先。

ぼくが小学校五年生になったある日のこと。ぼくが学校から帰ってくると、お母さんが思い詰めた声でこう言ったんだ。「……衛。ほんとうに申し訳ないんだけれど」掠《かす》れた声のお母さんの顔は、お父さんにひどく殴られたのだろう、変な色のお餅みたいに腫《は》れ上がっていた。唇の端が切れ、歯が欠けた部分が黒く覗く。「しばらく……ほんのしばらくのあいだだけだから、あなたは静岡のお祖父《じい》ちゃんとお祖母《ばあ》ちゃんのところへ行きなさい」

「だって、学校は？」

「お友だちと別れるのは辛いだろうけれど。転校するしかない。これしかないのよ。衛、ごめん。ほんとうにごめんね。でも、でも、こうでもしないと、あなたの将来が——」

「お父さんは」自分の中で何かが壊れたような気がした。それまで膨れ上がる一方だった父親に対する憎しみから必死で眼を逸らし、覆い隠そうとしていたその殻が破れた瞬間だったのだと思う。「またどこかで飲んでるの」

後から思えばお母さんは自分の身の危険よりもぼくのことを心配していたのだろう。息子の中でどんどん肥大してゆく父親に対する憎しみを敏感に察知し、恐れていたにちがいない。いつか身体が大きく成長したら絶対にお母さんが受けた仕打ちを倍に返して父を殴ってやる、そんな決意を心の支えにして当時のぼくは日々を乗り切っていた。お母さんはそんな息子をしばらくのあいだ父親から引き離さなければいけないと決心したのだ。

「さっき出ていったわ。しばらく帰ってこないと思うから」お母さんは力なく頷いた。

「いまのうちに準備をして」

「お母さんも一緒に行こう」

「え」

「一緒に行こうよ。お祖父ちゃんとお祖母ちゃんのところへ。お父さんがいない、いまのうちに」

「だめよ」

「どうして」

「それはできない」

「どうしてさ」こんなにもきっぱり断られるとは思っていなかったぼくは、うろたえた。危うく母を憎みそうになるほどに。「こんな家にいることなんかないじゃないか。毎日毎日お母さん、殴られてばっかりで。殺されちゃうよ、いまに」

「それでもお母さんはね、お父さんと一緒にいてあげなくちゃいけないの」

「なんで」何のためらいもなく突き放され、ぼくは絶望に打ちのめされる。「なんでなんだよ」

「いまはお父さん、普通じゃないの。一時的に自分を見失ってしまっているのよ。でも、いつか立ちなおる。だから、それまでお母さんが一緒にいてあげなくちゃ」

「変だよそんなの。それって逆効果だよ。だってお母さんは、だめなお父さんを甘やかしているだけなんだから。そうだろ」

「衛」

「学校の先生だってよく言うよ。だめな子は甘やかしちゃいけないって。本人のためにならないって。甘やかせば甘やかすほど悪くなってゆくって」

「衛ったら」

「いまのお父さんこそが、まさにそういう状態じゃないか」お母さんがうまく反論できないと見て取ったぼくはさらにたたみかけた。「一緒にいてあげてたって無駄だよ。お父さんを立ちなおらせたいんだったら、むしろここで放っておくくらいの気持ちでいなきゃ」

「そう……ね、そうなのかもしれない」ふいにお母さんは無表情になった。さんざん殴られたダメージがいまになってやってきてこのまま気絶してしまうんじゃないかと危ぶむほど。息子を含めた周囲のものが急に見えなくなったかのような虚《うつ》ろな眼つきになって「……あのひとは破滅するでしょう、このまま、きっと」と独り言みたいに呟《つぶや》く。あのひというのがお父さんのことだと理解するまで、しばらくかかった。「あのひとだけじゃなくて、一緒にいるあたしも破滅する。このままきっと。きっとそうなる。判ってる。判りきっている。でもだめ。置いてゆけない。置いてゆけないのよ。あのひとを置いてゆくことはできない。あたしにはできない。あたしにはそんなことは――」

そんなふうに、いったいどれくらいのあいだぶつぶつと独り呟き続けていただろう。異様な光景だった。ひょっとしてお母さん、地獄のような毎日に耐えかねて、ついに頭が変になってしまったんじゃないだろうか、そんな不安が膨れ上がってくる。でもやがてお母さんは、はっと目が覚めたみたいに普通に戻った。

「ともかく、衛」と、これまで以上に厳しい顔つきで言った。「あなたは静岡へ行きなさい」

「嫌だ」

「言うことを聞いて」

「お母さんが一緒なら、行く」

「駄々っ子みたいなこと、言わないの」

「いまのお父さんだって駄々っ子みたいなものじゃないか。そんなお父さんのことは置いてゆけないっていうのに、ぼくのことは遠くへやっちゃって、お母さんは平気なの？」

「そんなふうに言わないで」お母さんは腫れ上がった顔を歪《ゆが》めるや、わっと泣き伏した。

「そんなこと言わないで。お願い。お願いよ、衛。そんなふうに言われたら、お母さん、もう判らない。何も。もうどうしていいのか全然」

　これはもう独りでお祖父ちゃんとお祖母ちゃんのところへ行くしかないのかもしれない、ぼくはそう怯《ひる》み、諦めかけた。どんなに暴力をふるわれても滅多に涙だけは流さないお母さんが声を上げて泣きじゃくる姿を見たのは、これが初めてだった。要するにぼくたち親子はここまで追い詰められている……いまさらながらそう悟ったぼくにできることなぞ、もう何もあるはずがない。ただ哀しくて泣くだけ。お母さんとぼくは為《な》す術《すべ》もなく一緒に、すすり泣き続けた。いつの間にかすっかり夜になり、部屋の中が真っ暗になっているにもかまわず。

　ふいに玄関のほうで物音がした。お父さんが帰宅したのだろう。お母さんが我に返ったように慌てて電気をつける。現れたお父さんの姿を見て、ぼくたちはびっくりした。お母さんと同じように顔が真っ青に腫れ上がっている。髪の毛はぼさぼさに乱れているし、服はよれよれ。あちこち裂けたシャツが血に染まっていた。

「ど、どうしたの、あなた」薬箱を手にお母さんは駆け寄り、傷の手当を始める。どうやらどこかの居酒屋で飲んでいたお父さん、酔いに任せて他の若いお客さんにからんだらしい。ようお兄さんたち、サラリーマンかい、いいねえ仕事があって、おれなんかリストラされて、とかなんとか。で、お父さんがあんまりしつこいものだからついに喧嘩になり、よってたかってボコボコにされた。そういう経緯だったようだ。

手当を受けながらお父さんは最初、荒れまくっていた。ちくしょう、あいつら今度会ったらただじゃおかん、とかなんとか。ふらふらしながらも形ばかり拳を振り回す元気もまだあったんだけれど、酔いが醒めてきたせいもあるのかだんだん、しょぼんとしてきた。そしてさっきのぼくたちみたいにべそべそ泣きながら「すまん……衛子……衛……すまん」と呻《うめ》くようにぽつりぽつりと謝り始めたんだ。どうやら自分が袋叩きにされてみて初めて殴られる者の立場が身に染み、懺悔《ざんげ》しなければならないという気持ちにかられたらしい。「なさけない……お父さんは自分がなさけない」と、ただひたすらお母さんに、そしてぼくに謝り続けた。結局そのことで静岡行きの話はうやむやになり、翌日ぼくは普段通り学校へ行ったのだが。せっかく関係が修復されつつあったお父さんとお母さんから、その後すぐに引き離されることになるなんて。

＊

朝、目が覚めるたびに思うんだ。これまでの出来事はすべて夢だったんじゃないか、と。ここは見知らぬ異国の地ではなく、神戸で、ぼくが通っているのはへんてこりんな〈学校《ファシリティ》〉ではなく、普通の小学校なんじゃないか、と。でも、ちがう。目覚めると、やっぱりそこは〈学校《ファシリティ》〉の寮なんだ。Yの字の建物の端っこ。一〇六号室。

いつものように簡易キッチンで顔を洗いながら、ぼくの頭に先ず浮かんだのは、昨夜〝校長先生《プリンシパル》〟と〝寮長《RA》〟は予定通り帰ってきたのかしら、ということだった。どこへかはともかく新入生を迎えにいったという話だけど、もしかしたら現地で用件が長引くかどうかして向こうで泊まりになったかもしれない。その場合、今日もまた授業《レッスン》の代わりにミズ・コットンの監督でテストをするんだろうか。テストもけっこうだけれど〝校長先生《プリンシパル》〟が採点してくれなきゃお小遣いがもらえないんだから意味がない。昨日〝ちゅうりつ《ニュートラル》〟のやつになけなしの二十五セント硬貨を巻き上げられてしまったことが、いまさらながら腹立たしくなる。

今日こそは解答用紙を返してもらって、そしてお小遣いももらえますようにと祈りながら食堂へ行くと、朝食の席に〝校長先生《プリンシパル》〟の姿があったので、ぼくは内心小躍りした。ところが、これがとんだ糠《ぬか》喜びだったんだよね。

「みんな、おはよう」〝校長先生《プリンシパル》〟はにこやかに微笑みながら、テーブルから立ち上がった。昨日と同じくステラ派と〝妃殿下《ユアハイネス》〟派に分かれて座っているぼくたちの顔をひとりずつ見回す。いつもは丸くまとめている茶色の髪を、今朝は胸のあたりまで垂らしている。昨夜の帰宅が遅くなったため身だしなみにかける時間がなかったのだろう。こんなふうに髪をほどくと普段のいかめしい感じが薄れ、お母さんのことをぼくに連想させる。「昨日は良い子にしてましたか。さて、食事を続けながら聞いていてちょうだい。既にミズ・コットンからもお話があったと思うけれど、このたび、みんなに新しいお友だちができることになったのよ」

ある程度覚悟ができているせいか昨日ほどではないものの、やはり生徒たちのあいだには眼に見えない緊張が走った。真向かいにいる〝詩人《ポエト》〟など、見ていて気の毒になるくらい青ざめている。だが、肝心の新入生とやらの姿がどこにも見当たらない。少なくとも食堂にはまだ来ていないようだ。おや。そういえば〝寮長《RA》〟もいないぞ。

「新しいお友だちは男の子で、ルゥ・ベネットっていうの。みんな、仲良くしてやってね」

「あのう、その子は」誰も口を開く気配がなかったので、ぼくが訊いてみる。「いまどこに？」

「いま別室でミスタ・パーキンスからオリエンテーションを受けているところよ、マモル。今晩夕食の席でみんなに紹介するわ。よろしくね」

夕食の席でということは、その新入生に紹介されるまでのあいだに〝詩人《ポエト》〟と話をするチャンスがあるかもしれない。そう思って彼のほうを見ると〝詩人《ポエト》〟も同じことを考えていたらしい。まるで隣りのステラにさえ悟られたくないと用心しているかのように、そっと頷いて寄越した。

「あ。そうそう」一旦座りかけた〝校長先生《プリンシパル》〟は傍らのミズ・コットンと何か小声で言葉を交わしておいてから再び立ち上がった。「実はこの後、わたしもルゥ・ベネットのオリエンテーションに加わらなければならないの。だから午前中の授業《レッスン》は中止にしますね。そのかわり、今日は朝から実習《ワークショップ》のほうを進めるように。みんな、ミスタ・パーキンスが用意してくださった新しい課題を既に始めているのよね？　よろしい。ではそういうことで」

「あ、あの。すみません。シウォード博士」ぼくは慌てて手を挙げた。「昨日ミズ・コットン監督で行ったテストのことですけど。あれはまだ返してもらえないんですか」

「いけない、それを忘れていたわね。マモル、申し訳ないけど、昨夜帰ってきたのが遅かったものだから、まだ採点していないの。今日もいろいろ忙しくなりそうだから、答案を返せるのは明日以降になると思うわ」

てことは、お小遣いがもらえるのも早くて明日になるから、今日丸一日、チョコバーにはありつけないってわけか。やれやれ。

朝食の後、みんなは普段のように教室には移動せず、すぐに第一班と第二班に分かれた。ぼくは〝妃殿下《ユアハイネス》〟と〝ちゅうりつ《ニユートラル》〟と一緒に応接室へ籠もり、例のレーベルが剝《は》がされ散乱していたおびただしい数のビデオテープの謎について、ああでもないこうでもないと検討する。

「昨日マモルが言ってたあれだけど」今日はディスカッションにあまり弾みがつきそうにないと〝妃殿下《ユアハイネス》〟とぼくがしらけ始めたタイミングを見計らっていたかのように〝ちゅうりつ《ニユートラル》〟は切り出した。「なかなか捨てがたい考え方だと、いまでも思っているんだよね、おれは」

「あれって」そう言われても肝心の本人は全然ピンとこない。「どれのこと」

「被害に遭ったきみのコレクションの中に」もちろんここで彼が呼びかけているのはぼくではなく配役上の男Cのことなので、一応念のため。「かつてのおれの晴れ姿が放映されたテレビ番組を録画したビデオテープがあったんじゃないか、と。そう指摘してただろ」

「消防士としての業績を認められてホワイトハウスへ招かれたっていう一件か」〝ちゅう《ニュート》りつ《ラル》〟の言うおれとはもちろん彼自身のことではなくて男Bのことなので、これも念のため。「すると、その録画テープが事件と何か関係あるんじゃないかと、きみは考えてるの」

「まあな。ホワイトハウスへ招かれるというのは一般市民にとってかなり名誉な、ビッグイベントだったはずだ。そうだろ」

「そうなんだろうね、きっと。米国民ではないぼくには、いまひとつ実感が湧かないけれど」

「当然、おれひとりで出向いたとは考えにくい。なにしろ一生に一度あるかないかの檜《ひのき》舞台だ、家族総出で出席したにちがいない」

「それは普通そうよ」〝妃殿下《ユアハイネス》〟は脚を組みかえて頷いた。「あなたの娘であるわたしも」しつこいようだけれど、これも彼女自身ではなく配役上の女Aのことなので、念のため。

「わたしの娘も、弟も。そして夫である彼も」と課題のプリントをひらひらさせてぼくを指す。「家族みんながホワイトハウスへ招待されるのが、どう考えても自然な流れよ。晩餐会だったかどうかは措《お》いておくけど、くだんのイベントの趣旨としては、ね」

「ということは」ぴんと立てたひとさし指をぼくと〝妃殿下《ユアハイネス》〟へ交互に突きつけてくる。「放映されたテレビ番組、そして録画されたテープには、おれたち家族全員の姿が映ったショットがあったんだ。そうだよな」

「可能性はあるけど、絶対に全員が映っていたという保証はないわよ」

「映っていたに決まってるさ。これだけ意味ありげに設定に組み込まれているんだぜ」

「仮にわたしたち全員が映っていたとして、それが何だっていうの」

「さて、そこだ。が、その前に」〝ちゅうりつ《ニュートラル》〟はにやにやと〝妃殿下《ユアハイネス》〟とぼくの顔を見比べる。「最近、きみたちふたりの関係は良好かな?」

もちろん配役上の女Aと男Cのことに決まっているのだが、なんだか〝妃殿下《ユアハイネス》〟とぼくの仲はうまくいっているのかと訊かれているような錯覚に陥ってしまい、変な気分だ。

「そこそこなんでしょ、きっと」〝妃殿下《ユアハイネス》〟はつまらなさそうに肩を竦《すく》めた。「だって設定には特に喧嘩したとか、そういう夫婦間の問題は何も組み込まれてはいないもの」

「しかし彼のほうは」長椅子から立ち上がった〝ちゅうりつ《ニュートラル》〟は、ゆっくり歩いてきたかと思うや、ぼくの肩をぽんぽんと叩いた。「いまも前の奥さんとのあいだにもうけた息子に、月に一度会いにいっているんだぜ」

「仕方ないでしょ。離婚協定でそう取り決めてあったんだろうから」

「しかも、楽しみにしている、とある。こいつは聞き捨てならないね」

「どうしてよ。自分の息子に会うのが苦痛だという父親のほうがおかしいわ」

「いいや。これはきみたちの夫婦仲には微妙な亀裂が入っていることを暗示するための一文だと、おれは読む。そればかりか彼は、月に一度しか会えない息子の将来のためにも、いっそ新しい妻とその家族には見切りをつけ、前妻とよりを戻そうかとすら考えているんだ」

「ちょっとちょっと。それは拡大解釈しすぎよ、いくらなんでも」

「とんでもない。こう解釈して初めて、奇妙なビデオコレクションの被害が説明できる」

「へえ。どういうふうに？」

「大切なコレクションのレーベルが剥がされてしまった彼は」と再び〝ちゅうりつ《ニュートラル》〟はぼくの肩をぽんぽん叩く。馴れなれしいやつだ。「そのことにどう対応するだろうか」

「それは」何かを警戒しているような表情で〝妃殿下《ユアハイネス》〟は間を取った。「身内の仕業《しわざ》ということは明らかなんだから、警察沙汰にするとは思えない。いちいち家族を問い詰めても埒《らち》が明かないだろうし、感情的にしこりが残るだけだと判断するなら、とりあえず床にぶちまけられたテープを元通りに整理しなおす、とか」

「そのとおり。全部もとの棚へ戻す。しかしそれだけでは済まないよな。そうだろ。コレクションを正常な状態に戻すためには、彼がどうしてもやらなきゃいけない手順がひとつある」

「レーベルを元通り全部貼りなおす、とか」

「そういうこと。なにしろ膨大な量だ、気の遠くなるような作業だが、彼はやるだろう。コレクターの性《さが》というやつだね。さて。ここからが重要なポイントですぞ」芝居がかった仕種《しぐさ》で〝ちゅうりつ《ニュートラル》〟は応接室内をあちこち歩き回る。「テープを整理しなおす以前に、レーベルを貼りなおす作業自体、非常に手間がかかる。ただ闇雲に貼っていけばいいってわけじゃないんだからな」

「何が録画されているか、いちいちテープの中味を確認しないといけないもんね」

「まさしく」打てば響くような〝妃殿下《ユアハイネス》〟の反応に〝ちゅうりつ《ニュートラル》〟はますます調子に乗る。

「さよう。彼はレーベルを貼りなおす前にその都度テープの内容を確認しなければならない。そして、それこそが犯人の目的だったのであります」

「つまり、こういうことかい」なんとなく〝ちゅうりつ《ニュートラル》〟が持っていこうとしている結論が読めたような気がして、ぼくは口を挟んだ。「レーベルを貼りなおしているうちに、ぼくは問題のホワイトハウスでの晩餐会の録画を観ることになるだろう、そして晴れがましい席での一家の歓びの表情を見ているうちに、やっぱり自分は新しい妻とその家族と仲良くやっていかなくちゃいけないな、と。ぼくがそんな殊勝な気分になる可能性に犯人は賭けたわけだ。前の妻と息子のことよりもいまの新しい家族のほうが大切なんだとぼくを改心させるために、この奇妙な悪戯《いたずら》は実行された、と」

「おいおい、マモル。そこは一番おいしい謎解きの部分だから、おれが言おうと思ってたのに。横取りするとは血も涙もないやつだ」

「しかし、ぼくには判らないことがある。その動機によって事件を起こした犯人は誰だったと、きみは考えているの」

「それはもちろん、彼女の娘さ」

「え」

「判ってるよ。判ってるわかってる」椅子から腰を浮かしかけた〝妃殿下《ユアハイネス》〟を〝ちゅうり《ニュートラ》つ《ル》〟はまあまあと両手で押し返すような仕種でなだめた。「それが動機だとすれば、犯人はきみだって、あるいはきみの弟や父親だってかまわないはずだと、そう言いたいんだろ」

「それだけじゃありませんとも。だいたいわたしの娘は犯人ではあり得ないと、昨日、自信たっぷりに断言したのはあなたでしょ」

「あの時は、きみの娘の動機を見誤っていたからだよ。単に義理の父親に対する悪意ゆえだとすれば、昨日も指摘したように、学校を休んでまで、つまり自分の仕業だと簡単にばれてしまうようなリスクを冒してまで、そんな悪戯をするはずはない。しかしこういう、いわば善意の、子供ながら何とか両親の仲を修復しなければならないという、やむにやまれぬ使命感にかられた場合は別で」

「別じゃない。ちっとも別じゃない。わたしは納得しないわよ。断固しない」

〝ちゅうりつ《ニユートラル》〟の自分自身の仮説に都合のよい変わり身の速さに、さすがに頭にきたのか〝妃殿下《ユアハイネス》〟は大人げないくらい息巻いて、ディスカッションは揉めに揉めた。ぼくとて彼の考え方にはすんなりと納得できない。一番のネックは、彼らがホワイトハウスへ招かれた時期が、家族メンバーに男Cが入っていない、すなわち女Aとその前夫がまだ夫婦関係にある頃だったという可能性も残されていることだけれど、そんな指摘をするとますます議論がこじれそうな雰囲気。しばらくのあいだ、ふたりがやいのやいの言い争うに任せた。

「あーもう。やれやれ、まったく」疲れ果てたのか〝妃殿下《ユアハイネス》〟は乱暴に課題のプリントをテーブルに放り出し、一方的に休憩を宣言した。「何よ。なんなのよこれは。いつものことながら、ほんとにひねくれた設問ね」

「それでもさあ」彼女の憤激ぶりを楽しんでいるかのように〝ちゅうりつ《ニユートラル》〟は、ひとの悪い笑みを浮かべたまま、「今回の第一班の連中に比べれば、ましかもよ」

「って、どうして判るの、そんなことが」

「知っているからさ、第一班の課題の内容」

「え」いらいらと歩き回っていた〝妃殿下《ユアハイネス》〟は立ち止まった。実習《ワークショップ》の課題の内容を別の班の者に教えてお互いに相談したりしてはいけない規則になっているからだ。少なくとも両班の最終発表が終わるまでは。「どうして。まさか、あっちの班の誰かに教えてもらったの?」

「ちょっとステラに、ね」

そう言って〝ちゅうりつ《ニユートラル》〟め、そっとこちらにウインクして寄越す。ぼくがステラのことを好きなのを知っているんだな。厭味なやつ。

「で、どういう内容なの、向こうは」

「なんでも舞台は、某国の全寮制ミッションスクールなんだってさ。そこで不可解な事件が立て続けに起こるってわけ」

〝ちゅうりつ《ニユートラル》〟の説明によると、第一班の課題はざっとこんな感じ。某ミッションスクールの寮の裏口が開きっぱなしになっているのを、ある朝、生徒のひとりが発見する。寮母に知らせると、たしかに前夜、厳重に戸締りをしていた事実が判明。寮生たちは怯《おび》えるが、各個室のドアや窓にはロックが掛けられており盗難などの被害もなかったため、夜遊びしてこっそり戻ってきた誰かが閉め忘れたのだろうという結論に一応落ち着き、警察へ通報するのは思い留まる。ところがその翌朝、寮の駐車場に停められていた職員の車のドアやトランクが全部開けっぱなしになっている状態で発見されたことから、またしてもちょっとした騒ぎになる。今回も単にドアが開けっぱなしにされていただけで、特に被害らしい被害もなかったため警察には相談しにくかった。が、そうこうしているうちに第三の事件が——

「という具合に連日、朝起きてみたら、寮の建物や駐車場の車のドアが開けっぱなしにされているという出来事が続く。しかしいくら調べてみても、盗まれたり傷をつけられたりという被害は見当たらないんだな。さて。犯人はいったい誰で、その目的は何か？　なかなかおもしろい問題だろ」

「わたしたちのほうが第一班よりもましと思えるほどじゃないけれど、充分ややこしい」

「今度、時間を見つけて、おれもゆっくり考えてみようと思っているんだ。配役とか、もっと詳しい設定をステラから聞き出して」

〝妃殿下《ユアハイネス》〟は呆《あき》れ果てたという表情を隠しもせず、ぼくへ意味ありげな目線をくれてきた。彼女が何を言いたいのかはよく判る。自分たちの班の課題だけでも手いっぱいなのに、いったい何を考えてんのよこいつは、酔狂なのにもほどがある——といったところだろう。

「しかし、それにしても」ぼくたちのひそやかな顰蹙《ひんしゅく》なんかどこ吹く風、〝ちゅうりつ《ニュートラル》〟はまたわけの判らぬ独り言を呟く。「やっぱり何か理由があるのかなあ、これには。うーむ」

〝妃殿下《ユアハイネス》〟は絶対に反応なんかしてやるもんかと言わんばかりにそっぽを向いているので、仕方なくぼくが訊いてやった。「何の話」

「これまでずっと実習《ワークショップ》を受けてきて、最近思いついたんだが。ミスタ・パーキンスの出す課題の設定って毎回、共通点があるだろ」

「内容をやたらにひねってある」

「いや、そういうことじゃなくてさ。気がついていないか、マモル。必ずと言っていいほど、登場人物もしくはその関係者たちの中に、ちょっと惚けのきた老人が入っているだろ」

「そうだったっけ?」

「今回も同じだ。こっちの班のは、おれが演じる男Bだろ。第一班の課題の設定にも、他人の顔を識別する能力がちょっと怪しくなっているという婆さんが登場するらしい」

「ふうん」

「おいおい。反応はそれだけかい」

「だって、仮にそういうことがあったって別に不思議はないさ。毎回同じひとが課題をつくっているんだもの。共通点というより、それはミスタ・パーキンスの癖だよ」

まだ〝ちゅうりつ《ニユートラル》〟に対する忌まいましい気持ちがおさまっていないのか、〝妃殿下《ユアハイネス》〟はおどけてぼくに拍手する真似をしてみせた。

「おやおや」それでも〝ちゅうりつ《ニユートラル》〟は余裕たっぷりに肩を竦めたりなんかして。「はたしてほんとうに、それだけの話なのかな」

「それ以外に何があるっていうんだ」

「ずばり、暗号さ」

「暗──なんだって?」

「ミスタ・パーキンスは毎日の実習《ワークショップ》において、この共通点をこっそり設問にまぎれ込ませておき、課題とはまた別途におれたちの推理能力を試しているんだよ。はたしてみんながこの共通点に気がつくかどうか。そして、それにはどういう意味があるのかをちゃんと推理できるか、と」

「あのさ、ハワード」彼の想像力の奔放さに吹き出すべきなのか、それとも感心するべきなのか、迷ってしまった。「そういえば、きみが昨日言っていたことだけれど」

「ん。どれのことだ」

「ここは秘密探偵の養成所なんじゃないかって、きみ、言ってたよね。ひょっとして、あれは本気だったのか？」

「ひょっとして、だと。おいおい、ひょっとしなくても本気さ。本気も本気。だって他に考えようがないじゃないか」

ぼくは〝妃殿下《ユアハイネス》〟の反応を窺《うかが》ってみた。彼女も興味はあるものの〝ちゅうりつ《ニュートラル》〟の言い分をどう判断したものか、迷っているようだ。

「きみの言う秘密探偵って、どんなんだ？　私立探偵か何か？　よく映画やドラマなんかに出てくるよね、トレンチコートに咥《くわ》えタバコで、依頼人と気のきいた会話をするという」

「そんな、ちゃちなものじゃない」珍しく〝ちゅうりつ《ニュートラル》〟は不機嫌な顔でいきり立った。

「もっとスケールの大きい、特別な探偵だ」

「そんなふうに言われても、よく判らないよ」

「そりゃ仕方がない。具体的なことはシウォード博士たちから教えてもらわないとな。でも、ある程度なら想像できるぜ」

「想像でいいから、聞かせてみてくれ」

「この実習《ワークショップ》の内容を見ても判るだろ。おれたちは複雑な問題を論理的に解く訓練を受けている。将来、何かそういう能力が必要な職業に就くための英才教育を施されているんだ。

「たしかに」聞いてみる価値はあると思ったのか、〝妃殿下《ユアハイネス》〟はさきほどまでの怒りを引っ込め、真面目な顔で腕組みをした。「言われてみれば、その可能性はあるわね。大いに」

「たしかに」探偵なのかどうかはともかく、その点はぼくも頷かざるを得ない。「午前中の授業《レッスン》は、いずれ普通の学校へ復学した時に備え、勉強が遅れないようにするため。そして午後の実習《ワークショップ》が、言わば専門コース、みたいな――」

「まさしくそのとおり」ぼくの要約の仕方が気に入ったのか〝ちゅうりつ《ニュートラル》〟は一転機嫌をなおし、はしゃぎまくった。「そうだよ、マモル。だったら判るだろ。いったいどこの誰が、浮気調査くらいしか能のない、しがない私立探偵なんかを養成するために、こんな施設を用意したり、専属の職員を雇ったりするっていうんだ。見ろよ。見ろ」と自分の両腕を拡げてみせる。「いかにも手が込んでいるだろ。もっとスケールが大きい任務のためなんだよ。おれたちがこうして訓練を受けているのは」

「私立探偵じゃないとしても、そもそも探偵というものにスケールの大小なんてあるの」

「探偵っていうより、情報工作員のようなものじゃないかと思うんだ」

「工作員？　っていうと」

「スパイのこと？」

「そう。正式な呼び方はともかく、国家の秘密機関に奉仕するような、そういう職業さ」

そりゃまたスケールがでかすぎて眉に唾をつけたくなったが、〝ちゅうりつ《ニュートラル》〟は大真面目だ。茶化すのもはばかられる。「でもね、ハワード、ぼくが判らないのはさ」とりあえず理詰めで反論してみることにした。「そういう遠大な目的のための養成所にしてはここってちょっと、しょぼくない？　もちろん建物自体はちゃんと改装していて、きれいはきれいだけれど。国家機関とかそういう大きな後ろ楯があるほどの施設には見えない」

「そうね」〝妃殿下《ユアハイネス》〟も加勢してきた。「それに、そういう特別な養成機関なのだとしても、生徒が全部で六人というのは、いくらなんでも少なすぎるんじゃなくて？」

「それはこれから増やすのさ」ふたりから攻められても〝ちゅうりつ《ニュートラル》〟は動じない。「現に今回、新入生が来たぜ」

「どんなに増やしたところで、寮区画に部屋は十室しかないわよ」

「職員住居区画のほうには、まだ部屋が余っているはずだ」

「あっちだって全部で十室よ。シウォード博士たちが三部屋使って、ふた部屋が〈電話《テレフォン》ボツクス《ブース》〉に倉庫。五室しか残っていないじゃない。めいっぱい増やしても合計十五人。国家機関が関与する養成所にしては、ずいぶんこぢんまりしていると言わざるを得ないわ」

「生徒はたくさんいればいいってものじゃない。そうだろ。要は少なくても優秀な者を育てなきゃ。少数精鋭主義だよ」

　優秀な者、ねえ。自分がそのひとりだとはちょっと思えないぼくとしては反論したいこといっぱいだったけれど〝ちゅうりつ《ニュートラル》〟はさらに続ける。

「それに、よく考えてみなよ。ここの生徒はみんな十歳から十二歳の子供ばかりだが、それにしては年齢不相応に大人っぽい考え方や喋り方をするタイプばかり集められているとは思わないか」

「それはそのとおりね」〝妃殿下《ユアハイネス》〟はぼくを見ながら頷いた。「わたしも以前から同じことを思っていた。ご覧なさい。マモルなんてここへ来た時は英語が全然判らなかったのに、たった半年でもうこんなに上達した。わたしたちよりもうまいんじゃないかと思うくらい」

「買い被りすぎだよ」ステラからならともかく〝妃殿下《ユアハイネス》〟のようなタイプの女の子に褒められても、何か後で祟《たた》るんじゃないかという危惧が先に立ってしまって、どうにも居心地が悪い。「たしかに日常生活に不自由はなくなったけどね。英文法のテストなんて未だに一桁《ひとけた》取れればいい方だ」

「それにしたって、理路整然とした喋り方、話の組み立て方なんか、へたなネイティヴ顔負けよ。マモルがとても知性の高い子供であることに、まちがいはない」

「そのとおり」我が意を得たりとばかり〝ちゅうりつ《ニュートラル》〟は鼻息を荒くする。「マモルだけじゃない。ここには極めてＩＱの高い子供ばかりが選ばれ、集められている。それは決して偶然じゃない。それなりの理由があってのことなんだ」

たしかに彼らふたりだけでなく、ステラや〝けらい《オベイ》〟、〝詩人《ポエト》〟たちみんな、年齢のわりには考え方や喋り方などしっかりしていて大人顔負けの面子《メンツ》ばかりだと認めるのにやぶさかではないけれど、それを〝ちゅうりつ《ニュートラル》〟本人が臆面もなく自認してしまうというのは、ちょっとどんなものだろう。〝妃殿下《ユアハイネス》〟にしても、自分が知性の高い子供たちのひとりとされても別に照れたりしない。真面目くさったまま頷いたりしている。

「そういう人材を国家の秘密機関がこっそり選んで集め、秘密探偵もしくは情報工作員の養成をしているというのは決して絵空事じゃない。むしろ大いにあり得ることだぜ」

大いにあり得ることだぜなんてオーバーアクションで断言されても、他ならぬ自分の身にそんなドラマが進行中だなんて、おいそれと信じられるものではない。

「それにだ、国家レベルの大きな後ろ楯があるというのは単なる当てずっぽうじゃないぞ。ちゃんと証拠があるんだ」

昨日に続いて、また証拠ときたか。どこからどうやって探してくるのか知らないけれど、まめなやつだ。ほんとうに探偵の素質があるのかもしれないなと、ぼくは皮肉抜きで感心してしまった。「へえ。どんな証拠？　ぜひ見せてくれよ」

「うーん。それが、な」意外や〝ちゅうりつ《ニュートラル》〟は歯切れが悪い。「今度のはちょっとむつかしい。なにしろその部屋には鍵が掛かっているし」

「どこのこと」

「一二〇号室だ」

職員住居区画の中央ホール寄りの一番端っこの部屋だ。通称〈電話ボックス《テレフォンブース》〉といい、この〈学校《ファシリティ》〉で唯一電話があるとされている。「されている」というのは実際に電話機を見たことがないからだが、それはぼくだけではない。生徒たちは電話を使うことも、また一二〇号室に出入りすることも厳重に禁じられているのである。

「ちょっと待ちなさいよ」さすがに〝妃殿下《ユアハイネス》〟は驚いたようだ。「ハワード、あなたまさか、〈電話ボックス《テレフォンブース》〉へ入ったことがあるの？」

にやりと笑うと〝ちゅうりつ《ニュートラル》〟は得意げに、ふんぞり返った。「一回だけ、な」

「嘘。いったいどうやって？」

「白状しちまうと、単なる偶然なんだ。以前ミスタ・パーキンスがあの部屋から出てくるところを見かけてね。それだけだったらどうってことなかったんだが、どうも彼、急いでいたみたいでさ。ドアに鍵を掛け忘れてしまったんだ。おまけにおれに見られたことにも気がついていないようだったから、俄然好奇心が湧いてきてさ」

「そりゃあそうでしょうとも」

「ミスタ・パーキンスをやり過ごしておいてから、ドアノブを回してみたんだ。するとこれが――」

首尾よく〈電話ボックス《テレフォンブース》〉へ入れたことを〝ちゅうりつ《ニュートラル》〟がジェスチャーで表すと、冒険心を刺戟《しげき》されるのか〝妃殿下《ユアハイネス》〟にしては珍しく子供っぽい仕種で、飛び跳ねんばかりに大はしゃぎ。

「やったじゃない。ハワード。お手柄よ。それで、ね、それで？」

「入れたはいいけど、いつミスタ・パーキンスが戻ってくるか判らないしな」聴衆の反応がいいせいだろう、〝ちゅうりつ《ニュートラル》〟も調子に乗って興奮してきたようだ。「ミズ・コットンもそこら辺を見回りしているかもしれないし。あんまりゆっくりはできなかったんだが、それでも充分だった。すげえんだよ、これが」

「すごいって、何が」

「室内の設備が」〝ちゅうりつ《ニュートラル》〟の眼は夢見心地という感じで、うっとりしている。「それこそスパイものの映画とかそういうフィクションの中でしかお目にかかったことのないような電子機器が、ところ狭しと並んでいるんだぜ」

聞いているうちになんだかぼくも興奮してきた。どうも男の子って、いや女の子もだろうけれど、こういう秘密基地っぽい話に弱いんだよね。

「いやいや。映画なんかより、もっとすごい。いかにもぎりぎりの低予算で造ったと知れる安物セットなんかとは全然ちがう。シャープなかっこいいデザインだったんだ」

「へーえ」心底うらやましげに〝妃殿下《ユアハイネス》〟は先を催促する。「ねえねえ、で、それらはいったいどういうものなの。何をする機械？」

「何かは知らないけど、ともかくハイテクな感じの機器がこう、ずらっと。もちろん、おれなんかには用途も操作も判らない」

「じゃあ〈電話ボックス《テレフォンブース》〉といっても、普通の電話があるわけじゃないのね」

「いや。電話のようなものもあった。でも、そのデザインがさ、一般の家庭には絶対にないような、かっこいいやつなんだ。あれこれいじってみたかったんだが、誰かがやってくるといけないから、ざっと見た後、すぐに部屋を抜け出した。絶対もう一回入ってみたいんだけどなあ。なかなかチャンスがないんだよなあ」

「いまがそのチャンスかもよ」

こともなげに〝妃殿下《ユアハイネス》〟が言い放ったものだから、ぼくはたまげてしまった。〝ちゅうりつ《ニュートラル》〟も、えっと眼を丸くしている。

「だって、いまシウォード博士とミスタ・パーキンスは新入生のオリエンテーション中でしょ。ミズ・コットンはそろそろ昼食の用意にとりかかっているはずだし。ね。いまがチャンスじゃない」

「そりゃ鍵が開いてりゃ、ね」〝妃殿下《ユアハイネス》〟の勢いに圧倒されたのか、珍しく〝ちゅうりつ《ニュートラル》〟のほうが尻込みしている。「でも、そんなラッキーな偶然がそうそうあるとは思えないし」

「窓のほうはどう？　ロックし忘れている、なんてこともあり得るかも」

「まさかそんな、都合よく――」

「気がついていないの、あなたたち？　ミスタ・パーキンスってけっこう、うっかり者みたいよ。教室によく忘れ物するしね」

「ああ、そういえば……」

「一度なんかテーブルの上に、あんなとんでもないものまで――」と、なぜか彼女はそこで咳払《せきばら》い。とんでもないものとは何かと問い質《ただ》す余裕をこちらに与えず、すぐに仕切りなおす。「ともかく。さっきハワードは、一二〇号室のドアの鍵が掛かっていなかったのはミスタ・パーキンスが慌てていたからだと言ったけれど、それはおそらくちがう。彼って心ここにあらずって感じの時が多い。あれはやっぱり室内でタバコを喫《す》うのを禁止されているのが辛くてイライラしているんでしょうね。だから、つい注意力が散漫になるのよ」

〝ちゅうりつ《ニュートラル》〟はおずおずとぼくを見た。「マモルはどう思う。試してみるか？」

「あったりまえでしょ」男たちを置いてきぼりにせんばかりの勢いで〝妃殿下《ユアハイネス》〟は応接室のドアへ向かった。「そこまで聞かされて、何もしないで済ませられるわけないじゃない」

「よし。判った。だめもとで一二〇号室のドアを。あ。ケイトとマモルはここにいなよ。

おれが先ず見てくる。あんまり大勢で廊下をどたばたしてたら、まずいからな」

もっともだ。ぼくと〝妃殿下《ユアハイネス》〟は〝ちゅうりつ《ニュートラル》〟がそっと応接室を出てゆくのを見守る。

ふたりだけになると彼女は、にかっと笑いかけてきた。こんなに悪戯っぽく振る舞う〝妃《ユア》殿下《ハイネス》〟を見るのは初めてである。これから一緒に規則を破ろうとする者同士の連帯意識というやつだろうか。ぼくもわくわくする気持ちを抑えられない。しばらくお互い無言で、忍び笑いを交わした。

しばらくして〝ちゅうりつ《ニュートラル》〟は戻ってきたが、いきなり首を横に振った。どうやら〈電《テレ》話ボックス《フォンブース》〉のドアには鍵が掛かっていたようだ。

「じゃあ今度は窓ね。行くわよ」

〝妃殿下《ユアハイネス》〟が先頭に立ち、ぼくらは応接室からこっそり抜け出した。さいわい玄関はすぐ前だ。音がしないよう注意して、建物の外へ出る。

ミズ・コットンに見咎《みとが》められないよう身を屈《かが》めて食堂の窓の下を通り抜け、一二〇号室の窓へ辿り着いた。この部屋に限らず職員住居区画の部屋の窓にはいつもカーテンが掛かっている。〝妃殿下《ユアハイネス》〟が手を伸ばした。窓ガラスを開けてみようとするが、びくともしない。

「だめか、やっぱり。たまたまロックし忘れているなんてラッキーなことはそうそう――」

「マモル」と〝妃殿下《ユアハイネス》〟は窓に眼を据えたまま、ぼくを手招きした。「見てご覧なさいな」

「え」

見ると、カーテンにほんの少し、ほんとうにほんの少しだけだが、隙間ができているではないか。ぼくたち三人は先を争って建物の壁にへばりつき、窓ガラスのその部分に顔を押しつける。部分的にしか覗けなかったけれど、衝撃は充分だった。垣間見た室内の雰囲気は、まさに〝ちゅうりつ《ニュートラル》〟の言うとおり、スパイ映画さながらだったのだ。いや、SF映画の世界と言ったほうがいいかもしれない。見たこともないデザインの、おそらくは電子機器と思われる設備が整然と並んでいる。

「す、すごいね」

「いったい何の機械だろう、あれ」

「判らないけど。コンピュータとかかな」

しばらくみんな小声で興奮していたが、あんまり長く外にいると、まずい。ぼくたちは出てきた時と同じように静かに、そして素早く建物へ入り、応接室へ戻った。

「――どうだい」と〝ちゅうりつ《ニュートラル》〟は大得意で頬を上気させている。「見ただろ、ふたりとも。これでおれの言うことは正しいと、はっきりしただろ。あんな設備、よっぽど大きな後ろ楯がないと揃えられるものじゃないぜ。な、おい。ケイト。ん。おい、ちょっと。聞いてんの?」

「え」やはり興奮の面持ちで考え込んでいた〝妃殿下《ユアハイネス》〟は我に返ったように顔を上げた。

「あ、うん。聞いているわよ、もちろん。すごいわね。これはすごいわ。ハワード。あなたもやる時は、ちゃんとやるじゃない」

　彼女の称賛にいたく満足したらしく、〝ちゅうりつ《ニユートラル》〟は何度も何度も頷いていたが、ふとあくびを洩らした。「あー、なんだか疲れちまったな。朝っぱらからいろいろ考えたり喋ったりしてたせいで。なあ、おふたりさん。どうする。まだ昼食まで時間があるが、もうちょっと実習《ワークショップ》の課題、ディスカッションを続けるかい」

「いや。ぼくはとりあえず、もういいよ」

「わたしも。午前中だけじゃなくて、今日一日の成果としても、もう充分」

「そうだよな。じゃ、おれは失礼して、ちょっと仮眠をとってくる」

　なるほど。なかなかいい考えだ。ぼくも自分の部屋へ戻って休憩しよう。そう思って、応接室を出てゆく〝ちゅうりつ《ニユートラル》〟の後に続こうとしたら、ふいに〝妃殿下《ユアハイネス》〟に腕を摑《つか》まれた。何事なのか、意味ありげな眼配せをしてくる。

「何だい？」と訊こうとしても、彼女は自分の唇にひとさし指を当ててみせるばかり。そのまましばらく〝ちゅうりつ《ニユートラル》〟が寮区画のほうへ完全に立ち去るのを待った。

「どうしたの、ケイト？」

「ま、お座りなさいな、マモル」さきほどのはしゃぎぶりが嘘のように〝妃殿下《ユアハイネス》〟は、いつもの悠然とした物腰を取り戻していた。「ちょっとあなたに話があるの」

Ⅲ

「さっきハワードが言っていたことだけれど」一旦窓のほうへ歩み寄った〝妃殿下《ユアハイネス》〟は、まるで応接室でぼくとふたりきりになっているのを誰かに目撃されまいと用心しているかのようにカーテンを閉め、こちらへ向きなおった。「ぶっちゃけた話、あなたはどう思う、マモル」

「ここが秘密探偵、もしくは情報工作員の養成所じゃないかという説のこと？」そういえば応接室のカーテンが閉められるのを見るのは、これが初めてかもしれない。もっとも応接室という名前自体が便宜的なものらしく、実際に〝校長先生《プリンシパル》〟や〝寮長《RA》〟が来客に接しているところを、少なくともぼくは見たことはないが。「最初に聞いた時は正直、そんな突飛な話があるもんかと小ばかにしていた。でも、あの一二〇号室の設備を見せられると、そうあっさり否定もできないな、という気分になってくる。簡単に言えば、そんなところかな」

「たしかに、あのハイテク機器の数々はただごとじゃないわ。何か秘密のにおいを感じさせるけれど、それが即、わたしたちが探偵の訓練を受けているんだという証明にはならない」

「それはそうだ」

「でしょ。いくらミスタ・パーキンスが普段から武装しているとはいえ、それとこれとは――」

「え。武装？」予想外の言葉に、びっくりしてしまった。「何のことだ、それはいったい？」

「ここだけの話よ、マモル」〝妃殿下《ユアハイネス》〟はウインクして、ひとさし指を自分の唇に当ててみせる。「ミスタ・パーキンスはいつもピストルを持ち歩いているのよ、白衣のポケットの中に入れて」

「ほ、ほんとに？」

「偶然にだけどわたし、見たもの。あなたとは別の班で実習《ワークショップ》した時。休憩時間に外へ出て、ひとりで散歩していて。で、なにげなくそこから」とカーテンを閉めたばかりの応接室の窓を示す。「誰もいないこの部屋の中を覗《のぞ》くと、テーブルの上で銀色に光るものがあった。何だろうと思ってよく見たら、これが大人の掌《てのひら》におさまりそうなサイズの、小型のピストル」

「まさか」そんな危険なものを〈学校《ファシリティ》〉職員が持ち歩いているなんて怖い、というのが日本人としての率直な感想だ。「玩具じゃないの」

「最初は、わたしもそう思った。でも、すぐにミスタ・パーキンスが応接室へ飛び込んでくるなり、そのピストルを自分の白衣のポケットに押し込んで隠すところを見たのよ。あの慌てぶり、そしてひと目をはばかる様子からして、おそらく本物にまちがいないわ」

察するに、さっき〝妃殿下《ユアハイネス》〟が口にしかけてやめた「とんでもない」〝寮長《RA》〟の忘れ物とは、そのピストルのことだったたようだ。

「しかし、どうしてミスタ・パーキンスは、そんなものを持ち歩いているんだろう」

「護身用でしょ。こんな人里離れた場所にも、いつ気まぐれな強盗が遠路はるばるやってくるかもしれないし。あるいは裏のワニたちがフェンスを破ってこちらの敷地へ侵入してこないとも限らないと、警戒しているんだったりして」

「なんにせよ、物騒な話だな」

「ひょっとしたらハワードも、そのことを知った上で、自説と結びつけたのかもね。でも、単にピストルから秘密探偵やスパイを連想するのは、ちょっと短絡的すぎ」

「まあね。同感だ。それに、いま思いついたんだけれど、そういう秘密訓練所みたいな施設にしては、ここはあんまりスポーツ面の教育が充実していないんじゃないの、という気もするし」

「なるほど。もっともな指摘だわ。探偵や工作員になるためには格闘技とか、もっと体力的な面で鍛えられなければいけないはず。なのに、わたしたちがここでするスポーツといえば、せいぜい休憩時間のバスケットボールとかゲートボールくらい。しかも授業《レッスン》の一環としてやるわけじゃなくて自発的なんだし。単なるお遊びにすぎない」

「そんなに真剣にやらないしね。ゲームとしてのルールの徹底や勝敗のつけ方もいい加減。どう考えても体力面はお寒い限りだ。ハワードは推理能力さえ身につければいいという考え方なんだろうが、こんな環境でほんとに秘密探偵や情報工作員なんかを育てられるのかな。ただまあ、これから育成プログラムの内容が徐々に変わってゆくという可能性も、まったくないとは言えないけれど」

「もちろんないと言えますとも。そんな可能性なんかありっこない。だってわたし、ここにそんなに長期間、滞在する予定じゃないもの。マモルだって、そうでしょ？」

「まあね。でも、探偵じゃなかったら何を養成しているんだと訊かれると、ちょっと困る。短期間のうちに実習《ワークショップ》で鍛えられるものというと、机上の推理能力くらいしかないような気もするし」

　ちっちっちと〝妃殿下《ユアハイネス》〟は蠅《はえ》を追っ払うような手つきで舌を鳴らした。「幻惑されているのはハワードだけじゃないようね。マモル、あなたも買い被りすぎていてよ、実習《ワークショップ》のことを」

「というと」

「いろいろ複雑な設定の課題を毎回出してくるけれど、結局は変則的なクイズやパズルみたいなものでしょ。そんなに大袈裟に考えることはない。要するにわたしたちが自由時間に興じるバスケットボールやゲートボールと同じで、所詮はお遊びの域を出ちゃいないんだから」

「そう言われてみると、そんな気もする。ただね、ケイト。仮にここでやらされていることすべてがお遊びなんだとしても、ぼくたちは何か特殊な能力を持っているがゆえに集められた、それだけはたしかだと思うんだ」

そっけなく否定するかと思いきや、彼女は腕組みして何度も頷《うなず》く。「どうしてそう思うのか、根拠をぜひ聞かせてちょうだい」

「その前に、こちらから訊いておきたいことがあるんだけれど——」そういえば〈学校《ファシリティ》〉に関してこんなに突っ込んだ検証を他の生徒とするのは初めてであることに、我ながら驚いてしまった。「ここってさ、いったいどこなんだ?」

「どこ、と言われても、そんな」

「ぼくたちがいまいる国は、ええと、多分、日本じゃないことはたしかだと思うんだけれど」

「日本? それはないでしょ。わたしだって、ここがいったいどこなのかを知りたい。でも、少なくとも日本なんてことはあり得ない。おそらく合衆国のどこか、でしょうね。それも気候からして、南部あたりの州」

「すると、きみにも判らないのか」

「はっきりしたことはね。合衆国なのではないかというのも、わたしがアメリカ国籍だから、多少の願望を込めて当て推量していることは認めておかなければいけないけれど。でもまあ多分、まちがいないでしょ。わたしたちがもらうお小遣いも、USドルなんだし」

「そうだよね」

「シウォード博士たちが使っているのも標準的なアメリカ英語で、ブリティッシュではないし。あまり訛《なま》りもない。もっとも、それがわたしたちを攪乱《かくらん》するための擬装だという可能性も、ないとは言い切れないけれど」

「なるほど。少なくともここは日本ではない。合衆国かどうかはさておいて、ぼく個人にとっては、どこか遠い異国だ。それだけは、まちがいない。日本には、あんな獰猛《どうもう》なワニがうようよ棲《す》みついている沼なんてないはずだもんね。多分」

「改めて言われるまでもなかった。あなたにとっては重要な問題よね、マモル。ここは日本なのか、それともそうでないのかは」

「そのとおり。考えてもみてくれよ。ぼくは生まれ故郷の日本に両親と一緒に住んでいた。普通の小学校に通う、ごく平凡な男の子だ。そんなぼくをわざわざこうして遠い異国の地まで連れてきて、日々の世話をしてくれる。勉強も教えてくれる。当然、日本からの旅費なども含め、シウォード博士たちがぼくに注ぎ込んでいるお金は相当な額になるはずだ。

そうだろ」

「もちろんそうよ。あなただけの問題じゃなくて、みんなそう。わたしたちは六人も、いえ、新入生を含めると七人もいるんだもの。この建物の維持費などを併せて考えると、生徒たちにかかる費用は莫大なものになっているはず」

「唯一ミズ・コットンのあの料理に関してだけは、いささか材料費をケチりすぎなんじゃないか、という嫌いはあるにせよ、だ」

ぼくとしてはせいぜいこの機会に切実な問題を訴えたつもりだったのだが、〝妃殿下《ユアハイネス》〟はぷっと吹き出した。あどけなくも可愛らしい笑みがこぼれる。こんな彼女を見るのは初めてである。

「それはともかく、それらのお金はいったいどこから出ているんだろう？　生徒たちの家族からか。いや、少なくともぼくの両親については、そんなはずはないと断言できる。というのもぼくの父はいま失業中で、家計がすごく苦しいんだ」

「なるほど」笑いを引っ込めると〝妃殿下《ユアハイネス》〟は、いつもの厳しい顔つきで考え込んだ。

「なるほどね。そう。そうだったの」

「普通に考えれば、ぼくが異国の地でこんなふうにのんびり寄宿舎生活を送れる道理はないんだよ。そんな経済的余裕なんかないんだから。にもかかわらず、ぼくはこうしてここにいる。本来両親が負担すべき生活費その他を、シウォード博士たちが立て替えてくれているからだ。どうしてそんなことをしてくれるんだろう？　単なるボランティアなはずはない。社会奉仕活動の一環として恵まれない子供の支援をしたいだけなら、わざわざ外国人であるぼくを選んで遠いところから呼び寄せなければならない理由なんかあるとは思えない。だとすれば彼らにとって、それだけの出費や手間と引き換えにできる価値が何かあるからなんだ、と。つまり博士たちは、ぼくたちから見返りを期待している、そう考えるしかない。そうだよね。そしてその見返りが金銭ではないのだとしたら、自分も知らない何か特殊な能力がぼくたちに具《そな》わっているんだと解釈しても、あながち誇大妄想とは言えない」

「まさしく。まさしく、ね」我が意を得たりとばかり彼女は眼を輝かせた。「そうなのよ。まさにそのとおり。わたしたちは、普通の子供にはない、何か特殊な才能を買われたからこそ、ここへ集められている。それはたしかよ。この点に関して、ハワードは正しい。あとはだめだけどね。秘密探偵とか情報工作員なんてのは彼の願望よ。ファンタジックに過ぎる」

「ぼくもそう思うけれど、断言するのは早いんじゃないの。シウォード博士たちがかけている費用と手間のことを考えれば、そういう方面の目的が背後に隠されていてもおかしくないかも」

「前から思ってたんだけど、あなたって慎重なひとね、マモル。さっき言ったことの繰り返しになるけれど、ここが秘密探偵養成所にしては、やっぱり生徒の数が少なすぎる」

「その点は、たしかにネックかもね」

「それに、いくら秘密の養成所だとしても、わざわざこんな人里離れた場所にわたしたちを隔離する必要があるのかしら」

「それはシウォード博士たちがどう考えるかにもよるよ。それはともかく、じゃあ、ケイト、ぼくたちがここへ集められていることについて、きみには何か別の考えがあるのかい」

「もちろん。おっと。その前にわたしも、あなたに訊いておきたいことがあるんだ」

「何だい、改まって」

「あなたは日本から来た、そう言ったわね」

「そうだよ。日本の神戸から」

「では、あなたが日本から合衆国へ――ここが合衆国であるという前提で話を進めるけれど――やってきた時の記憶は、ある?」

「え」

ずいぶん変なことを訊くんだなと戸惑ったのも束の間、ぼくはすっかり困惑してしまった。半年前あたりの記憶を探ってみる。お父さんからの暴力に耐えきれなくなったお母さんが、静岡のお祖父《じい》ちゃんとお祖母《ばあ》ちゃんのところへ行きなさいとぼくに命じた、そして他の酔客たちから袋叩きにされて帰宅したお父さんが、憑《つ》きものが落ちたみたいにぼろぼろ泣いてお母さんとぼくに謝った、あの日。その直後の記憶が自分の中にないことに、いまさらながら思い当たったのである。しかし、そんなばかな。焦った。めちゃくちゃ焦った。そんなばかな。いったいどうして？

改めて思い起こしてみると、あの翌朝いつものように学校へ行く直前お父さんとお母さんを見たのが最後で、次にぼくが憶《おぼ》えているのは、両親と同じくらいの歳恰好ではあるけれど明らかに別人の中年男女の姿だ。気がつくとぼくはそのふたりと一緒に、見慣れない家にいたのである。そこがどこなのか判らなかったが、神戸の自宅でないことだけはたしかで、ぼくはふたりの中年男女の世話になりながら、その家に数ヵ月ほど滞在し、そしてある日——そうだ。そこへある日。

〝校長先生《プリンシパル》〟と〝寮長《RA》〟が現れたのだ。ふたりはぼくを迎えにきたと、ごくあたりまえのようにそう告げ、お父さんとお母さんから預かったという手紙を見せてくれた。昨日の朝見た夢の中ではくだんの見知らぬ中年男女に連れられてぼくは〈学校《ファシリティ》〉へやってきたことになっていたけれど、実際はちがう。ぼくは〝寮長《RA》〟の運転するステーションワゴンに乗せられて、ここへ来たのだ。あれ。待てよ。ということは——

仮に〝妃殿下《ユアハイネス》〟の言うように、ここがアメリカ合衆国なのだとしたら、あの謎の中年男女の家も同国内のどこかに在るということになる。たしかにステーションワゴンに乗っての〈学校《ファシリティ》〉までのドライヴは死にそうなほど長かったけれど、海を渡ったりはしていない。それは断言できる。していたら気がついたはずだ。つまり、ぼくは最後にお父さんとお母さんに会った次の瞬間には、もう日本にいなかったことになるわけで……

「ない……」どうしていままで、こんな重要なことに思い至らなかったのだろう。ぼくはただ茫然と呟《つぶや》いた。「日本からこちらへやってきた時の記憶が全然ない。飛行機に乗ったのか、それとも船に乗ったのかも判らない」

「でしょう」ところが驚くかと思いきや〝妃殿下《ユアハイネス》〟は、ぼくのこの奇天烈《きてれつ》な答えを予測していたかのように満足げなのである。「そうでしょう。だと思った。やっぱりわたしの考えたとおりだわ」

「ど、どういうこと」こちらにしてみれば二重の戸惑い、そして驚きだ。「どういうことなんだ、ケイト。きみはまるで、ぼくが記憶を失っているのがさも当然とでも言わんばかりだけれど、それはいったい——」

「なぜかというとね、実はわたしにも記憶が残っていないから」

「なんだって？」

「わたしの家はアリゾナ州に在るの。両親は離婚していて、母と兄ふたりの四人暮らし。一番上の兄はもう働いていて母を助けているんだけれど、家計はなかなか楽ではない」どうやら家庭の経済事情については〝妃殿下《ユアハイネス》〟もぼくと似たような境遇にあるようだ。「もちろん苦しいは苦しいなりに、それまではまったく普通に暮らしていた。ちゃんと毎日学校へも通っていたし。それがある日突然、ほんとに突然、家族と離ればなれになってしまった。しかも不思議なことに、わたしはその前後の経緯を何ひとつ憶えていないの。気がついたら、それまで会ったこともない中年男性と中年女性の家にいて、そしてそこからここへ――」

「え。ちょ、ちょっと待ってくれ」次から次へと仰天ものの新事実に、頭が混乱してくる。「中年男女だって？　もしかしてそのふたりは東洋人だった、とか？」

「いいえ」何を騒いでいるのかという感じで〝妃殿下《ユアハイネス》〟はきょとん。「知らないひとだったけれど。ふたりとも白人よ。三十か四十くらいの」

ということは〝妃殿下《ユアハイネス》〟が一時的に世話になっていた中年男女というのは、ぼくを両親から預かっていた謎のふたり組とは別人だ。しかし、彼女がその前後の記憶を失っていることも含めて、なんとも気になる共通点である。

「わけが判らなかったけれど、ともかくわたしはしばらくそのふたりの世話になって。よく憶えていないけれど、そうね、何ヵ月かはそこに滞在していたかな。そしたら、ある日――」

「シウォード博士とミスタ・パーキンスが、きみを迎えにきたんだね」我慢できなくなって、ついぼくはそう先走った。「例のステーションワゴンで」

「そういうこと」

「驚いたな。ぼくたちがここへ連れてこられた経緯が、お互いにこんなにも似ているなんて」

「わたしたちだけじゃないわ」

「え」

「この問題についてビル・ウイルバーとも話をしたことがあるんだけれど。実は彼のエピソードもこれとそっくりなの。家族と別れてここへ連れてこられる前後の記憶を失っていることまで、ね」

「ほんとに……？」

「もっともビルの場合、シウォード博士たちが迎えにくるまで預けられていた先は、だいぶ年配のご婦人が独りで暮らしている家だったというから、その点については、わたしやマモルとは少しちがっているんだけれど」

「その年配のご婦人っていうのは、ビルが知っているひとなの？」

「いいえ。それまで会ったこともないひとだったと言ってたわ。でも、なんだか最初からずいぶん馴れなれしげで気味が悪かったって」

「ひょっとして他の生徒たちも同じ経緯を辿《たど》っているのかな。ケネスやハワード、それからステラも、ぼくやきみたちと同じように、家族と別れた後、一旦謎の世話人という中継点を経て、それからシウォード博士たちに預けられるというプロセスを踏んできたんだろうか」

「謎の世話人という中継点を経るって、なかなかうまい言い方ね」話題の深刻な内容とは裏腹に〝妃殿下《ユアハイネス》〟は屈託なく笑った。「いまのところわたしがこの話をしたのは、ビルとマモル、ふたりだけ。あとの生徒たちについては知らない。でもわたしたちが三人とも同じ段階を経てここへ連れてこられている以上、単なる偶然とはとても思えない。何か合理的な必然性があってのことでしょう。となると当然、ハワードたちだって同じようにしてここへ連れてこられたという可能性は高い」

「何のためにそんなことをするんだろう」ぼくは頭をかかえた。「ぼくたちをここへ連れてきたいだけなら、シウォード博士たちが直接家族のもとへ迎えにゆけばいい。それだけの話じゃないか。どうしてわざわざあいだに中継点を置くなんて、ややこしい手続きを踏むんだろう。しかも数日のことならばまだしも、ぼくもきみも中継点に何ヵ月も放ったらかしにされていたわけだ」

「わたしが考えるに、それは家族から中継点へと移行するあいだの記憶が欠落していることと、何か重大な関係があるのではないかしら」

「まてよ。ということはビル・ウイルバーも、家族から中継点へ預けられるまでのあいだの記憶がないと言っているんだね」

「そうよ。ハワードたちのことについてはいずれ本人たちに確認しなければいけないけれど、ともかく生徒たち全員が同じ手順でここへ連れてこられた上に、家族から中継点への移行期間の記憶も失っているという前提で話を進めるわね」

「確認する前に前提としてしまうのは、どんなものだろう。よけいにわけが判らなくなって混乱してしまうんじゃ――」

「いいえ。むしろ逆よ」

「え」

「なぜなら、それこそがわたしたちがここへ連れてこられた理由なんだから」

「ど、どういうこと」

「こうは考えられないかしら。わたしたちはね、マモル」〝妃殿下《ユアハイネス》〟はぼくの顔をじっと覗き込み、低く囁《ささや》いた。「記憶を失っているあいだは別人格になっていたんだ、と」

「はあ?」きっと〝ちゅうりつ《ニュートラル》〟に負けないくらい突飛な説を唱えるんだろうなと一応身構えてはいたんだけれど、そんな覚悟なんか呆気《あっけ》なく吹き飛んでしまった。「な、なに、な、なんだって?」

「まあまあ。落ち着きなさいな。あのね、輪廻転生《りんねてんしょう》って言葉、知ってる?」

「えーと。生まれ変わりってこと?」

「そう。わたしたちは、たとえ肉体が死滅したとしても魂は不滅で、時代を超え、いずれ別の身体に宿る。人間の肉体は魂の容器に過ぎない。みんなそれぞれ現在の人生だけではなく、前世を持っているとする考え方ね。例えばわたしはいま、ケイト・モズリィ・マックグローとしてこの世に生を享《う》けているわけだけれど、もしかしたら何世代か前には、どこかの国のお姫さまだったのかもしれない」

こちらがひそかに〝妃殿下《ユアハイネス》〟と渾名《あだな》を付けている女の子が自ら、前世の自分はお姫さまだったかもしれないなんて言うんだから、これは普段なら爆笑ものの偶然の一致なんだけれど、いまは笑っていられる余裕もない。

「マモルだってそうよ。あなたはいまマモル・ミコガミという、現代の日本に生きる小学生なわけだけれど、もしかしたら前世はエド時代のショーグンだったのかもしれない」

「江戸時代だの将軍だの、なんて」意外な彼女の雑学ぶりに、こちらはただ感心。「ずいぶんよく知っているんだね」

「兄がオリエンタルな趣味でね、いろいろ教えてもらったことがあるの」

「しかし、その前世という考え方と、いまのぼくたちの境遇と、何か関係でも？」

「仮に前世というものがほんとうにあるとする。でも普通は誰も、その前世での人生の記憶を持ち合わせてはいないわけでしょ」

「そうだろうね。だって記憶があるのなら、人間の魂は輪廻転生するという現象はとっくの昔に証明されているはずなわけで。あ。でもそういえば、何かで読んだことがある。それまでの人生において語学教育をまったく受けていなかったひとが何かの拍子に、それまで見たことも聞いたこともないはずの古代語をぺらぺら喋《しゃべ》ったり、文章をすらすら書き始めたりした、とか」

「わたしも知ってる。前世の記憶がふいに甦ったとされる事例ね。実はここに集められた生徒たちも、まさにそれなんじゃないかしら」

「どういうこと」

「わたしたち六人には、通常の人間が持ち合わせていない特殊な能力がある。それは簡単に言えば、前世の記憶を頻繁に再現できるというものよ」

「前世の記憶を再現する……だって？」

「あるいは、自分の意思にかかわりなく前世の人格が憑依《ひょうい》してしまう体質である、と言ったほうが判りやすいかしら」

「前世の人格が憑依……って」

「まったく別人格になってしまうのよ。例えばマモルの場合なら、ある日突然、エド時代のショーグンに変貌してしまう、とかね」

「まさか。だってぼくには一度も、そんな覚えなんかない」

「あたりまえでしょ。その時のあなたは、あなた自身ではなくなっているんだから。前世の別人格に身体が乗っ取られていたわけだから。マモル・ミコガミとしての記憶がないのは当然でしょ。ちゃんとひとの説明を聞いてた？」

「つまり」ようやく〝妃殿下《ユアハイネス》〟の仮説の輪郭がつかめてくる。「ぼくが日本からここへやってくるまでのあいだに、まさしくその現象が起こった……というの？」

「そのとおり。ここに家族と最後に会った時と中継点での滞在とのあいだの秘密が隠されている。その期間のわたしたちの記憶が欠落しているのは、前世の別人格に憑依されてしまい、本来の自分とはちがう言動をとっていたからにちがいないわ」

唖然《あぜん》となった。〝妃殿下《ユアハイネス》〟の説は、まるでB級SF映画並みの法螺《ほら》話だ。正直に言って、そう簡単には鵜呑《うの》みにできない。しかし一笑に付して済ませるには、ぼくたちの置かれている環境が特殊すぎることもまた事実だ。

「その時、家族はさぞ驚いたでしょうね。息子や娘が突然、大昔のショーグンやお姫さま気取りで変なことを言ったり、おかしな行動を取ったりする。わたしたちが狂ってしまったんだと家族が思い込んでも無理はない。早急に専門のお医者さまに診てもらわないといけない。ところが、いくら方々へ打診してみても、これは極めて特異なケースですからと匙《さじ》を投げられるばかりで、なかなか治療してくれるというひとが見つからない。途方に暮れる家族の前へ登場したのが――」

「シウォード博士たちだった、というわけか」

そういえば博士、博士とみんながごく当然のように呼ぶものだから、肝心の〝校長先生《プリンシパル》〟の専門が何かなんて、これまで考えもしなかったが。

「中継点の謎もこれで解ける。要するに彼らはシウォード博士の専属エージェントなのよ。世界各地に散らばり、前世再現能力を持った者を探している。見つけたらそのひとの家族に博士を紹介し、双方の条件を調整する。そういう橋渡しが彼らの役目よ。しばらくのあいだそのエージェントの家で過ごしたのは、いきなり専門の施設へ連れてこられたわたしたちがパニックに陥らないよう、冷却期間を置いたというわけ」

「ちょっといいかい、ケイト。たしかにきみの説は興味深い。記憶を失っているのは、そのあいだ別人格に乗っ取られていたからだというのも、実際に欠落を体験している身としては、そう簡単に否定できない説得力がある。けれど」

「けれど、何」

「問題の別人格が前世のものだとは限らないんじゃないか？　詳しく知っているわけじゃないが、例えば、ぼくたちは単に多重人格者なのかもしれない。そうだろ。そちらの説のほうが、こう言ってはなんだけれど、もっとリアリティがある、と」

「わたしもそれは一応考えた。でもちがう」

「なぜ？」

「多重人格の治療なり研究なりをするために、こんな人里離れた場所にわたしたちを隔離する必要はないからよ。普通の病院なりセラピストなりに相談にゆけばそれで済むことじゃない。そうでしょ。少なくともマモル、あなたの場合、わざわざ日本から合衆国くんだりまで連れてこられる必要があるとは、ちょっと考えにくい」

　それは一概に断言できないのではないかと思ったが、ぼくはとりあえず「まあ、それもそうだ」と譲っておく。

「それに、わたし時々、夢を見るの」

「夢？　どんな」

「絶対アメリカではお目にかかれないような、エキゾチックな外観の宮殿に住んでいる夢。わたしはそこで、これまた見たこともないようなデザインの服を着た可愛らしい男の子や女の子たちにかしずかれて、何の勉強も仕事もせず、のんびり優雅な毎日を送っている、という」

「つまり、それは」ただの夢だろ、とは言いにくい雰囲気だった。「きみの前世じゃないか、というわけだね。かつては、どこか異国の宮殿の中ではわたしが一番高貴な身分みたい。「お姫さまかどうかは判らないけれど、その宮殿の中ではわたしが一番高貴な身分みたい。あ。言っておきますけど、これって単なる夢とはちがうんだからね。絶対に」どうやら知らず知らずのうちに胡散臭《うさんくさ》げな気持ちが顔に出ていたらしく、〝妃殿下《ユアハイネス》〟は心外そうに頬を膨らませて睨《にら》んできた。「細部まですごくリアルな上に、何度も何度も見るんだから。明らかに普通の夢とはちがう。はっきりとした、わたし自身の記憶にまちがいない」

「なるほど」と頷くしかないじゃないか。

「だからこれは多重人格などではなくて、もっと特殊な問題なのよ。わたしたちは前世の人格を再現できる潜在能力がある。そう考えると、実習《ワークショップ》にはまた別の意味と目的があることも判る」

「別の意味と目的、というと」

「さまざまな設定の物語を提供することにより、わたしたちがどういうきっかけで別人格に憑依されるのかを、博士たちは調べているのよ」

「きっかけ、か。なるほど」

「スイッチみたいなもの、と言い換えてもいい。ハワードがさっき言ってたでしょ。どうもミスタ・パーキンスの出す課題には、すべて共通点があるようだ、と」

「例の、少し惚け始めた老人がどの課題にも必ず登場する、というやつかい」

「あれにしても着眼点はいいんだけど、ちょっと視野が狭い。別に推理能力試験などではなくて、ポイントは、ミスタ・パーキンスが課題の登場人物たちの世代にいろいろばらつきを持たせるよう工夫している、ということ」

「何のために？」

「そうやってこちらの無意識に刺戟《しげき》を与え、反応を見ているんでしょうね。わたしたちが再現する前世の別人格はひとつだけなのか、それとも複数あるのか、そういうことも調べるために」

「調べてどうするんだろう」

「そういう細かいことまで解明すれば、これは人類の歴史の研究に役立つ。あるいは政治的に利用できるかもしれない」

「どういうふうに」

「それは彼らが考えることでしょ。国家的規模の後ろ楯があるという点については、わたしもハワードに同感よ。〈電話ボックス《テレフォンブース》〉のハイテク機器は、きっと常時、わたしたちの様子を観察して、いろいろ記録するためのものにちがいないわ」

どう反応したものやら迷って「うーん」と唸《うな》っていると〝妃殿下《ユアハイネス》〟は「それと、もうひとつ」と部屋の一角を指さした。「ここの施設には、テレビがない。そうでしょ」

厳密に言えば、機械としてのテレビジョンセットはちゃんと置いてある。いま彼女が指さしているやつだが、どのチャンネルも通常の放送が入らないため、もっぱらビデオプロジェクターとしてしか使われていない。コメディやSF映画のソフトは生徒たちにとって貴重な娯楽だ。

「電波が届かないからだろ」

「そんなこと、あるもんですか。鳥もかよわぬ山の奥ってわけじゃないんだし。仮に電波が届かなくてもケーブルテレビという方法もある。察するにこれは機械に細工して、わざと通常の放送を観られないようにしてあるのね」

「わざわざそんなことを、どうして」

「シウォード博士たちは、わたしたちにテレビ番組を観て欲しくないんでしょ。よく考えてごらんなさい。例えばニュースを毎日観ていたら、時間の流れが歴然とするわけよ。画面にテロップで日付が出る番組もあるんだし」

「それがなんで、まずいんだ」

「普通に生活する分には何もまずくない。でも、わたしたちは普通ではない。極めて特殊な体質の持ち主なのよ。別人格に憑依されているあいだの記憶は必然的に欠落する。その期間がはたして何日になるのか判らない。週単位かもしれない、月単位かもしれない。いずれにしろ、もとの人格に戻った際、ぽっかりと意識に空白ができてしまうことになる。家族のもとから中継エージェントのところへ移動させられた時のことが何も憶《おも》い出せないように、ね。例えば、たしかにいまは夏のはずなのに、気がついたら一瞬のうちに冬になっていた、なんて奇妙な現象が起こったりしたら、わたしたちが混乱するかもしれないでしょ」

「そりゃ混乱するだろう」

「すべては、そのための配慮なのよ。テレビ番組だけじゃない、ここでは新聞や各種雑誌なども、まったく読めない」

「単に、ここへ配達してもらうよう手配するのが、めんどくさいだけなんじゃないの」

「そんなこと、あるもんですか。スナック菓子やガソリンだって定期的に配達が来るのよ。その気になれば新聞や雑誌のバックナンバーをまとめて持ってきてもらうのなんて、簡単」

「そうかもしれないけれど、でも——」

「ここでは時間の経過を認識できる機能が、いっさい排除されている」

「時計があるじゃないか」と、ぼくは自分のミッキーマウスの腕時計を見せてやったが、彼女はまったく動じない。

「掛け時計や置き時計は、どこの部屋にも置いていないでしょ。ビデオデッキのタイマーですら時刻合わせをしていない。端的に言えば、わたしたちに時間の経過を教えてくれるものは、このシウォード博士がくれたキャラクターグッズの腕時計しかない。公的な場所には時計をいっさい置かないで、なぜこんな玩具みたいなものをわざわざひとりひとりに支給するのかといえばそれは、いざわたしたちの意識に空白ができて時間経過の矛盾が生じても、それは単にそのひとの腕時計が壊れただけだと、ごまかすことができるからよ。その事実も、わたしの仮説が正しいことを裏付ける証拠だわ」

それは事実ではなくて単なる推測なんじゃないのと指摘しようとしたら、〝妃殿下《ユアハイネス》〟は自分の腕時計を見て跳び上がった。「いけない。マモル、見て。もうこんな時間」

なんと、昼食開始時間ぎりぎりになっているではないか。ふたりで泡を喰って応接室を飛び出し、隣りの食堂へ走った。他の四人は既に来ている。ミズ・コットンもいる。だが

いているようだ。〝校長先生《プリンシパル》〟と〝寮長《RA》〟の姿は見当たらない。例の新入生のオリエンテーションはまだ続いているようだ。

ステラは既に〝詩人《ポエト》〟と〝ちゅうりつ《ニュートラル》〟と一緒に座っている。ぼくはつい〝妃殿下《ユアハイネス》〟と〝けらい《オベイ》〟のテーブルへついた。よく考えてみれば三人ずつふたつのテーブルに分かれなければいけないという規則も別にないのだから、ステラたちと四人で食事をすればよかったのだが、仕方がない。一旦座った後で席を移ると角が立ちそうだし。そう悔やんでいて、ふと〝けらい《オベイ》〟と眼が合う。おや、とぼくは思った。こちらへ会釈してくる〝けらい《オベイ》〟の表情が妙に明るいのだ。これまでになく、ぼくに対して親しげな感じである。はて。どういうことだろう。〝妃殿下《ユアハイネス》〟を慕う彼としては、彼女と一緒に食堂へ駆け込んできたやつ、つまりぼくに対して敵愾心《てきがいしん》を抱きこそすれ、親しみを覚えるというのは、なんだか変じゃないの？　まあ、あまり深い意味はないのかもしれないけれど。

いつものようにまずい食事を終えて皿をかたづけていると、車椅子がすっと近寄ってくる。ぼくの傍らを通り過ぎながら〝詩人《ポエト》〟は知らん顔をして、そっと「後でガレージの裏で」と囁いた。ほんとうなら午後も実習《ワークショップ》の続きのはずだが、どうやら第一班も第二班もいい加減に飽きてきたようだ。〝校長先生《プリンシパル》〟と〝寮長《RA》〟が姿を見せない上、ミズ・コットンも午後のスケジュールについてはうるさく言わなかったのをいいことに、全員一致でまるまる自由時間にしてしまう。

　頃合いを見て玄関から外へ出ると、向かって左手の敷地へ向かった。ガレージの扉は開いたままになっており、ステーションワゴン、セダン、そしてバンと三台の車が並んで停められているのが見える。ガレージの裏へ回ってみると、〝詩人《ポエト》〟はもう来ていた。「やあ」と水色の毛布に置いていた手を軽く振って寄越す。

「お待たせ。どうやら新入生のオリエンテーションは、まだ続いているようだな」

「うん」〝詩人《ポエト》〟の表情が曇る。「ずいぶん長い。これまでになかったことだ。心配だよ」

「それほど深刻なことなのか」

「マモル、きみは自分がここへやってきた時、どういうオリエンテーションを受けた？」

「どういう、って。あれはオリエンテーションと呼べるのかな。単にシウォード博士と小一時間、話しただけだったし」

「話というと、どんな」

「特別なことは何も。単に、これからしばらくあなたはここで暮らすのよという内容さ。家族やお友だちと離れるのは寂しいだろうけれど何も心配することはないから、とかなんとか。そんな感じ。それからお父さんとお母さんからの手紙、委任状っていうの？　あれを見せてくれたっけ」

「ご両親からの手紙には」自分も覚えがあるからだろう、〝詩人《ポエト》〟は懐かしそうに頷いた。

「どんなことが書かれていた？」

「当分のあいだ離ればなれになるけれど、そこの施設のひとたちの言いつけをよく聞いて、学校のことも心配しなくていいから、とかなんとか。そんな内容だよ。もっとも日本語で書かれていたから、シウォード博士は読めなかっただろうけど、中味はだいたい知っていたみたいだね」

「それだけ？」

「うん。とにかく何も心配することはないから毎日リラックスして過ごすように、と博士からも念を押されて、それで終わりだった。もしかしたら一時間もかからなかったかも」

「そうだろう。そうだろう」と〝詩人《ポエト》〟は妙に神経質に頷く。「それはね、マモル、きみは順応性が高いとシウォード博士が見抜いていたからなんだ。だからオリエンテーションも短くて済んだ。しかし、今回は……」

「順応性がそれほど高い新入生じゃない、というのかい。名前は、ええと、なんていったっけ、ルゥ・ベネットは？」

「そうだ。非常に厄介な子なんだと思う」

「厄介って、どんなふうに」

「ここに途轍《とてつ》もない変化をもたらす危険性がある、という意味で」

「昨日も、きみは言ってたね。この建物に棲みついているモノ——変化を嫌うそいつが、目を覚ますかもしれない、と」

「そうだ。いや、もう既に目を覚ましつつある。新入生の気配を察知して」

「そいつが目を覚ましたら、いったい何が、どうなるというんだ?」

「きみもこれから判るさ。嫌でも」〝詩人《ポエト》〟は謎めいた言い方しかできない己れに苛立《いらだ》っているように唇を歪《ゆが》めた。「ぼくが、いや、ぼくたちが新入生を迎えるに当たって必ず覚える底知れぬ恐怖を、きみも肌で感じることになる」

「底知れぬ……って。そこまで?」

「ルゥ・ベネットという子が、きみと同じくらい早くここに順応してくれれば何も問題はないんだ。そいつも安心して再び深い眠りに戻ってくれる。ぼくたちの安全も脅《おびや》かされることはない。しかし、もしもルゥ・ベネットがデニスみたいに厄介なやつだとしたら……」

「ぼくが来る前にいたという子だね。そのデニスはそれほど順応性がなかったのかい」

「なかった」吐き捨てるような口ぶり。〝詩人《ポエト》〟にしては珍しく、憎しみめいた感情が混ざっているようだった。「自分がここの環境に馴染《なじ》むことを、あくまでも拒否した。というより、いま思えば、最初からノイローゼ気味だったようだ」

「それでシウォード博士たちも仕方なく、デニスの教育は諦めて彼を家に帰した、と」

「さあ。それはどうだろう」

「昨日もきみは、そんなふうに意味深長な言い方をしていたね、ケネス。そのデニスという子が自分の家へ帰されたのでなければ、いったいどうなったと言うんだ?」

〝詩人《ポエト》〟は黙り込んだ。ゆっくり車椅子を漕ぐと寮区画のある棟へ向かう。ぼくも何も言わず、彼の後に付いていった。

寮区画の端っこまでやってきた。建物の裏口がある。そこから中へ入れば、すぐぼくの部屋、一〇六号室、そして〝ちゅうりつ《ニュートラル》〟の一〇五号室だ。〝詩人《ポエト》〟は裏口を通り過ぎると、ワニがうようよ群れる沼を囲む網フェンスの手前で止まった。

「問題のデニスという子は――」再び〝詩人《ポエト》〟は口を開いた。「たしかに順応性がなかった。そもそもここへは来ちゃいけないタイプだったんだろう。しかし彼は、順応できない原因が自分にあるとは考えていなかった」

「というと」

「デニス・ルドローと個人的に話をしたことがあるんだ。彼の言い分によれば、自分がここに馴染めないのは順応性云々《うんぬん》の問題なんかじゃないんだ、と。要するにこの世界が嘘っぱちだからなんだ、と。そう言って譲らな――」

「ちょ、ちょっと待ってくれ」午前中の〝妃殿下《ユアハイネス》〟に続き、またもやこちらの意表を衝く、複雑な話になりそうな予感がした。「この世界が嘘っぱちだ、って……どういう意味だい、それ？」

「この建物も、そしてここにいる人間たちも、すべて。すべて現実のものじゃないんだ、と。デニスはそう言うんだ。すべて幻に過ぎない、と」

「だって――」ぼくは〈学校《ファシリティ》〉を振り返った。そして網フェンスの向こうを見た。汚れたミルクコーヒーを被った木片のようなものが、ゆっくりと動いている。ワニだ。「だって、あるじゃないか。こうして実際に。これらはすべて現実だ」

「ぼくもそう言ったさ、彼に。でも、デニスは譲らない。絶対に。それはぼくたちが錯覚しているに過ぎないんだ、と。単に夢を見ているだけで、何もかも本物ではない、偽物なんだ、と。あくまでもそう言い張っていた」

「夢を見ている……とか、偽物なんだ、とか言われてもなあ」

「戸惑うよね、そりゃ。ぼくもそうだった。こいつはいったい何の寝言をほざいているんだろう、と。ひょっとしたら頭がおかしいのかもしれないとさえ疑った。最初ここへ連れてこられた時から挙動不審だったこともあって、デニスという子はきっとノイローゼなんだ、可哀相に、と。そう決めつけて距離をとるようにしていたんだ。するとある日」

「ある日？」

「彼はいなくなった」

「え。どうして」

「いくら努力してもここの環境には馴染めないようだから、仕方なくデニスには自分の家へ帰ってもらった――とシウォード博士たちは説明している。当初は、ぼくもその言葉を全然疑ってはいなかった。疑う理由なんかないように思えるし。でもふと、それは変だと気づいたんだ」

「どう変なんだ」

「時間だよ」

「時間？」

「最初デニスがここへ連れてこられた時、今回の新入生と同じように、シウォード博士とミスタ・パーキンスは早朝、ぼくたちが起床する前に出発し、彼を迎えにいった。ふたりが戻ってきたのはその夜、みんなが就寝した後だったらしい。だから、ぼくたちがデニスと初めて顔を合わせたのは、翌日の朝食の席でだった。ところが――」

〝詩人《ポエト》〟は、まるでぼくに先を促して欲しいみたいにたびたび口籠もるので、ぼくもその都度、訊いてやることにする。「ところが？」

「デニスがここからいなくなった時、彼はたしかにその前夜まではいたんだ。夕食を済ませてみんながそれぞれ自分の部屋へ引っ込んでから後のことは、判らない。しかし夕食の時、たしかにデニスは食堂にいた。まちがいなく、ぼくたちと一緒に食事を摂った。ところが翌朝、朝食の時には、もう彼の姿は消えていたんだ」

「シウォード博士たちは、そのことについて何か説明したの？」

「さっき言ったとおりさ。曰く、デニスはどうしてもここに馴染めなかったので、残念ながら昨夜のうちに家へ帰してきました――と」

「ええと」ぼくはしばらく考えてみたが、どうもよく判らない。「そのどこが変なんだ？」

「考えてもみてくれ、マモル。デニスを連れてきた時、シウォード博士たちは、具体的にどこへ行っていたかはともかく、往復に少なく見積もって十六、七時間はかけている。なのに今度は、前日の夕食から翌日の朝食までのあいだ、わずか十二時間でデニスを家へ送り届け、そしてここへ戻ってきていたことになる」

「あり得ない話じゃないよ。デニスって子をここへ連れてくる際、シウォード博士は向こうでその子の家族といろいろ話をしていたのかもしれない。その分よけいに時間がかかったのだと考えれば、おかしなことは何もないだろ」

「じゃあ彼を家へ送り届けた時には、先方の家族には何の挨拶《あいさつ》もせず、はいさようならと立ち去ってきたってことになりかねない。それはぼくには納得できない。子供を預かる以上、連れてくる時よりも帰す時のほうが何かと手間どるはずだ。デニスの家族たちに対して、彼を約束通り預かれなかったことについてシウォード博士たちは謝罪なり説明なりをしなければならないからね。それにその夜の博士たちの睡眠時間という問題もある。どう考えてみても、あの素早さは不自然だ」

「シウォード博士たちがデニスを家へ送ってやったとは限らないよ。夜のうちに家族のほうからやってきて、彼を連れて帰ったのかもしれない」

「たしかにぼくたちは、もう寝ていた。しかし、もし仮にデニスの家族がここを訪問するなんてことがその夜のうちにあったのだとしたら、何か気配を感じていなければおかしい。それに第一、デニスを家へ帰すなんて話は前日まで、まったく出ていなかったんだ。もしシウォード博士たちが彼の家族にあらかじめ、デニスを引き取りにくるように電話か何かで指示していたのだとしたら、もう前日にはそういう段取りができていたはずじゃないか。当然ぼくたちだって、そのことを何らかの形で察知していなければならない」

「言われてみればいちいちもっともだけれど。だとしたらデニスって子はどうなったと、きみは考えているんだ?」

「ひょっとして殺されているんじゃないか……」と呟いてから〝詩人《ポエト》〟は力なく笑った。「なんて極端なことも考えた。ほら」と網フェンスの向こう側に顎《あご》をしゃくってみせる。「ここを乗り越えて、あの沼へ放り込んでしまえば、放っておいてもワニたちの餌《えさ》になる。ひとりの子供の遺体を処分するくらい簡単だ、なんてね」

「デニスを殺して、あいつらに喰わせたっていうのか?」ぼくは、びっくりした。「いったい誰が、そんなことを?」

「落ち着けよ、マモル。一時はそんなばかな妄想まで浮かんでしまったというだけの話さ。でも、そんなことじゃないんだ、きっと」

「じゃ、どういうことなんだ」

「ぼくなりにいろいろ考えてみた。そして、考えれば考えるほど同じ結論に舞い戻ってくる。つまり、デニス・ルドローが言っていたことはやっぱり正しかったんじゃないか、とね」

「彼が正しかった、というと」

「おそらくデニスは自分の家へ帰されたわけではない。かといって、殺されたわけでもない」

「じゃあ、どうしたっていうんだ」

「消えたのさ」

「え。な、なんだって」

「ただ消えてしまったんだ、煙のように」

「えーと……」ノイローゼなのはきみのほうじゃないのかと、うっかり口にしそうになる。

「もっと判りやすく説明してくれないか」

「要するに、デニスの言うとおりだったのさ」〝詩人《ポエト》〟は両腕を拡げて、周囲を見回した。

「すべて偽物なんだ。現実ではない。幻なんだ。ぼくらはみんな夢を見ているんだ」

「お、おいおい、ケネス……」

「ぼくはノイローゼなんかじゃないよ」と〝詩人《ポエト》〟はまるでこちらの心を読んだみたいに屈託のない笑みで、かぶりを振った。「ではお望み通り、もっと判りやすく説明してやろう。マモル、きみはいま自分がどこにいると認識している？」

「場所については、まったく見当がつかないよ。どうやらどこか外国——日本人のぼくにとって、という意味だけれど——であることはたしかなようだ。そういえばケイトは、ここは合衆国南部のどこかじゃないかという意見だった」

「なるほど。合衆国南部か。この景色は、たしかにそんなイメージだね。でも実は、それはまちがっているんだ」

「だったら、ここはいったいどこだと——」

「マモル、きみは日本からここへ連れてこられた時の記憶があるかい？」

「え」

びっくり仰天してしまった。今朝応接室で〝妃殿下《ユアハイネス》〟と交わしたのとまったく同じ話題が、ここでも出てくるなんて。思わずその内容を簡単に〝詩人《ポエト》〟に説明してやると、彼は満足げに頷いた。

「——なるほどね。ケイトやビルも、ここへ連れてこられる前の記憶が欠落しているとは、いやはや興味深い。となると、ますますぼくの考えが裏づけられることになるわけだ」

「ケネス、もしかしてきみもここへ連れてこられる前のことを憶えていないのか？」

「ああ。きみたちと似たようなパターンだよ。ただぼくの場合、きみの言う中継点になった家の住人はまだ学生くらいの若い女性ふたりだったというところが少しちがうけど。それまで彼女たちとは面識がなかったという点は、まったく同じだ」

「そうか。きみもそうだったのか……これはいったい、どういうことなんだろう」

「判らないか？」

「あたりまえだろ。判らないから、こんなに悩んでいるんじゃないか」

「マモル。いいかい」手招きされるまま〝詩人《ポエト》〟の口もとへ頬を寄せたぼくに、彼はそっと耳打ちしてきた。「よく聞きたまえ。きみは実は、いま日本にいるんだ」

「え」

「正確に言えば、きみの身体は日本にある。外国に連れ出されたりはしていないはずだ」

「いったい」こいつは〝妃殿下《ユアハイネス》〟以上に奇想天外な話に発展しそうだと思うと、なにやら怖いような、笑い出したくなるような複雑な気分になり、ぼくは後ずさって〝詩人《ポエト》〟から離れた。「いったい何の話をしているんだ」

「ヴァーチャル・リアリティという言葉を、聞いたことはない？」

「さて。聞いたことがあるような気もするけど。よく判らない」

「ビデオゲームで遊んだ経験は？」

「ひと並みにはね。お母さんがああいうのを嫌いなものだから、ゲーム機を買ってもらってはいないんだけれど。友だちの家に遊びにゆけば、たまにやったりするよ」

「思い切り単純に言えば、そういうテレビゲームみたいなものさ。例えば架空の格闘家ふたりで戦うバトルゲームのことを考えてごらん。きみはAというキャラクターを動かしている。ぼくはBというキャラクターを動かしている。ぼくときみは画面の前でコントローラーを操作しながら同時に、仮想世界の中のAとBという人物になりきった上で、お互いに接触しているわけだ。これも」と〝詩人《ポエト》〟は手を差し伸べてきた。「それと同じ原理なんだ。この世界は現実ではなくて、ビデオゲームのようにヴァーチャル・リアリティの世界なんだ」

「本気で言ってるのかい、そんなこと」ぼくは笑ってしまった。いや、怒っていたのかもしれない。ちょっと乱暴に、差し出された〝詩人《ポエト》〟の手を握ってしまう。「ほら。ほらほら。こうやってお互いの手を握る。この感触。これは本物のぼくたちが触れ合っている証拠だろ。ビデオゲームの画像やコントローラーを介しているのとは全然ちがうよ」

「あくまでもそれは、ものの譬《たと》えさ。この仮想世界を造り上げているのは、ゲーム機のコントローラーみたいな単純な玩具じゃない。もっと複雑で精巧なハイテク機器——データスーツのようなものにちがいない」

ハイテク機器という言葉から、さきほど〝ちゅうりつ《ニュートラル》〟と〝妃殿下《ユアハイネス》〟と一緒にこっそり覗いてきた一二〇号室、通称〈電話ボックス《テレフォンブース》〉の内部を嫌でも連想してしまい、どきりとした。「データスーツ……って、何だそれは？」

「それを身に着けることによってきみは脳に、あるいは全身の肌に逐一情報を送られ、仮想世界を体験できるんだ。実際にはどこにも存在しない架空の物語を、あたかも現実の如くに、ね」

〝妃殿下《ユアハイネス》〟の考え方より多少は科学的装飾が施されているようにも聞こえるが、〝詩人《ポエト》〟が言っていることは彼女の説よりも、もっともっと破天荒だ。まさにSF映画並みに。

「あるいはそれはスーツタイプではなく、ヘッドセットか何かを被ってデータカプセルの中に横たわる仕組みになっているのかもしれないが、形のことはどうでもいい。ともかく本物のきみやぼくは、ここにはいないんだ。決してこの場所にはね。こうして――」と〝詩人《ポエト》〟は見かけによらず強い力でぼくの手を握り返してきた。「お互いの手を感じるのは、人工的に造られた一情報に過ぎない。単なる電気信号なのさ。本物のぼくたちに取り付けられたデータスーツは、特定の言動をとったとされる状況に応じた感触が各人にもたらされるよう、常にそれぞれの五感に擬似情報という刺戟を与えることで、こうした偽の世界を造り上げているんだ」

「しかし」荒唐無稽なのにもかかわらず、たたみかけてくる難解な言葉、また言葉の奔流が紡ぎ出す奇妙なリアリティに圧倒されたぼくは茫然と〝詩人《ポエト》〟から手を離した。「しかし……何のために、そんなことを？」

「仮想世界の中へぼくたちを送り込んだ理由かい。さあ。それは想像するしかないけれど、開発中のデータスーツの実験とか、そんなところだろう。どうして被験者にこの六人が選ばれたのかも謎だが、少なくともこう考えれば、みんながここへ連れてこられる前の記憶がないことにも説明がつく。つまり、失っているという表現は誤っている。最初からそんな事実はないんだから、それに伴う記憶もあるはずがない。だってマモル、きみの場合で言えば、そもそもきみは太平洋を渡ってなんかいない。ずっと日本にいるんだよ、いまこの瞬間にも」

ついしげしげと自分の掌を見てしまった。そして〈学校《ファシリティ》〉の建物を。これが両方とも嘘なのか？　ほんとうは機械が送り込んでくる電気信号によって造り上げられる幻に過ぎないというのか？　そんなばかな、と思う。しかし記憶の欠落という厳然たる事実が、とんでもないはずの仮説に妙に抗《あらが》い難い説得力を与えてしまう。

「さらに極端なことを言ってしまえば」動揺するぼくに〝詩人《ポエト》〟は追い打ちをかけてきた。

「ぼくという人間は、そもそもどこにも実在していないかもしれないんだよ」

「なに……な、なんだって？」

「ぼくやそして他の生徒たちも含めたこの世界はすべて、データスーツによってきみという被験者に与えられているヴァーチャル・リアリティ、すなわち偽の情報かもしれない、という意味さ」

「そんな……じゃあ」頭がぐらぐらしてきた。「じゃあきみは……ケネス・ダフィって子は、ほんとうはどこにもいない……人工的に造られたキャラクター……なんてことに」

「そんな気がしてくるね。たしかにぼくには、ケネス・ダフィという人格としてのこれまでの十二年間の人生の記憶がある。自分の存在が虚構だとは信じたくないし、もしもそんなヴァーチャル・リアリティが可能なら、仮想情報生命体はぼくじゃなくて、きみのほうなのかもしれないわけだしね」こちらがよほど強張《こわば》った表情をしていたらしく、〝詩人《ポエト》〟は取り繕うように付け加えた。「いや、これはちょっと想像が過ぎた。ぼくもきみも単なるデータなんかじゃない。ちゃんと実在する人格だよ。ただ、この世界は偽物なんだ。データスーツの機能によって造り上げられた、ヴァーチャル・リアリティの虚構世界さ。それも単独ではなく、複数の被験者たちが参加できるシステムになっている」

「どうしてそれが判る？　これがきみかぼくが単独で見させられている幻ではなく、みんなで体験している世界だと、どうして――」

「だってここには時々、新入生がやってくるじゃないか」

「つまり、この虚構世界への参加者が少しずつ増えている、と？」

「そのとおり」決して全面的に納得したわけではなかったんだけれど、ぼくが賛同してくれたと勘違いしたのか〝詩人《ポエト》〟はこれまで見たこともないほど熱心に続けた。「データスーツによるヴァーチャル・リアリティの実験は通常、被験者が独りで行うものなんだと思う。少なくともこれまでのテクノロジーでは、それが精一杯だったんだろう。ところが、いまぼくたちに使われているこの機械のスペックは、複数の被験者が同時に参加して、同一の虚構世界の住人になり、まったく同じ体験を共有できるという画期的なものなのにちがいない。しかも、世界じゅうどこにいても、データスーツを着るだけでみんなが同じヴァーチャルワールドへ入ってゆけるんだ。ちょうどパソコンのインターネットを利用すればアメリカと日本とに離れていてもみんなでチャットができるように、ね」

彼の勢いに押されて、なんだか感心しないといけないような気分になってしまう。「ふうん」

「だから、マモル、きみの身体はいま日本にあり、ぼくの身体はロードアイランドにある」どうやらそこが〝詩人《ポエト》〟の実家の在る地名らしい。「しかし、だ。そこはまだまだ開発中の機械の哀しさ、時折バグが出る。きっとそういうことなんだ」

「バグ？　何、バグって？」

「データスーツは最新式コンピュータのプログラムによって制御されているんだろう。しかしどんな機械もそうであるように、常に万全には作動しない。想定されていないはずの故障が時折出る。それがバグさ。プログラム・バグだ」

「この虚構世界にも、何か故障というか、バグがあるというのかい」

「この実験の眼目は、最高何人まで被験者が参加できるかという点だろう。頃合いを見計らい新しい参加者、すなわち新入生をここへ送り込んでは、どれだけ虚構世界の運営がスムーズに保たれるのかを、彼らは観察し、試しているんだ」

「彼ら……って、誰？」

「そこまでは知らないけど、ヴァーチャル・リアリティによるテクノロジーを最大限に実用化しようともくろむ科学者グループだろう。MITあたりかもしれないね。ともかく彼らの実験では、いまのところ最高六人まではヴァーチャルワールドへ参加できると判明しているわけだ」

「あれれ。でも、シウォード博士とミスタ・パーキンス、それからミズ・コットンは？」

「彼らは虚像だ」こちらが呆気にとられるほど〝詩人《ポエト》〟は、さらりと言ってのける。「あの三人は実在しないんだよ。コンピュータ・プログラムによって造られた虚構のキャラクターに過ぎない」

「ず、ずいぶん断言するんだね」こちらは思わず鼻白んでしまった。「でもさ、ケネス、仮にきみの仮説が正しいとしてもだよ、問題のヴァーチャルワールドへ参加している被験者が、ほんとうに六人なのかどうかは判らないじゃないか。早い話、きみとぼく以外の四人だってシウォード博士たちと同じように、データスーツがぼくたちに見せている虚像なのかも……」

「いや、それはない。虚像は博士たちだけで、ぼくたち六人は本物さ」

「だから、なぜそんなに断言できるんだ？」

「バグさ。さっきも言ったように、このヴァーチャルワールド・システムの機能は未だ万全ではない。新しい被験者が参加しようとするたびに世界にひずみが生じるのが、その証

「問題は肩を震わせた。「きみも、もうすぐ体験するさ」悪寒《おかん》を覚えたみたいに〝詩人《ポエト》〟

のルゥ・ベネットと対面する時に、ね。誤解のないように言っておくけど、別にぼくはもったいぶっているわけじゃない。あの感覚は身をもって体験してもらわない限り、なかなか口では説明しきれないんだ」

「ひずみ、か。なんだかよく判らないけれど、ともかく、それは新しい被験者がここへ入ってこようとするたびに起こると、きみは言うんだね。コンピュータのバグのせいで」

「そうだ。デニス・ルドローの時もそうだった。ビル・ウイルバーの時も、そしてきみの時もそうだった。ビルときみの場合は、なんとか乗り切ることができたけど。でも、とにかくバグは起こる。必ず。ぼくたちみんなに、ね。でもシウォード博士、ミスタ・パーキンス、そしてミズ・コットンの三人はその歪みの感覚を共有しないんだ」

「そんなこと、判るの？」

「判るさ。彼らは新入生が来ても、なんら精神的ダメージを受けない。でも、ぼくらはちがう。新入生がやってくるたびに言いようのない試練を、ほとんど苦痛にも似た不可解な世界の歪みを味わうんだ。それこそが博士たち三人は実在しない虚像であり、そしてこの世界そのものがぼくたち六人のイマジネーションによって成立している幻影であることを示す、何よりの証拠なのさ」

「すると、そもそも新入生のオリエンテーションとは、何かプログラムの微調整とか、そういうことをやっているのかもしれないな」

「そう。そうだよ、マモル。そのとおりだ。ぼくとしたことが、なぜそれに思い当たらなかったんだろう」よっぽどぼくの意見がお気に召したのか、〝詩人《ポエト》〟は場違いなほど陽気に指を鳴らした。「新しい参加者の順応性が低ければ低いほどプログラム調整は微妙な作業になり、オリエンテーションも長くなる。今回のルゥ・ベネットのように。そして一旦は入れた者でも、ヴァーチャルワールドに馴染むことをあくまでも拒否する被験者は結局参加を中止、すなわちここから消えるしかない。ちょうどデニスがそうだったようにね」

「ここには何かがいる、そう言ったよね」

「ああ」

「変化を嫌うそいつ。新入生が来るたびに、眠りから覚めるという、それは——」

「そう。もう判っただろ。そいつこそバグの正体なんだ。プログラムが不完全なせいで、新しい被験者が参加しようとするたびに、この虚構世界を成立させるための何か根本的な前提が揺らいでしまうにちがいない」

「根本的な前提、というのは——」

「それが何かは技術的・専門的な知識がないと判らないさ。ただ、ぼくたちにとって重要なのは、その肝心の前提が揺らいだ結果、最悪の場合、この世界そのものが破滅してしまう事態も起こり得る、ということなんだ」

「破滅？　破滅って、どういうこと」

「さっきのビデオゲームの例で言えば、機械の調子が悪くなると、それまで普通に見えていた画像に急にトラッキングノイズが走ったりするだろ。ひどくなるとキャラクターの輪郭などがぐじゃぐじゃに崩れてしまって、ゲームどころじゃなくなる。秩序も構成もなくなり、仮想空間は崩壊する。要するに、そういうことさ」

「変化を嫌うそいつがぼくたちを滅ぼしてしまうかもしれない……とは、そういう意味なのか」

「ようやく理解してもらえたようだね」

「でも、まてよ。ケネス。もしもきみの仮説がすべて正しいのだとしたら、別に心配する必要はないじゃないか。だってこれは現実ではなくて、すべて虚構の世界なんだろ？　言ってみればぼくたちはみんな夢を見ているわけだ。だったら、たとえこちら側で滅ぼされようとも、あちら側で目が覚めるだけの話じゃないか。そうだろ？」

「そう言うと思ったよ、マモル」

「ちがうのかい」

「ことは、そう単純じゃないんだ」

「どうして」

「ヴァーチャル・リアリティの世界における精神的な崩壊とは、そのまま実際の肉体の死滅を意味する危険性があるからさ」

「まさか……そんな」

「少なくとも、ないとは言い切れない」

「どうしてそんなことがあり得るの」

「言っただろ。仮想情報を送るデータスーツは、ぼくたちの五感に訴えてくる。ぼくたちの視覚や触覚を騙すことによって、この世界を現出させているわけだ。つまりぼくたちは一時的に狂わされているといっても過言じゃない。肝心のデータスーツが正常に機能していれば、何も問題はない。しかし、五感を刺戟するデータそのものが狂ってしまったら、当然ぼくたちの精神はそれなりのダメージを受ける。損傷の度合いによっては肉体的な影響も出ないとは言い切れない」

「ぼくたちが、つまりぼくたちの本物の肉体のほうが何か深刻な被害をこうむる……と言うの？」

「確実に。もしも今回、ルゥ・ベネットの参加を無事に乗り切れなかったとしたら、ね」

「どうなるんだ」

「それは誰にも判らない。でも、これまで試練を何回か経験させられた身として言わせてもらえば、最悪の場合、そのまま死んでしまうんじゃないかとすら思っている」

〝詩人《ポエト》〟はぼくから眼を逸らした。その素振りは自分の言い分をぼくに、そんな突拍子もない話あるわけないだろと否定してもらいたがっているようにも見える。だがぼくは彼の出した結論にただもう圧倒されてしまって、うまく声が出てこない。

今日は変な日だ。〝ちゅうりつ《ニュートラル》〟、〝妃殿下《ユアハイネス》〟、そして〝詩人《ポエト》〟も常日頃から〈学校《ファシリティ》〉とは何かという問題をあれこれ考えていたわけだ。それはある意味当然のことで、悩んでいたのが自分だけではないと知ってホッとしたし、もっと早くこの話をしておけばよかったと少し後悔もしたけれど、これまでお互いになかなかきっかけが摑《つか》めなかったということなのかもしれない。さしずめ、新入生効果といったところか。

ざっと聞いてみた限りでは〝ちゅうりつ《ニュートラル》〟の仮説が一番まともというか、リアリティがある。正直、ぼくとしてはそう判断せざるを得ない。もちろん、前世の別人格が憑依する能力の持ち主ばかりを集めて研究しているとか、そもそも〈学校《ファシリティ》〉は現実ではなく、ハイテクノロジーの機械によって生み出されたヴァーチャルな虚構世界だとかの仮説がまったくまちがいであると断じられるほどの根拠もないんだけれど、秘密探偵養成所説に比べると格段にぶっ飛んでいることはたしかだ。〝詩人《ポエト》〟がしきりに怯《おび》える「新入生による試練」にしても、単に人見知りする排他的な性格の子ばかり揃っているというだけの話なんじゃないか——と。ぼくはそんなふうに軽く考えていた。夕食の時刻になるまでは。

〝詩人《ポエト》〟と別れた後、図書室で本を読んでいるとステラがやってきたので、一緒に食堂へ向かう。まだ七時に十分以上も前だったので、てっきりぼくたちが一番乗りかと思いきや、既にテーブルについているひとがいた。ちりちりに縮れた赤毛も不精髭《ぶしょうひげ》も伸び放題、丸いフレームのメガネを掛けた、四十歳くらいの小太りの男。〝寮長《RA》〟ことミスタ・パーキンスだ。〝寮長《RA》〟というのはぼくがひそかにそう呼んでいるだけで、実際には彼がぼくたち生徒の世話をしてくれるわけでもなんでもない。それは〝校長先生《プリンシパル》〟やミズ・コットンの仕事だ。なのに敢えて〝寮長《RA》〟なんて渾名を付けたのは、ある種の皮肉を込めてのことだ。

縮れた赤毛の男は、いつもの白衣姿で、太くて短い腕を組み、くっちゃくっちゃと下品な音をたててガムを噛《か》んでいる。ほんとうはタバコを喫《す》いたいのに〝校長先生《プリンシパル》〟に禁じられているため、いつ見ても欲求不満そうな仏頂面をしている。いまは〝校長先生《プリンシパル》〟の姿は見当たらないけれど、へたしたら彼女以上に嫌煙派のふしもあるミズ・コットンがテーブルの上にお皿を並べている最中だ。しきりに手の中で金色のライターを弄《もてあそ》んでいるのは無意識のことだろうけれど、うっかりタバコを咥《くわ》えて火を点けるわけにはいかない。

どうしてこの男が〈学校《ファシリティ》〉に勤めているのか、ぼくにはさっぱり判らない。彼がこの仕事を嫌がっているのは子供の目にも明らかだ。ミズ・コットンのまずい料理に耐えられないという以前に、この建物そのものを憎んでいるようにさえ見える。にもかかわらず彼は〈学校《ファシリティ》〉にいる。なげやりな態度を隠そうともせず、来る日も来る日もぼくたちの実習《ワークショップ》に付き合う。ぼくが勝手に〝寮長《RA》〟と彼のことを呼んでいるのは、そのやる気のなさをからかってのことだ。しかし、なぜだろう。〈学校《ファシリティ》〉での仕事と生活がそんなに嫌なら、どうしてさっさと出てゆかないのか。ぼくたちとちがって大人で自動車の運転も自分でできるんだから。そういえば以前この疑問を〝ちゅうりつ《ニュートラル》〟にぶつけてみたところ、彼の意見はこうだった。「出てゆきたくても出てゆけない事情があるんだろうな、きっと。それが何かは判らないが、シウォード博士に弱みを握られているんだったりして。例えば警察に密告されたら刑務所行きになってしまうような重大な証拠とか、さ。そう。過去に何か犯罪にかかわったことがあるのかもよ。だから嫌々ながらも博士に命じられるまま、ここに勤めている。そんな気がするな、おれは」

　ぼくとステラはさりげなく〝寮長《RA》〟から少し離れたテーブルへついた。彼はこちらを一瞥《いちべつ》もせず、ただ宙を睨んだまま飽きもせず金色のライターを掌の中で弄んでいる。そのうち〝詩人《ポエト》〟、〝妃殿下《ユアハイネス》〟、〝けらい《オベイ》〟そして〝ちゅうりつ《ニュートラル》〟も食堂へやってきた。みんな無意識に〝寮長《RA》〟から遠ざかろうとしたらしい、珍しく六人全員がひとつのテーブルに、ひと塊りになる。

　ぼくたちが食事を始めても〝校長先生《プリンシパル》〟は現れない。新入生のオリエンテーションがまだ長引いているのかなと思っていると、ふいにミズ・コットンが声を上げた。「みんな、食べ終えてもしばらく席を立たないように。シウォード博士がおみえになるまで待っていなさい。いいわね」

全員が食べ終わってお皿をかたづけても、なかなか〝校長先生《プリンシパル》〟は現れない。最初は緊張していたぼくたちもひとり、またひとりと遠慮がちながら、あくびを洩らし始めた、その時。

唐突に、それは起こった。ぼくはそれまで経験したことのない違和感とともに偏頭痛のようなものに襲われた。後から思い当たってみれば、それはまさしく〝詩人《ポエト》〟が言っていたように、世界が歪んだ、としか表現しようのない感覚を伴う。

視界に入ってきたのは〝校長先生《プリンシパル》〟だ。それはまちがいない。しかし、なんだか普段の彼女とは様子がちがう。どこがどうちがうのか、うまく言えないんだけれど、たしかに何かがちがっている。何だろう。何が変なんだろうと考えようとすると、そのまま気絶しそうなほどの眩暈《めまい》に襲われる。な、何だこれ……いまやはっきりとぼくの身体は不調を訴えていた。眩暈は吐き気を伴う。風邪のひきはじめのような悪寒がする。気持ち悪い。何だ。何だ。なんなんだ。いったい何が起こっているんだ。

様子が変なのはぼくだけではない。〝詩人《ポエト》〟、〝妃殿下《ユアハイネス》〟、〝けらい《オベイ》〟、〝ちゅうりつ《ニュートラル》〟、そしてステラも、みんな顔が青ざめている。胃におさめたばかりのスープをいまにも、もどしてしまいそうだ。

ふと〝詩人《ポエト》〟と眼が合った。彼は恐怖にかられた表情で、無言のまま頷いてみせた——

判っただろ、マモル？　その眼は明らかにそう言っていた。これできみにも判っただろ、ぼくたちに襲いかかる試練とはどういうものなのかが、と。

　すると……するとこの気味の悪い眩暈は、新入生が原因なのか？　しかし、ぼくたちのテーブルへ寄ってきたのは〝校長先生《プリンシパル》〟だけで、子供らしき姿はどこにも見当たらな――

「さて、みなさん」〝校長先生《プリンシパル》〟は、にこやかにぼくたちを見回すと、「今日からここで一緒に暮らすことになった新しいお友だちを紹介するわね」と身を退くような仕種《しぐさ》をした。

「ほら、ルゥ。先ずご挨拶をしましょうね」

　な……なんだって？　眼が回る。頭がぐらぐらしてくる。何を。いったい何を言っているんだ、〝校長先生《プリンシパル》〟は。ご挨拶も何も――

　ご挨拶も何も、誰もいないいじゃないか。そこには誰もいない。

　誰もいない、いないよ。

　いないいんだってば。誰も。

「彼の名前はルゥ・ベネット。ステラやマモルと同じ、十一歳よ」

　視界が歪んできた。物の輪郭がぐじゃぐじゃ崩れるような錯覚。いったい〝校長先生《プリンシパル》〟はさっきから何を言っているんだ。「彼」なんて、どこにもいない。そこには――

　いや。まて。

　何かが……

そこには何かがいた。校長先生の横に。何か黒っぽいものがわだかまって——黒っぽいもの？

「見てのとおり、彼はスパニッシュの男の子よ。みんなと人種がちがうからといって仲間外れなんかにしないで。マモルの時のように気持ちよく迎え入れてあげてちょうだい。いいわね」

ようやく眩暈がおさまってくるにつれ、〝校長先生《プリンシパル》〟の傍らに佇んでいる少年の姿が眼に映った。それまでノイズに乱れていたビデオが、やっときれいな画像を結んだ、という感じ。

浅黒い肌が精悍な雰囲気のラテン系の少年が、じろじろとぼくたち六人を見ている。つぶらで大きめの瞳が印象的だ。意外に小柄で、身長はぼくと同じくらいだろうか。

「ルゥ。紹介するわね。これからあなたが、ここで一緒に生活するお友だちたちよ」と〝校長先生《プリンシパル》〟は〝詩人《ポエト》〟、〝ちゅうりつ《ニュートラル》〟、〝妃殿下《ユアハイネス》〟、〝けらい《オベイ》〟、そしてステラ、ぼくを順番に紹介する。

ルゥ・ベネットという少年は黙っている。〝校長先生《プリンシパル》〟の言うことを聞いているのかどうか、よく判らない。むっつり無愛想な表情。やがてそれが柔らかく崩れる。笑ったようだった。しかし、友好的な笑顔とは、とても言えない。どことなく、ぼくたちを小ばかにしたような、はっきり言ってすごく侮蔑的な眼つきだった。

ふいにぼくの頭の中に、ある言葉が浮かんだ。何の脈絡もなく、ほんとに唐突に。なぜそんな言葉を思い浮かべたのか、自分でもまったく見当がつかない。それは――

（異教徒……）

そんな言葉だった。いったいどこから出てきたんだろう？　戸惑ったが、やがて憶い出した。いつかお母さんに教えてもらったんだっけ。自分たちが信ずる神さまとは別の神さまを崇《あが》めている他者を指す言葉だ、と。しかし……

（異教徒……）

どうしてそんな言葉が急に頭に浮かんできたんだろう。いくら考えても判らない。判らないけれど、とにかくルゥ・ベネットの嘲笑を見た瞬間、ぼくは思ったのだ。いや。確信した、と言ってもいいかもしれない。

彼は異教徒だ――と。

「ルゥは今日から一〇九号室で暮らすことになったので、みんなもよろしくね。何か困ったことがあったら彼のことを助けてあげてちょうだい」

一〇九号室――〝詩人《ポエト》〟と〝妃殿下《ユアハイネス》〟のあいだに挟まれた部屋だなと、ぼくはぼんやり思った。

ヴァーチャル・リアリティ……か。

＊

自分の部屋へ戻ったぼくはベッドに寝そべったものの眠気が湧いてこず、しばらくその言葉を繰り返し口の中で転がしていた。〝詩人《ポエト》〟から聞かされた時はまるで与太話としか思えなかったけれど、彼が言うところの試練を経験した後では、あながち否定し切れない。もしかして――ぼくは自分の掌を見つめる。この手はほんとうにぼくのものなのか？　ひょっとしてコンピュータ・プログラムが紡ぎ出す幻影に過ぎないのだろうか？　ある一点――自分の掌に刻まれた一本の皺《しわ》を凝視するうちに、すべての物の輪郭が曖昧になってきて、あのぐらぐらと吐き気を伴う眩暈に再び襲われる。

あんまり深く考えていたら、気が狂うかもしれない……そんな恐怖が湧き起こってくる。さっき食堂で体験したことを思い返そうとすると、ほんとうに頭が変になりそうだ。いったいあの奇妙な感覚は何だったんだろう。不気味だ。試練を乗り切れなかったら死んでしまうかもしれないという〝詩人《ポエト》〟の警告だって、こうなると妄想とは言い切れなくなってきた。嫌だ。もうこんなところは嫌だ。早く家へ帰りたい。日本の神戸へ。ここがはたして現実の合衆国南部なのか、それともデータスーツによって造られた虚構世界なのかなんて問題は、どうでもいい。とにかくもとの自分の生活へ戻りたい。お父さんとお母さんがいる世界へ。

不覚にも少し涙ぐみそうになった時、ドアにノックの音がした。たまにミズ・コットンが、ぼくたちが夜更かしせずにちゃんと寝ているか見回りにくることがあるので、てっきりそれかと思い、慌ててドアのロックを外した。すると。

「——マモル」

ドアの隙間からステラが顔を覗かせる。

「あれっ。どうしたの」

さっきとはちがう意味でぼくは慌て、彼女を部屋へ招き入れた。もう九時を過ぎている。とっくに就寝していなければならない時刻だ。思わずドアから首を突き出し、誰か見ていやしないかと、常夜灯の明かりだけで薄暗い廊下をきょろきょろ見回してしまった。誰もいなかった。

「どうしたの、ステラ」うっかり英語を喋っている自分に気がついて、日本語で言いなおす。「どうしたんだい、こんな時間に?」

「ちょっと、その……なんだか怖くて」

「怖いって、何が?」

「今日のことよ。あの新入生」

「ルゥ・ベネットか。たしかに、こちらから積極的におまえたちと打ち解けるつもりはないからな、とでも言いたげで、ちょっと嫌な感じだったけれど。でも、怖い、というほどじゃ――」

「そうじゃないの。ルゥっていう子本人がどうこうってわけじゃない。今日の彼の態度がちょっと陰険だったのは事実だけど、まあ総じて新入生って、あんなものよ」

「そうかい」

「自分では忘れているかもしれないけど、マモル、あなただって最初にあたしたちに紹介された時は、あんな感じだったわよ。如何《いか》にも、おまえたちとは同類にされたくない、とでも言いたげで」

「えーっ」大いに不本意だったけれど、はっきり否定できる自信もない。「そうかなあ。たしかに最初にここへ来た時は、とにかく不安で不安で、普通の精神状態じゃなかったとは思うけれど。そんなにひどかった？」

「それはともかく。あたしが不安なのは、シウォード博士たちの思惑なの」

「というと」

「どうして……どうしてこれ以上、増やさなければいけないのかしら」

「え」咄嗟《とっさ》に意味が判らず、混乱した。「えーと。増やさなければいけない、って。ああ。つまり生徒数のことかい」

「そうよ。これまでのままでよかったじゃない。あたしたち、六人でちょうどよかった。そうは思わない？　一番いい雰囲気でみんながまとまっていた。なのにどうして、これ以上……」

昨日新入生が来ると聞かされた時、一番落ち着いているように見えたステラも、やっぱり〝詩人《ポエト》〟の言う試練を恐れているらしい。

「まあ、ある程度は仕方のないことだよ。一定数の生徒を受け入れないと、シウォード博士たちだって経営が苦しくなるだろうし」

までてよ。自分で言っていて変だと思い当たる。それだとぼくたちの家族は、授業料や寮費という名目なのかどうかはともかく〈学校《ファシリティ》〉になにがしかのお金を支払っていることになるけれど。やっぱりそれはないいんじゃないのかな。少なくともぼくのお父さんとお母さんに限っては絶対に、そんな余裕なんてあるはずがない。

「これまでがベストだったと思わない？」ぼくの声が聞こえているのかいないのか、いつになくステラは拗《す》ねたように言い張った。「これまでのままの状態が一番よかったのに。ね。六人で、ちょうどよかったのに。そうでしょ、マモル。あなただって、そう思うでしょ？」

# Ⅳ

翌朝、ぼくは寝坊してしまった。

その前の晩、ステラは結局十二時近くまで、ぼくの部屋で話し込んでいったのである。話といっても彼女が一方的に〈学 校《ファシリティ》〉生活全般に対する不満を並べ立て、こちらは聞き役に徹していたんだけれど。こんなに夜更かしをしたのもずいぶんひさしぶり。ステラがあくびを洩らしながら辞去した後も、いろんな意味で興奮したせいか、あれこれ考え込んでしまって、すっかり寝そびれる。

電気を消しても眠れない。神経が過敏になっていたのだろう、ふと窓の外で何かが動き回る気配を感じた。無視しようと毛布を頭からかぶってみたりしたんだけれど、一旦気になり始めると落ち着かなくなり、ベッドから這《は》い出た。カーテンの隙間から、そっと屋外を覗《のぞ》いてみる。暗闇に眼が慣れていたせいか、それとも月明かりのせいか、建物の裏手の網フェンスが驚くほど、はっきり見えた。その網フェンスの上方にからみつくみたいな恰好で、何か白いものがうごめいている。

しばし眼を凝《こ》らしてみて、それが何なのか、ようやく判った。〝寮長《RA》〟の白衣だ。小太りの身体が網フェンスによじ登り、しがみついている。微《かす》かながらワイヤーの軋《きし》むぎちぎちという音が風に乗って聞こえてくる。いったい何をやっているんだ、あのひとは？　呆《あき》れて見守っていると、もぞもぞしていた白い影が一気に下方へずり落ちる。網フェンスから跳び下りたようだ。それまで背中を向けていた〝寮長《RA》〟は建物のほうへ向きなおった。

ぽっと微かな音がしたかと思うや、ふいにオレンジ色の火玉のように赤っぽく、闇が丸く切り取られる。陰影が刻まれた〝寮長《RA》〟の丸顔が浮かび上がった。タバコを咥《くわ》えている。さっき聞こえたのは、ライターを点火した音だったらしい。再び暗闇に埋没した彼の顔のあたりで、タバコの先端に赤い火が灯っている。なんだ。一服しにわざわざ外へ出てきているのか。眼を凝らして腕時計を見てみると、午前四時過ぎである。こんな時刻でも、喫《す》いたくなると我慢できなくなるらしい。愛煙家にとって禁煙を強制されるのは想像以上に辛いことなのかもしれないと、ぼくは〝寮長《RA》〟に初めて同情しながら、ベッドへ戻ろうとした。その時。

ライターを点火した時とは比べものにならない、激しい音がした。網フェンスが鳴ったのだと、少し遅れて気がつく。次の瞬間、さっと暗闇を斜めに切り裂くように光が走り、沼から上がってきているワニの姿を照らし出した。どうやらこいつが網フェンスに体当たりしてきたらしい。どこから取り出したのか〝寮長《RA》〟は、さっきまで点けていなかった懐中電灯の光を網フェンスのほうへ向けている。いまにもワニがフェンスを突き破って襲いかかってくると恐れてでもいるのか、ただでさえ普段から丸い体型が屁《へ》っぴり腰になってさらにまん丸いシルエットとなり、後ずさりしている。

　懐中電灯を照らしているのとはちがうほうの〝寮長《RA》〟の手に握られているものに気づき、ぼくは思わず「あ」と低く声を上げてしまった。仮に今日の、いや正確な日付で言えば昨日の昼間、〝妃殿下《ユアハイネス》〟から武装云々の話を聞いていなかったとしたら、その銀色の筒状の物体が小型のピストルであるとは判らなかったかもしれない。コンパクトなサイズの銃身が懐中電灯の光の中に、ぼんやり浮かび上がる。ほんとうに本物なのだろうか？　ぼくなどの常識からすれば拳銃を模したライターとしか思えない、というか思いたいところだけれど、おそらく本物なのだろう。なにしろここは日本ではない。多分。一般市民が護身用にピストルを持っていたって、ちっともおかしくないわけだ。

　しばらく銃身を網フェンスへ向けていた〝寮長《RA》〟だが、やがてワニの姿が見えなくなり、何も危険はないと見極めたのか、ピストルを白衣のポケットに無造作に突っ込んだ。うわ。危ないなあ。暴発したりしたら、どうするんだ。いや、それとも安全装置とか掛けてあるのかな。などとやきもきするこちらをよそに、懐中電灯の光が消えた。

　白衣のシルエットは、地面に落ちていた頭陀袋《ずだぶくろ》のようなものを拾い上げると、こちらから向かって左の方角へゆっくり移動する。どうやら〝寮長《RA》〟は職員住居区画の裏口から自分の部屋へ戻るつもりらしい。その姿が視界から完全に消えた後もぼんやりしていたぼくはようやく我に返ると、なんだか夢でも見たかのような気分でベッドへ戻った。

やれやれ、お蔭でますます目が冴えてしまったじゃないか——などと思いながら実は、すっかり眠り込んでしまっていたらしい。はっと目が覚めてみると、なんと、朝の七時にあと三分という時間ではないか。まずい。もちろん着替える暇も、顔を洗う暇もない。慌てて部屋を転がり出るや、後ろ手に放り投げるように閉めたドアがきちんと閉じたのかどうか確認する余裕もなく廊下をダッシュし、食堂へすっ飛んでゆく。パジャマがわりのTシャツのままだと〝校長先生《プリンシパル》〟にばれたらまた叱られるかもしれないけれど、遅刻してミズ・コットンに厭味を言われるよりはましだ。

なんとか開始時刻ぎりぎりにテーブルにつき、ぜえぜえ息を整えていたぼくは、ふと首を傾《かし》げた。おや。何か変だぞ。でも何がどうおかしいのかすぐには判らず、そっと食堂内を見回してみる。えーと。ステラがいる。〝詩人《ポエト》〟がいる。〝妃殿下《ユアハイネス》〟がいて〝けらい《オベイ》〟がいて、そして〝ちゅうりつ《ニュートラル》〟がいる。ミズ・コットン、そして今朝は〝校長先生《プリンシパル》〟と〝寮長《RA》〟も顔を揃えている。なんだ。何も変なことなんか、ないじゃないか。いつもと同じ、朝の〈学校《ファシリティ》〉の風景で——

そこまで考えて、ようやくぼくは気がついた。そうだ。今朝の食堂の風景は、これまでと同じではいけないはずではないか、と。〈学校《ファシリティ》〉には七人目の生徒が来たばかりなのだ。

ルゥ・ベネット。そう。そんな名前の少年に、昨日たしかに紹介された。新入生である彼も当然とっくに食堂に現れていなければならない。なのに、まったくその姿が見当たらない。はて、どういうことだろう。ステラたちもルゥ・ベネットのことが気になるのだろう、スプーンでスープをすくいながら無言で、お互いに怪訝《けげん》そうな視線を交わし合っている。

「やれやれ。困った子だこと、初日から」ようやく〝校長先生《プリンシパル》〟が嘆かわしげに声を上げた。「ルゥったら、寝坊かしら」

「わたしがちょっと様子を」何か応じかけたミズ・コットンを遮って、〝寮長《RA》〟が立ち上がる。「見てきましょう」

早朝の建物の裏手、網フェンスの前でのシーンを憶《おも》い出したぼくは、つい彼の白衣を盗み見た。すると、ポケットの部分が少し膨らんでいる。その気になって注意しないと判別できない程度だけれど、やはり〝寮長《RA》〟はいつもあの小型のピストルを持ち歩いているらしい。

〝寮長《RA》〟が出ていった後、食堂は気まずい沈黙に包まれた。スプーンが食器に当たる微かな音が、やたらに大きく聞こえる。まもなくルゥ・ベネットがやってくると思うと、みんな気が重いのだろう。少なくともぼくはそうだ。昨日の第一印象からしてあまり快いものではなかったし、朝食に遅刻した彼にはミズ・コットンのお説教が待っていて、それを無関係なぼくたちも聞かされるはめになるのだ。想像しただけで、うんざりする。

ところが、戻ってきた〝寮長《RA》〟はひとりだった。むすっとした顔で「博士」と呟《つぶや》く。

「なに。どうしたの？」

「ルゥは、気分が悪くて起きられない、とか言うとりますが」

「え。熱でもあるの？」

「いいや」皮肉っぽく鼻を鳴らす。「額に手を当ててみたんだが、そんな様子は全然」

「まあ」普段の美人ぶりが台無しになるくらい露骨に〝校長先生《プリンシパル》〟は、ちっと舌打ちをした。どうも彼女って、物事が順調な時は完璧にすてきなレイディなんだけれど、ひとたび自分の思いどおりにならないと見るや、我儘《わがまま》な駄々っ子に豹変する傾向があるようだ。

「しょうのない子ね。まったく」

「どうします」

「このままじゃ、しめしがつかないから。とにかく一旦連れてきなさい。みんなに挨拶《あいさつ》させて。それから彼の言い分を聞くことにするわ」

「はいはい。仰せのとおりに」

めんどくさそうな素振りを隠そうともせず、〝寮長《RA》〟は再び食堂から出ていった。今度は彼は、なかなか戻ってこなかった。さすがに〝校長先生《プリンシパル》〟が不審げに腰を浮かしかけたその時、廊下のほうから、どたどたと駈けてくる足音が近づいてきた。かと思うや〝寮長《RA》〟の小太りの身体が、まるでボールみたいに転がり込んでくる。

「何事なの、騒々しい」

「は、博士。ルゥが――」ずれたメガネをなおそうとした〝寮長《RA》〟は、はっと我に返ったように一旦立ち止まった。横目でぼくたちの様子を窺《うかが》いながら、そっと〝校長先生《プリンシパル》〟に耳打ちする。

「な、なんですって?」ぎりりっと爪で黒板を引っ掻くような音がしそうなほどの勢いで眼を吊り上げた彼女は「どういうことよ、いったい」と憤慨し、ぼくたちのほうを見もせずに「みんなはここにいなさいっ」と言いつけるなり〝寮長《RA》〟を急《せ》き立て、食堂を飛び出していった。いつもロングスカート姿の〝校長先生《プリンシパル》〟にしては珍しく、走って。脚がもつれて転びやしないかと、こちらがはらはらするほどの勢いで。

わけが判らなかったが、ぼくたちは言いつけどおりテーブルについたまま、じっと待っていた。全員がとっくに朝食を済ませていて手持ち無沙汰なことといったら、ない。物見高い〝ちゅうりつ《ニュートラル》〟ならずとも、いったい何があったのか見にゆきたい気持ちでいっぱいだったけれど、ミズ・コットンが眼を光らせているので、うっかり椅子から立ち上がることもできない。

そうやって、いったいどれくらい待っただろう。ミッキーマウスの腕時計を見ると、九時を過ぎている。普段ならとっくに授業《レッスン》が始まっていなければならない時間だが、〝校長《プリン》先生《シパル》〟も〝寮長《RA》〟もいっこうに戻ってくる気配がない。ぼくたちがそっとお互いに顔を見合わせる中、ミズ・コットンだけがひとり黙々とテーブルのあとかたづけを終え、悠然とお茶を飲んでいる。

ようやく〝寮長《RA》〟が戻ってきた。「あーみんな」と縮れた赤毛を掻き毟《むし》りながら、しきりに背後を振り返る。〝校長先生《プリンシパル》〟が代わりに事態を説明してくれないものかと期待しているのかもしれないが、彼女は戻ってこない。いかにも、仕方なくという顔で彼は続けた。「あーみんな、いいか。今日の授業《レッスン》は中止だ。その代わり各班に分かれて実習《ワークショップ》のほうを進めるように。以上」

ここぞとばかりに〝ちゅうりつ《ニユートラル》〟が「ミスタ・パーキンス」と手を挙げた。

「ん。何だ」

「おれたちの班は、もう発表の準備ができているんですけど。どうしましょう」

え。驚いた。発表の準備って、まさか。〝ちゅうりつ《ニユートラル》〟のやつ、昨日の自分の仮説を最終結論にしちゃうつもりなんじゃあるまいな。そう焦りかけて、はたと気がついた。なるほど、課題の発表にかこつけて、いったい何があったのか〝寮長《RA》〟から聞き出そうという魂胆だな、と。

「なに。もう？」

「ええ、そうなんです」〝妃殿下《ユアハイネス》〟も察しよく加勢してきた。「できればこれから、わたしたちの発表を聞いていただきたいんですけど」

「そうか。ええと。きみたちは第二班か。ちょっと待ちなさい」と〝寮長《RA》〟はステラと〝詩人《ポエト》〟そして〝けらい《オベイ》〟のほうを向いた。「では、第一班はどうだ。こちらも準備ができているのか」

「えーと」ステラと〝けらい《オベイ》〟が口を開く様子がないので、仕方なくという感じで〝詩人《ポエト》〟は手を挙げる。ちらりとぼくを盗み見たようだった。「ぼくたちのほうはまだ、結論とまでは。その、一応、途中経過くらいは報告できると思いますが」

「どちらがどちらの部屋を実習《ワークショップ》に使っているんだっけ」

「ぼくたちが図書室です」

「なら、第一班は図書室へ行って、引き続きディスカッションを進めておくように。そのあいだにわたしは応接室で第二班の発表を聞く。それが終わってから図書室のほうへゆく。今日はそういう段取りでいこう。いいな。では後で」

全部言い終わらないうちに〝寮長《RA》〟は再び、あたふたと食堂を出てゆく。すぐにまた戻ってくるんじゃないかという気がしたのか、なんとなくみんなテーブルについたままぐずぐずしていたのだが、さっきまで黙っていたミズ・コットンが一転、ぱんぱんと手を叩き「ほらほら。ミスタ・パーキンスの指示を聞いたでしょ。さっさとなさい。さっさと」と追い立ててくる。ぼくたちは昨日と同じようにそれぞれの班に分かれた。

〝ちゅうりつ《ニュートラル》〟、〝妃殿下《ユアハイネス》〟、ぼくの三人が応接室で待っていると、やがて〝寮長《RA》〟が現れた。「よし。ではきみたちの発表を聞かせてもらおうか」

何も打ち合わせていなかった三人だが、そこは阿吽《あうん》の呼吸で〝ちゅうりつ《ニユートラル》〟が代表する形になる。はたして披露する仮説は彼が昨日まとめた「娘が新しい家族の絆を取り戻すため、祖父のホワイトハウスでの行事のビデオを義父に見せようとした」云々。断じて納得しないと対立していた〝妃殿下《ユアハイネス》〟も、いまは別に優先事項があるため、何も口出しせず、黙って聞いている。

「ほう。なるほどな」呆れるかと思いきや、金色のライターを弄《もてあそ》びながら〝寮長《RA》〟は、けっこうおもしろがっている。「なるほどなるほど。なかなかの着眼点だ。わたしが用意していた答えとは全然ちがうが、まあいいだろう。いつも言っているように、正解はひとつとは限らんからな。これで今回の課題に関して、きみたちの班はパスだ」

「あ、あの、ミスタ・パーキンス」あっさり合格点をくれるや否やこれでお役目御免とでも言わんばかりに応接室を出てゆこうとする〝寮長《RA》〟を、〝妃殿下《ユアハイネス》〟が慌てて呼び止めた。

「ちょっとお訊きしてもいいですか」

女の子に愛想よく笑いかけられても〝寮長《RA》〟の無愛想な表情はまったく変わらない。

「なんだ」それでも〝ちゅうりつ《ニユートラル》〟やぼくなど、男の子が質問するよりは幾分ましのような気もするけれど。

「ルゥ・ベネットはどうしたんですか？　何か急病でも？」

「きみたちは」金色のライターを宙に放り投げては受け止める。「心配しなくてもいい」

「ミスタ・パーキンス」

「ん」

「タバコ、お喫いになれば如何《いかが》です？　わたしたちなら別に気にしませんので」

「えーと」効果は覿面《てきめん》だった。途端に〝寮長《RA》〟の相好《そうごう》が崩れる。そっと左右を見回す仕種をして、声を低めた。「まあその」と白衣の内ポケットからケースを取り出すや、タバコを一本咥える。「いずれは判ることだからな。だがシウォード博士は、自分の口から説明するまではきみたちに黙っておけとおっしゃっている。なので、くれぐれも――」

「判っていますとも」〝ちゅうりつ《ニュートラル》〟は揉み手をせんばかりだ。「ミスタ・パーキンスから聞いたなんて、絶対に洩らしやしませんて」

「どうやら」タバコに火を点けると、ふううと全身が弛緩しきった感じで煙を吐き出した。「ルゥはここから脱走してしまったようだ」

「え」

「だ」あまりにも意外な展開に、ぼくたちは顔を見合わせた。「脱走？」

「さっき、わたしが彼の部屋へ様子を見にいっただろ」

「一〇九号室ですね」

「その時、ルゥはまだベッドの中にいた。具合が悪いからとそっぽを向いている。熱を計ってやろうかと言うと、拒否する。額に手を当ててみれば、はたして仮病だ。かといって、わたしの独断でむりやり引きずり出すわけにもいかん。一旦シウォード博士の意見を仰ぎに食堂へ戻ったというわけだ。そしてもう一回、ルゥの部屋へ行ってみると——」

「いなくなっていた、というんですか」

「そうだ。ベッドが裳抜《もぬ》けのカラになっていた」

「待ってください。ドアに鍵は？」

「ん。掛かっていなかったよ」探偵きどりの〝ちゅうりつ《ニュートラル》〟の熱意がおかしかったのか、〝寮長《RA》〟はにやにやと煙を吐き出した。「最初から、な。どうやらルゥのやつ、昨夜から鍵を掛けずに寝ていたようだ。一回目はノックしたら返事があったが、二回目はノックしても返事がない。入ってみると、窓が開いている」

「というと、そこから脱走した、と？」

「しかし最初は、まさかと思った。トイレへでも行っているあいだに窓を開けて空気を入れ換えているだけだろう、と。その程度に考えていた。しかしバスルームを覗いてみたら、いない。室内のどこかに隠れてもいない。だいたい隠れられるスペースなんてありゃしない。そこで初めて、ひょっとして建物の外へ出ていったんじゃないかと思ったんだが。しかし——」タバコの先端を回し、肩を竦《すく》める。「しかし、いったいどこへ行くっていうんだ？　ここから一番近い街までだって車で何時間もかかる」

「でもルゥは、まだここの事情にあまり詳しくないでしょ」〝妃殿下《ユアハイネス》〟は、もっともな指摘。「ちょっと歩けば民家があると思い込んでいるのかも」

「そんなわけはない。何のために長時間オリエンテーションをしたと思っているんだ」

なるほど。そういえば、ここが実質上、陸の孤島であることを、ぼくも最初にやってきた日に説明してもらい、肝に銘じたものだった。

「だから、外へ出たんじゃなくて、どこか他の部屋に隠れているんだろう。そう思ったんだが、これまた、どこにもいない」

「ぼくたちの部屋にも、ですか」

「もちろん、調べた。というか正確には、調べようとしたんだが、きみたちの部屋のドアにはすべて鍵が掛かっていた。自分の部屋の鍵しか持っていないルゥが、他の部屋に忍び込めるはずはない。当然、どこかその辺をうろうろしているんだろうと思って建物の周囲をぐるりとひと回りしてみたんだが、まったくひとの気配がない」

「ガレージやガソリンスタンドにも？」

「真っ先に見たさ。しかし、いない」

「例えば彼は一旦外へ出て、どこか窓が開いている部屋を探したのかもしれませんよ。そしたら運よくロックされていない窓を見つけたので、そこから室内へ忍び込み、隠れた、とか」

「それも調べたさ。建物を一周しながら、ひょっとして開いている窓がないか、とな。しかし、ひとつもなかった」

「でもその時、既にルゥがどこかの部屋へ忍び込んだ後だったのだとしたら、当然、彼はすぐに内側から窓をロックしておいたでしょう」

「なかなか鋭いじゃないか、ハワード。これも日頃の実習《ワークショップ》の成果かな」〝寮長《RA》〟は下品な笑い声を上げたが、その眼はくすりともしていない。「実はシウォード博士も同じことを考えていてな。建物全体を一室、一室、いま調べている最中だ」

「ぼくたちの部屋も、ですか」

「もちろん。いちいち鍵を開けて」

「それってプライバシーの侵害なのでは」

「なにしろ緊急事態なんでね。我慢しろ。それにどっちみち、ここはシウォード博士の城だ。マスターキーも含めて、すべての権限は彼女にある」

そこで初めて、ぼくは〝寮長《RA》〟の言い分に不審を覚えた。おかしい。彼は嘘をついている。しかも極めて重大なことに関して。そう確信するものの、さていったい何が嘘なのか、なかなか判らない。もどかしさのあまり、つい「……あのう」と口を挟んでしまった。

「マスターキーって、シウォード博士しかお持ちじゃないんですよね」

「そうだ。わたしはもちろん、ミズ・コットンだって持っていない。この建物のすべての部屋へ自由に出入りできるのは博士だけで――」〝寮長《RA》〟は言葉を切ると、じろりとぼくを睨《にら》んだ。「なぜ、そんなことを訊く？」

「いえ、別に」ぼくは、そうごまかした。「ただ、もしかしたらルゥ・ベネットは、シウォード博士からマスターキーをこっそり盗んだとか、そういうこともあり得るのかな、と思って」

「それはない。さっき彼女がそのマスターキーを使って寮区画の部屋を開けているのを、この眼で見てきたばかりだからな」

「そうなんですか」

「ともかく、もしもシウォード博士が全室を捜索し終えても発見できないとしたら、ルゥ・ベネットはもうこの施設内にはいない、そういう結論にならざるを得ない」

「じゃあ、いったいどうしたんでしょう」

「決まってるだろ。ここで生活をするのが嫌で脱走したんだ。道路沿いに歩いてゆけばどこかの民家へすぐに辿《たど》り着ける、なんて甘い期待を抱いたんだろうさ、きっと」

ついさっき、何のためにオリエンテーションをしたと思っているんだと怒った本人の言い分とは思えなかったが、やっぱりそれしかあり得ないと考えなおしたらしい。実際そうなんだろう。他に考えようがない。

「では、そろそろ」と〝寮長《RA》〟は携帯用灰皿で吸殻をつぶして、立ち上がった。「わたしはこれから第一班の実習《ワークショップ》へ行くが、シウォード博士から正式に報告があるまでは、この話はくれぐれもオフレコで頼むぞ」

〝寮長《RA》〟が出てゆくなり、〝妃殿下《ユアハイネス》〟は厳しい表情で腕組みをした。「おかしい」

「まったくだ」すかさず〝ちゅうりつ《ニュートラル》〟が力強く相槌《あいづち》を打つ。「明らかに、おかしいよな」

「え？　え？」どうやらぼくだけがピンときていないようである。「おかしいって、何が？」

「ルゥ・ベネットがここから脱走したという話そのものが、よ。正確に言えば、ここから歩いて脱走したらしいというのは、変」

「どうしてさ」

「考えてもみて。ルゥ・ベネットは一昨日の夜、ミスタ・パーキンスの運転する車に乗せられ、ここへやってきた。どこかはともかく、往復にかかった時間からして相当遠いところからなのは明らか。ルゥ本人は片道のドライヴだけだったとはいえ、その距離を身体で実感しているはずでしょ。なのにどうして、ここから徒歩で出てゆく、なんて無謀な真似をするの？」

「それは判らないよ。一昨日、ルゥがここへ到着したのは真夜中だったんだ。途中、彼は車の中で眠り込んでいたと考えるべきだろう。だとしたら、自分がどれくらい遠方まで連れてこられたのか、いまいちピンときていなかったとしても無理はない」

「たとえ途中で眠り込んでいても、ここへ到着した時間から逆算すれば、自分がかなり遠くまで連れてこられたことは、嫌でも判ったはずよ」

「それが判ったとしても、車中で眠っていたのだとしたら、途中の道が行けども行けども荒野であることまでは知らなかっただろうさ。仮に眠っていなかったのだとしても、夜だから視界が悪かったはずだしね。従って、ちょいと歩けば一番近い街まですぐに行ける、と彼が勘違いしたとしても無理はない。そうだろ」

「マモルは肝心なことを忘れている」と〝ちゅうりつ《ニユートラル》〟はかぶりを振った。「ルゥ・ベネットは昨日、ほぼ丸一日という異例の長さのオリエンテーションを受けている。つまり、それだけ彼が順応性が低いということがあらかじめ判っていたからだろう。だったらシウォード博士とミスタ・パーキンスだって、この建物がどういう環境下にあるかを、口を酸っぱくして彼に言い聞かせたはずだぜ」

「博士たちは話を大袈裟《おおげさ》にしているんだと、ルゥは見くびっていたのかもしれないよ。あることないこと吹き込んで脅《おど》かして、自分をここから出さないようにするつもりなんだ、と」

「なるほど」頷《うなず》いたものの〝妃殿下《ユアハイネス》〟は納得してくれたわけではないようだ。「いちいちごもっとも。でもね、マモル。少なくとも博士たちは、そんなふうに考えてはいないわよ」

「どういう意味」

「ルゥ・ベネットは、まだこの建物の中にいる、博士たちはそう考えているという意味よ」

「そりゃそうだろ。博士たちの気持ちとしては、生徒が脱走したなんて認めたくない。だからこそ、ぼくたちのプライバシーを無視してまで建物じゅうを探し回っているわけで――」

「ちがうってば。脱走したと認めたくない、なんて消極的な気持ちじゃなくて、ルゥがここから出ていけたはずはないと確信しているのよ、シウォード博士たちは」

「って、なんでそんなことが判るの？」

「よーく考えてみろよ」と〝妃殿下《ユアハイネス》〟の後を引き取った〝ちゅうりつ《ニユートラル》〟は、自分のこめかみをひとさし指でとんとん叩く。「仮に博士たちが、ルゥ・ベネットはここから脱走したんだと本気で信じているのなら、いまごろミスタ・パーキンスが車で追いかけているはずだろ」

「あ」

「裏手はワニがうようよの沼。出てゆくとすれば、道は玄関からの一本のみ。そこを歩くしかないとくれば、車にかなうわけはない」

そうか。なるほど。言われてみればたしかに、そのとおりだが。しかし……

「つまりだな、ルゥ・ベネットがこの辺をうろついたりはしていないと判明した時点で、すぐにミスタ・パーキンスは車のエンジンを掛けていなければならない。仮に彼が動揺するあまりそのことに思い至らなかったのだとしても、シウォード博士が即座に追跡を命じていなければならないはずだ。な、そうだろ」

「にもかかわらず、博士たちは何も手を打とうとはしない。いえ。もちろん、いろいろやっているふりはしているわよ。でも真っ先にやらなきゃいけないはずのことを全然しない。すなわち、ルゥを車で追いかけることを、よ。そうでしょ。ただ右往左往して、建物じゅう、あっちこっち探し回ってみせているだけで」

「探し回ってみせる──」〝妃殿下《ユアハイネス》〟のその言い回しが何を仄《ほの》めかしているのかは明らかだ。

「すると、この大騒ぎはすべて、ぼくたちの手前をはばかったお芝居だとでも言うの？」

「おそらくね。博士たちはルゥが建物の中に隠れていることを知っているし、それがどこなのかもだいたい見当がついているんでしょう。でも、なんらかの理由でそのことを、わたしたちに悟られたくないのではないかしら」

「なんらかの理由、って、どういう？」

「それが判れば苦労しない。だからこそ、おかしいって言ってんの」

そうか。そういうことか。腕組みして歩き回っている〝妃殿下《ユアハイネス》〟につられて、ぼくも立ち上がった。彼女の後を追う形で歩き回る。

「ルゥ・ベネットはこの建物から逃げ出してしまった、つまり、いまここにはいない──ほんとうはちがうんだけれど、そういうことにしておかなくちゃならない理由があると言うんだね」

「そうよ。問題はその理由とは何か、で——」

「なあ、おふたりさん。こういうのはどうだ?」と〝ちゅうりつ《ニュートラル》〟は得意げにぼくの前に立ち塞がると同時に〝妃殿下《ユアハイネス》〟を引き止めた。「この建物のどこかに秘密の部屋があるんじゃないかな。部屋と呼ぶのが適当かどうかはともかく、人間がひとり、こっそり隠れていられるようなスペースが、さ。きっとルゥはそこにいるんだ」

「でもそんな部屋があるのなら、当然シウォード博士たちも知っているはずだろ。だったら、こんな大騒ぎなんかせず、さっさとそこからルゥを連れ出してくれれば済むことじゃないか」

「そうはいかない。おれたちの手前、なるべくその部屋の在り処《あか》は秘密にしておきたいんだ」

「え。どうして?」

「問題の隠し部屋の前に陣どって、いい子だから出てきなさい、などとまともにルゥと交渉しているところを、もしもおれたちに見られてみろよ。あ、そうか、シウォード博士やミズ・コットンの機嫌が悪い時はここへ籠城しちゃえばいいんだ——なんて変な知恵をつけられるかもしれない。そうなったら博士たちは困るだろ」

「なるほど」よほど感心したのか〝妃殿下《ユアハイネス》〟は、ぽんと〝ちゅうりつ《ニュートラル》〟の肩を叩いた。

「だから知られたくないんだ、わたしたちには」

「博士たちはいま、ルゥを探すふりをしながら、実は、どうやって彼に出てくるよう説得すべきかと知恵をしぼっている。察するに、今日のところはどうしても見つからなかったという体裁をととのえておいてから、夜おれたちが寝静まるのを待ち、彼と直接交渉しよう、とか。対策としてはそんなところに落ち着くんじゃないか」

ルゥの脱走劇に疑問を抱いていた〝妃殿下《ユアハイネス》〟にしても、まさかシウォード博士たちにそんな思惑があるなんて思いもよらなかったらしく、眼を輝かせて感心している。もちろんぼくも似たような顔になっているにちがいない。そんなぼくたちを交互に見やる〝ちゅうりつ《ニュートラル》〟は、なぜかシニカルな溜め息とともに首を横に振ったかと思うや、こう言った。

「――というのが、おれたちに求められている模範解答なんだろうな」

「え？」

「判らないか。つまり、そもそもルゥ・ベネットは本気で、というか自分の意思によって、隠れているわけではない、ということさ」

「……は？」

納得から一転、ぽかんとなってしまった。〝妃殿下《ユアハイネス》〟のほうを窺うと、彼女も怪訝そうにこちらに首を傾げてみせる。どうやら〝妃殿下《ユアハイネス》〟も〝ちゅうりつ《ニュートラル》〟の論旨を見失っているらしい。両腕を拡げた彼は、そんなぼくたちの肩を鷹揚《おうよう》に自分のほうへ抱き寄せ「実は狂言なんだよ」と囁《ささや》いた。「この脱走劇そのものが、さ」

「あなた、何を言っているの、ハワード」

「これはテストなんだ。おれたちがちゃんと、ことの真相に辿り着けるかどうかを試すという。言ってみれば実習《ワークショップ》の応用編といったところで」

「ちょっとちょっと。どさくさにまぎれて――」と肩から彼の手を払いのけた〝妃殿下《ユアハイネス》〟は、はははあと得心したように口を開けたまま頷いた。「それってひょっとして、昨日も言っていたこと？　ここは秘密探偵養成所であるという仮説に則《のっと》っての、ご意見てわけね」

「まさしくそういうこと。頭脳明晰な名探偵は、こんな茶番はひとめで見破れなきゃあ、な」

「脱走劇そのものがシウォード博士たちが書いたシナリオだとしたら、ルゥ・ベネットも協力しているってことになるわよ」

「当然さ。昨日の長い長いオリエンテーションの合間に打ち合わせをしたんだろうさ」

「わたしたちの推理能力をテストするにしても、なぜわざわざ新入生を巻き込む必要があるのよ」

「新入生が陰の協力者になるからこそ真相に意外性ができるのさ。それに、そういうトリックを使うなら、ルゥがやってきたばかりの時に実行しなきゃ意味ないだろ。彼が一旦おれたちの中に溶け込んでしまった後だと、協力させにくくなる」

「じゃあこれがテストだとして、その正解は、いまあなたが説明したとおりだって言うわけ？」

「さよう。おれたちが先ず着目しなければいけないのは、ミスタ・パーキンスも誰も車でルゥを追いかける気配がないという点だ。そこに気づけば、あとは簡単。どうして追いかけないのかといえば、それは建物の中のどこかに隠れているのを知っているから。ならばどうしてそのことを隠して慌てふためくお芝居をしているのか。隠し部屋の存在を他の生徒たちに知られたくないから——と。証明終了《QED》。これぞ完璧な模範的解答って次第さ」

再び両腕を拡げた〝ちゅうりつ《ニユートラル》〟は意気揚々と〝妃殿下《ユアハイネス》〟とぼくの肩をばんばん叩いた。

「というわけで、正解一番乗りのおれが早速シウォード博士のところへ報告に行ってくるよ。じゃあな」

応接室を出てゆく〝ちゅうりつ《ニユートラル》〟を見送った後、〝妃殿下《ユアハイネス》〟とぼくはお互い、ぽかんと顔を見合わせる。正直な話、彼が披露したルゥ・ベネット脱走劇＝推理能力テスト説をいったいどう考えていいものやら、全然判らない。そもそも〝妃殿下《ユアハイネス》〟の前世人格再現能力者研究説や〝詩人《ポエト》〟のヴァーチャルワールド説に比べれば幾分まともとはいえ、〈学校《フアシリテイ》〉が秘密探偵養成所という前提からして全面的に納得できているわけではないのだし。

「証明終了《QED》——」ぼくはそう呟いた。「って、なんのこと？」

「あら。知らないの、マモル」〝妃殿下《ユアハイネス》〟は皮肉っぽく、〝ちゅうりつ《ニユートラル》〟が出ていったばかりのドアのほうへ胸を突き出す仕種。「ミステリの定番よ。名探偵の決め科白《ぜりふ》」

「推理能力のテスト、ねえ。ほんとうなのかな。ケイトはどう思う」

「与太に決まってるでしょ。たしかにルゥ・ベネットが脱走したということ自体は、なんだか変というか、不自然な点が多すぎるけれど——」

「そうだね。ただハワードの言い分にも、ひとつだけ当たっていることがある」

「え？　何のこと」

「この騒動自体がシウォード博士たちの狂言かもしれない、という点だよ。いや、博士の場合はお芝居ではなく本気で慌てているのかもしれないけれど、少なくともミスタ・パーキンスは、ルゥ・ベネットの居場所を知っているふしがある」

「どうしてそうだと言えるの」

「彼が嘘をついたから」

「嘘？　嘘ですって？　どんな？」

「ミスタ・パーキンスは今朝一〇九号室へ、ルゥ・ベネットの様子を見にいった。彼は具合が悪いと言うので、シウォード博士の意向を伺いに食堂へ一旦戻る。そして再び一〇九号室へ行ってみると、部屋の窓が開いていて、ルゥ・ベネットの姿が消えていた、と。彼はこう説明したよね」

「そうよ。それがどうしたの」

「ルゥ・ベネットがいなくなっていることを知ったミスタ・パーキンスは、次にどういう行動をとったと言っていたっけ。憶《おぼ》えてる？」

「建物の中と外を隈《くま》なく探したんでしょ」

「ぼくたちの個室まで調べた、そう言ったよね」

「厳密に言えば、その時わたしたちの部屋にはすべて鍵が掛かっていたから、多分ルゥは寮区画にはいないだろうと判断した、と――」

「そこだ」

「って」

「そこが嘘なんだ。ミスタ・パーキンスはルゥ・ベネットを探そうとなんかしていない。そのふりをして時間を稼いでいただけだ」

「どうして」興奮したのか〝妃殿下《ユアハイネス》〟は、ぼくの胸ぐらを摑《つか》んできた。「どうしてよ、マモル。どうしてそうだと判るの？」

「一〇六号室、すなわちぼくの部屋のドアは、今朝から鍵が掛かっていないからさ」

「なんですって？　あなたっていつもそんなふうに不用心なの」

「いいや。普段はもちろん鍵を掛けている。でも今朝は、ちょっと寝坊して慌ててしまい、食堂へ行く時、鍵を掛けるのを忘れていたんだ」

ようやく思い当たった。さっき〝寮長《RA》〟が、いま〝校長先生《プリンシパル》〟がマスターキーで寮区画の各部屋を調べている最中だと説明した時、ふと彼に対して覚えた不審の正体が、いったい何だったのかに。

「ミスタ・パーキンスはルゥ・ベネットを探すべく寮区画の部屋を全部調べようとした。しかし全室に鍵が掛かっていたためそれを断念した、と。はっきりとそう言ったんだ。しかし実際には、ぼくの部屋だけはドアに鍵が掛かっていないんだから、彼が調べようと思えば難なく入れていたはずだ。にもかかわらずミスタ・パーキンスは、その事実にひとことも触れなかった」

「つまり彼は、少なくとも寮区画の各部屋は調べていないし、最初から調べようともしなかった、と言うのね」

「そうだ。さらに勘繰れば、彼がルゥ・ベネットを探し回っていたとする主張自体、単なる自己申告、つまり嘘だった可能性も出てくる。だとすると、どういうことになるか」

「ルゥ・ベネットが姿を消したことについて、ミスタ・パーキンスは何か知っているのかもしれないわね。もしかしたらその居場所も」

「あるいはね。最初からミスタ・パーキンスはルゥ・ベネットとグルだったとしても、おかしくない。ただシウォード博士とミズ・コットンがこの件に一枚嚙《か》んでいるのか、それともいないのかは判断がつかないけれど」

「一枚嚙んでいないわけがないでしょ。だってこの建物のことはすべて博士が仕切っているのよ。いみじくもミスタ・パーキンスがさっき言っていたように、この施設におけるすべての権限は彼女が握っている。一昨日やってきたばかりの新入生が脱走するという騒動を起こすとしたら、あらかじめ博士の了解を得ていないわけがない」

「どうして？」

「だって、博士に知らせないで騒ぎを起こして、後で茶番だと判ったりしたら大ごとよ」

「最後まで茶番だとは判らない――そういうシナリオになっているのかもしれないよ」

「え」

「ケイトは、いずれルゥ・ベネットがみんなの前に姿を現して騒ぎは解決する、そういう前提で考えているだろ。従ってシウォード博士が了解していないわけがない、という結論になるわけだ。しかし実際には、いつまで経ってもルゥ・ベネットはここへ戻ってこないという筋書きが、既に最初からできているのかもしれない」

「というと……まさか」彼女にしては珍しく〝妃殿下《ユアハイネス》〟は恐ろしげに後ずさりする真似をした。「まさか、ミスタ・パーキンスは本気でルゥ・ベネットの脱走に手を貸したって言うの？　シウォード博士を裏切って？」

「あり得ない話じゃないと思うけどね。普段の彼の仕事に対する嫌悪ぶりを見ていると」

「嫌煙派のご婦人ふたりに挟まれてストレスも溜まっているし――ってわけ？　マモル。あなたもけっこう大胆な推理をたてるんだ。おそれいったわ。こうなってみると」〝妃殿《ユアハイ》下《ネス》〟は悪戯《いたずら》っぽく、ぼくの胸をひとさし指でつっ突いた。「わたしとしては秘密探偵養成所が推理能力テストの一環として狂言を実行したという、ハワードの説のほうを支持したい誘惑にかられるなあ」

「どちらが真相であって欲しいかと訊かれたら、ぼくだってハワードのほうを支持するよ」

「そういう点は、あなたらしいわね。どう。そのハワードの推理報告の首尾がどうなったか、そろそろ様子を見にいってみない？」

応接室を出て、ふと中央ホールのほうを見ると、車椅子に乗っている〝詩人《ポエト》〟の後ろ姿が見えた。どうやら第一班も実習《ワークショップ》を終えたらしい。まだ昼食まで時間があるので、休憩のため自分の部屋へ戻るところだろう。

同じ中央ホールの自動販売機の横で〝校長先生《プリンシパル》〟をつかまえ、何やらしきりに訴えている〝ちゅうりつ《ニュートラル》〟の姿があった。さっきの脱走劇＝推理能力テスト説を得意気に開陳しているのだろう。そのふたりの傍らをやり過ごした〝詩人《ポエト》〟の車椅子は向かって右へ曲がり、寮区画のほうへ消えた。

ぼくたちも中央ホールのほうへ行こうとした時、図書室のドアが開いた。ステラが現れる。おや。これってぼくの自意識過剰かしら、「あら」と〝妃殿下《ユアハイネス》〟と一緒にいるぼくへ向ける彼女の眼に、いつになく刺《とげ》があるような気がしたりして。

ステラが何か言う前に〝校長先生《プリンシパル》〟が、つかつかこちらへやってきた。〝ちゅうりつ《ニュートラル》〟は中央ホールに佇んだまま所在なさげに頭を掻いている。憮然とした表情からして、どうやら自信満々だった仮説はすげなく却下されたらしい。

「あなたたち」息を切らせる〝校長先生《プリンシパル》〟は、そう呼びかけながらも〝妃殿下《ユアハイネス》〟やぼく、そしてステラの誰とも眼を合わせようとせず、きょろきょろしている。「ミスタ・パーキンスはどこ」

やや気圧《けお》され気味にぼくがジェスチャーで示すべく振り返ろうとしたのと同時に、背後で再び図書室のドアが開いた。白衣姿の〝寮長《RA》〟が現れる。ずんずん近寄ってくる〝校長《プリン》先生《シパル》〟に気づいたのか、ぎょっとした顔になった。鼻をひくつかせながら卑屈な笑みを浮かべる。どうやら、さっきタバコを喫っていたことが博士にばれるんじゃないかと戦々恐々としているらしい。

「何をぐずぐずしているのよっ」狼狽《ろうばい》している〝寮長《RA》〟を〝校長先生《プリンシパル》〟は怒鳴りつけた。

「早く車を出してちょうだい」

「へ？」

「そりゃあわたしも迂闊《うかつ》だったけど、あなたももっと早く気がついてよ」いまにも〝寮長《RA》〟を殴りつけそうな鼻息である。「まさか、とは思ったわ。まさかとは思ったけど。やっぱりルゥはいない。どこにもいない。ほんとに、ほんとうに、ここから出ていってしまったんだわ。徒歩で。だって建物の中は隅から隅まで調べたんだから、そうとしか考えられないでしょっ」

「え……えーと」彼女とは対照的に〝寮長《RA》〟は口籠もりながらも、どこかしらのんびりと自分の白衣のあちこちをぱたぱた叩いている。「ライターは。えっと、あれ。おかしいな。ライターを、と。ど、どこへやったっけ」

「ライターなんかどうでもいいでしょ。何をごまかしているのよ」苛立《いらだ》ちのあまりか〝校長先生《プリンシパル》〟、ついに〝寮長《RA》〟の向こう脛《ずね》を蹴り上げ、「エリイ」と声を張り上げた。食堂のほうから「はいただいま」とミズ・コットンがやってくる。彼女の名前はエリイというのか。いま初めて知った。

「わたしは彼と」まだあちこちポケットを未練がましく探っている〝寮長《RA》〟の背中を押し、「ちょっと出かけてくるわ。戻れるのがいつになるか判らないから、あとをお願い」と〝校長先生《プリンシパル》〟は持っていた鍵束を丸ごとミズ・コットンに手渡した。「いいわね。くれぐれも不始末のないように」

あの鍵束の中に、ぼくたちの個室にも自由に入れるマスターキーが混ざっているのだろう。

「ああ。それから、これ」と〝校長先生《プリンシパル》〟は大きめの紙袋もミズ・コットンに手渡した。

「いつものように処分しておいてちょうだい」せわしなく指示する一方〝寮長《RA》〟を乱暴に、どつきまくる。「ほら。何をぐずぐずしてんのよ。早く。早くったら。ルゥの足で、そんなに遠くまで行けるはずはない。まだ間に合うから。さっさと車で追いかけるのよっ。さあ。さあさあ。さあっ」

「へいへい。仰せのとおりに」

　せかせかとエントランスホールへ向かうふたりの後ろ姿に向かってミズ・コットンは「行ってらっしゃいませ」と深々お辞儀をし、預かったばかりの鍵束と紙袋を持って食堂へ引っ込んだ。

　一連のシーンを眺めているうちに、ふと天啓の如く、ある考えが閃《ひらめ》く。〝寮長《RA》〟はなぜ、タバコも思うように喫えず居心地が悪いはずの〈学校《ファシリティ》〉に留まり続けているのか。それは弱みを握られているからとかではなく、彼は〝校長先生《プリンシパル》〟のことが女性として好きだからなのではあるまいか、と。

「あ。そうだ。ねえ、マモル」ぼくの他愛ない夢想を破ったのはステラだ。「一昨日の約束、もうすっかり忘れてるでしょ」

「約束？　え、えーと」

「キャンディバーを半分あげる、っていう」ケイトに気を遣ってか、ステラは英語で喋《しゃべ》る。だからチョコバーではなく、キャンディバーだ。「ほら。やっぱり忘れてる」

「あ。そうだった。ごめんごめん」

「いまから取りにいらっしゃいよ」

「いいの？」

「ケイトも、よかったら一緒にどう?」

「キャンディバー? マモルのために用意しているんでしょ。わたしは遠慮します」

「スプライトもあるわよ。この前、ちょっと買い置きしておいたのが余っているから」

「あら、そうなんだ」掌《てのひら》を返したみたいに〝妃殿下《ユアハイネス》〟はすんなり頷く。「じゃあせっかくだから、お言葉に甘えようかな」

「なに。何だい」と〝校長先生《プリンシパル》〟にまともに相手にされなくてしょげていたらしい〝ちゅうりつ《ニュートラル》〟が、すっかり立ちなおった様子で近寄ってきた。「何の相談? よかったらおれも混ぜてよ」

「ステラが、キャンディバーかスプライトを分けてくれるんだって」

「へえ。そりゃいいや。行こう行こう」

ぼくたち四人はステラの部屋、一〇一号室へ向かった。あとのふたりのことは知らないけれど、ぼくはステラの部屋を訪れるのはこれが初めてで、胸がどきどきする。室内へ入ると、カーテンをめいっぱい開けた窓から陽光が降り注いでくる。こんなにいい天気なのに、今日はまだ一回も外へ出ていないんだ、もったいないなあと思っていると遠くのほうから車のエンジン音が響いてきた。どうやら〝寮長《RA》〟と〝校長先生《プリンシパル》〟が出発したらしい。ルゥ・ベネットを追いかけるために。

「みんな、適当に座っててね。えーと。マモルはキャンディバーで、ケイトはスプライト、と」ステラは身を屈《かが》めて、簡易キッチンの下の収納を開けた。さすがに自分で調理するだけあって、器具がきちんと整頓されている。「それからハワードには何が――あらら?」

楽しげだったステラの声が、いきなり頓狂に跳ね上がったものだから、ぼくは一旦座っていたベッドから立ち上がった。「どうしたの」

「ない……」

茫然としているステラの横から、ぼくたち三人も収納を覗き込んでみる。しかし初めて見るものだから、何がなくなっているのかが判らない。

「昨夜まで、たしかにあったのよ」ステラは、おろおろしている。「スナック菓子とソフトドリンクの買い置きが……ここに」

「なに。すると、いまはそれらがなくなっているって言うんだね?」たったいま〝校長先生《プリンシパル》〟に粉砕されたばかりの名探偵スピリットが俄然復活してきたらしい〝ちゅうりつ《ニユートラル》〟は、弾んだ声でキッチンの下の収納に首を突っ込まんばかりだ。「ううむ。ステラまで同じ被害に遭うとは。やっぱりおれの考え過ぎじゃなかったようだぞ、諸君。ここでは何かキナ臭い事態が進行中だ」

「まてよ……そういえば」〝ちゅうりつ《ニユートラル》〟のはしゃぎぶりに苦笑しかけたぼくだったが、ふと変なことを思いついてしまう。「ねえ、みんな。ほんのついさっきまでシウォード博士は、建物の中のあらゆる場所を調べていたんだよね。多分。ルゥ・ベネットを探すために」

「そうよ」答えたのは〝妃殿下《ユアハイネス》〟だ。「でも見つけられなかった。彼はやっぱりここから脱走してしまったんだと判断したからこそ、ああして車で追いかけていったわけで」

「シウォード博士は、当然ぼくたちの個室も全部調べたんだよね。マスターキーを使って」

「そりゃそうよ。さっきミズ・コットンに鍵束を手渡してたでしょ。あの中のどれかがマスターキーなのよ、きっと」

「もうひとつ、あったよね」

「ん？」

「シウォード博士がミズ・コットンに手渡したものは鍵束と、もうひとつあっただろ。いつものように処分しておいて、とか言って」

「あの紙袋のこと？　あれがどうし――」どうやら〝妃殿下《ユアハイネス》〟もぼくと同じ考えに至ったらしい。「まさか、マモル、あの中に……」と顔色を変えて簡易キッチンの下の収納を指さした。「実はあの紙袋の中に、ステラの買い置きのスナック菓子とソフトドリンクが入っていた、って言うの？」

「なに。なんだって」興奮して割り込んできたのは〝ちゅうりつ《ニュートラル》〟だ。「そうか。そうだったのか。やっぱりシウォード博士の仕業《しわざ》だったんだな。マスターキーを利用し、こうやって定期的に、おれたちの買い置きのスナック菓子とソフトドリンクをこっそり盗み出していたんだ」

「盗み出すのは、いいとして」〝妃殿下《ユアハイネス》〟は自分の額に手を当てて考え込む。「いつものように処分する——って、どういうこと？」

「決まっているだろ。おれの時みたいに、また自動販売機へ戻しておけ、ってことさ」

「それをまた、わたしたちが買うわけよね。で、またまた博士がこっそり部屋から盗み出して自販機に戻す、と。まさか、そのイタチごっこを延々と繰り返している、って言うの？」

「おそらく、な。何度か回しているうちにあんまり賞味期限が古くなってきたものについては順次捨てているのかも。おれたちに気づかれる前に」

「なんなのそれ。いったい何のために？」ステラはすっかり途方に暮れている。「何のためにシウォード博士たちは、そんな泥棒みたいな真似をしなきゃならないの？」

「そこが判らない。が、ルゥ・ベネットを探すついでにこんな真似をする以上、おれたちが想像する以上に頻繁に盗難は行われている、ということだ。よし。ちょっと行ってくる」

「って、どこへ？」

「食堂」

「お、おいおい、ハワード」いまにも気障《きざ》なポーズのひとつでも決めたそうな彼の気軽さに、ぼくはひやりとする。「どうするつもりだ？」

「時間的に言ってミズ・コットンは、いま昼食の準備中だろう。あの紙袋の中味はまだ処分しちゃいないはずだ。単に捨てるだけならともかく、自動販売機へ戻しておかなければいけないんだから、手間がかかる。おれたちの目もはばからなきゃいけないわけだし。いつぞやのシウォード博士みたいに夜中まで待つつもりだろう。だからいまのうちに、あの紙袋を証拠として押さえといてやる」

「しかし——おい、待てよ」

ぼくが止めるのも聞かず、〝ちゅうりつ《ニュートラル》〟は一〇一号室を飛び出していった。

「ねえ、そういえば」ステラは少し怯《おび》えているようだ。「一昨日もハワードは、スナック菓子が盗まれたりしていないか、なんて訊いてたけど。いったいぜんたい、どういうことなの？」

「それがどうやら——」〝ちゅうりつ《ニュートラル》〟がこっそり値段シールの裏に自分のサインを残しておくことで、シウォード博士が彼の部屋から盗んだポテトチップスを自販機に戻した証拠を摑んだという一件を、ぼくは簡単に説明した。「というわけなんだ」

「ハワードによれば、それは博士がわたしたちの推理能力、すなわち探偵としての資質を試しているんだ、ということになるんだけど——」

苦笑気味の〝妃殿下《ユアハイネス》〟の声は、きゃっというステラの突然の悲鳴に掻き消されてしまった。

「ど、どうしたの？」

「いま……そ、そこに」ステラは窓のほうを指さして震えている。「何か……黒いモノが」

「黒いモノ？」

ぼくと〝妃殿下《ユアハイネス》〟は振り向きざま窓へ駈け寄ったが、変わったものは見当たらない。

「何もないようだけれど？」

「いたのよ、いまさっき。そ、そこを、窓の外を、すーっと横切っていって――」

「いったい何が？」

「人間……のように見えたけど」

ぼくはロックを外して窓を開けてみた。首を突き出して左右を見回してみたが、やはり何も見当たらな――うっ。ぼくは呻《うめ》いた。向かって左。ステラの部屋の隣りの、そのまた隣りの部屋の窓の下に何かが横たわっている。人間だ。

倒れたまま、ぴくりとも動かない。様子が変だ。爽やかな陽光に誘われて芝生の上で昼寝をしているにしては、あまりにも不自然なその姿勢。

「あれは」ぼくの横から首を突き出した〝妃殿下《ユアハイネス》〟が甲高い声で叫んだ。「……ビル？」

そう。そこに倒れているのはビル・〝けらい《オベイ》〟ウイルバーだった。

# V

窓を乗り越えて直接外へ跳び下りようとしたぼくを〝妃殿下《ユアハイネス》〟が止めた。「だめよ、マモル。そんなことしちゃ。危ない」

このくらい平気だとも思ったが、たしかに慌てている時ほど用心に越したことはない。うっかり怪我でもしたらつまらない。「ふたりともここにいてくれ。様子を見てくる」と言い置いて、ぼくは一〇一号室を飛び出た。廊下を一直線に走って裏口へ向かおうとしたところへ、左手――一〇八号室から車椅子がゆっくり滑り出てきた。ケネス・〝詩人《ポエト》〟・ダフィだ。

「ケネス、大変だ。いま、外で――」ビルが倒れていると続けようとして、ぼくは口をつぐんだ。〝詩人《ポエト》〟の様子がおかしい。詩を暗唱しているみたいに唇はせわしなく動いているのだが、まったく声が出ていない。両眼とも開いているのに、明らかに何も見えていない。すぐ近くにいるぼくの姿さえ認識していないかのようだ。

「ケネス、どうした。おい。大丈夫か?」

「……マモル」ようやく彼は呟《つぶや》いた。しかし、もどかしげにこちらを見据え、ぼくの身体に触れようとするその仕種《しぐさ》は、大きく眼を瞠《みは》っているにもかかわらず、まるで視力そのものを失ってしまったかのように虚《うつ》ろで、頼りなげだ。「あいつだ」

「な」場合が場合だけに、どきりとする。「なんだって」

「あいつだ。あ、あいつが目を覚ました」

「……ひょっとして、この前きみが言っていた、何か邪悪なモノのこと？」

「見たんだ」こちらの声が聞こえているのかいないのか、がくがくと首が外れてしまいそうな勢いで、しきりに頷《うなず》く。「ぼくは見た。見たんだ。いきなり黒い影が現れて、あいつが……あいつがビル・ウイルバーの全身を覆い尽くして――」

「な、なんだって」たしかステラもさっき、窓の外に何か黒いモノを見たと言った。その関連性に思い当たったぼくは肌が粟立《あわだ》つ恐怖に襲われる。「そいつがビルに、いったい何をしたって？」

「ビルだ。ビルのやつ」こちらの声がまったく耳に入っていないかのように〝詩人《ポエト》〟は、もどかしげに首を横に振りたくった。「ビルがあいつを起こしてしまったんだ。新入生のことで。よせばいいのに、ビルめ、わざわざルゥ・ベネットのことで騒ぎ立てるものだから。見ろ、あいつは怒って目を覚ましてしまったじゃないか。終わりだ。破滅するんだ。もう何もかも」

「ちょっと待ってくれ、ケネス」すっかり錯乱してしまったかのような〝詩人《ポエト》〟の精神状態も心配だったが、いまは緊急事態である。「そのビルが外で倒れているんだ」

「え？」そのひとことでようやく〝詩人《ポエト》〟の眼の焦点が合った。「ビルが……なんだって？」

「外で倒れている」

「外で？」さっきまでとは別種の恐怖に〝詩人《ポエト》〟の顔が歪《ゆが》んだ。「ど、どういうこと」

「判らない。様子を見てこなきゃ」

「そんなはずはない。そんなはずはないんだ。なんでビルが外に――」

「何を言っているんだ、ケネス？」

「ビルは死んでいる」

「なんだって」

「死んでいる。ビルは殺されたんだ。目を覚ましたばかりのあいつに。たったいま」

「だから、それをこれから見に――」

「ちがうんだ。ちがう。マモル、聞いてくれ。ビルはたしかに、さっき――」

「ともかく、ぼくが見てくる。きみはここにいろ。いや、まて」彼の言う黒い影、すなわち〈学校《ファシリティ》〉に巣くう謎の邪悪なモノが〝けらい《オベイ》〟を襲った犯人なのだとしたら、〝詩人《ポエト》〟だって独りでいるのは危険かもしれないと思いなおした。「一〇一号室へ行くんだ。ステラとケイトがいるから。彼女たちと一緒にいろ。いいね」

まだ何かぶつぶつ呟きながらも、素直にステラの部屋へ向かう〝詩人《ポエト》〟の後ろ姿を確認しておいてから、ぼくは裏口から外へ出た。

ぐるりと一〇三号室の窓の外へ回り込む。〝けらい《オベイ》〟が倒れている。駈け寄って脈をとってみた。死んでいる。まちがいなく。見ると彼のこめかみの部分に痣《あざ》のようなものができている。耳からしたたり落ちた血が顎《あご》のあたりまでこびりついている。もちろん法医学的なことは全然判らないけれど、何かで頭を殴られて殺された、という感じだ。顔を上げると、一〇一号室から首を突き出したステラと〝妃殿下《ユアハイネス》〟が不安げにこちらを見ている。ぼくは彼女たちに向かって大声を上げた。

「ミズ・コットンに知らせてくれ。早く」首を横に振ってみせ、暗に〝けらい《オベイ》〟が既に死亡していることを伝える。「それから、ばらばらになっちゃいけない。みんな一緒に行動するんだ」

ふたりは顔を引っ込めた。窓が閉じられ、ロックが掛けられる音が続いたのを確認しておいてから、再びぼくは〝けらい《オベイ》〟を見下ろした。死体は顔を横に向け、うつ伏せになっている。まるでクロールで泳ごうとして途中で固まってしまったみたいな姿勢で、左腕の肘《ひじ》と腰の部分が「く」の字の形に、少し地面から浮き上がっている。まるで、たったいま前のめりに転倒したばかりのように——

まてよ。〝詩人《ポエト》〟の恐慌に幻惑されるあまり〝けらい《オベイ》〟が誰かに殺されたものと最初から決めつけていいのか？　案外、自室の窓から身を乗り出した拍子にバランスを崩し、地面に頭を強打して死んでしまったということもあり得るのではないか。そう思い当たって立ち上がり、窓をたしかめてみた。しかし、だめだ。一〇三号室、すなわち〝けらい《オベイ》〟の部屋の窓は閉まっている。手をかけて押してみたが、しっかりロックが掛けられているのだ。ということは、これは事故死ではないらしい。

「……ん？」

　ふと「く」の字形に浮き上がっている〝けらい《オベイ》〟の肘の下で何かが陽光を受けてきらめいた。何だろうと手を差し伸べてみて、驚く。固くて、ひんやりとした感触。おそるおそる引きずり出してみると小型のピストルではないか。それまでぼくが見たこともないような斬新なデザインだが、たしかにピストルだ。いったいどうしてこんなものが？　本物なのか、モデルガンなのか。そもそも〝けらい《オベイ》〟の持ち物なのか。もとへ戻しておいたほうがいいのかどうか悩んだものの、結局ぼくは上着の内側に隠す形で、銃身を自分のズボンのベルトに突っ込んだ。そういえばつい最近、似たような行動をとっているひとを目撃した覚えがあるような気がしたし、そもそもその際にこれと同じデザインのピストルも見ているわけだが、この時はビル・〝けらい《オベイ》〟・ウイルバーの突然の死に動転していたせいか、そこまで思考が追いつかない。

　やがて主要区画のほうからミズ・コットンが、長いスカートの裾《すそ》を心持ちつまみ上げる恰好で小走りにやってきた。〝ちゅうりつ《ニュートラル》〟、〝妃殿下《ユアハイネス》〟、そしてステラが後に続く。

身を屈《かが》めて〝けらい《オベイ》〟の脈をとるミズ・コットンは、薄い唇をきゅっと引き結んだ厳しい表情は一見普段とあまり変わらないようでもあったけれど、明らかに青ざめていた。

「……残念ながら、もう手遅れのようだわ。誰かシーツを持ってきなさい。ビルの遺体をそれで包んで。お部屋へ運んでおいてあげましょう。その後のことは、シウォード博士たちが戻ってきてから――」

「ちょっと待ってください、ミズ・コットン」反対したのは〝ちゅうりつ《ニュートラル》〟だ。「みだりに現場に手を触れてはいけませんよ」

「現場？」それまでしんみりしていたミズ・コットンは背筋を伸ばして立ち上がるなり、普段の高飛車な態度に戻った。「現場ですって？　何を言っているの、ハワード？」

「だって、どう見ても明らかでしょう。ビルは誰かに殺されたんですよ」

「殺された、ですって」ぶるるっと身体を震わせるやミズ・コットンは、いまにも眼球が飛び出してきそうな勢いで金切り声を上げた。「滅多なことを口にするもんじゃないわよ。殺された、ですって。殺された？　ビル・ウイルバーが？　こんな人畜無害な子が、いったい誰に殺されなきゃいけないって言うの。え。いったい誰に？」

「それは、まだ判りません」

「まさか、通りすがりの不審人物がやった、なんて言うつもりじゃないわよね？　ばかも休みやすみおっしゃい。いったい誰が、こんな人里離れたところまでわざわざ、そんな物好きなことを」

「もしかしたら――」やめたほうがいいと思いつつも、ぼくはそう言わずにはいられなかった。「ルゥ・ベネットの仕業《しわざ》かも」

「な、なんですって」ミズ・コットンは憤然と、こちらへ向きなおる。「マモル、あなたまでいったい何を言い出すの」

「さっき、ビルの死体を発見する直前に、ステラが窓の外で動くひと影を目撃しているんです」ぼくは一〇一号室の窓の前辺りを示した。「ちょうどあの辺りで。そうだよね、ステラ?」

頷くステラを、ミズ・コットンは口をぱくぱくさせながら睨《にら》みつけた。「ばかな……そんなばかなことを。それがルゥだったとでも言うの? そしてビルを殺したのだ、とでも? 気でも狂ったの、みんな。第一、ルゥはいま――」

「ステラだけじゃないんです」

「まだこの上に何を言うつもりなのよ」

「ケネスも見たと言っています。何か黒い影がビルに覆いかぶさっていた……と」その時ぼくは、〝詩人《ポエト》〟の姿が見えないことに気がついた。「そういえば、ケネスは?」

「あら?」〝妃殿下《ユアハイネス》〟は怪訝《けげん》そうにステラと顔を見合わせた。「ミズ・コットンを呼びにゆく時、わたしたちと一緒だったけど——ね？」

「ええ」ステラも頷いた。「食堂へ行ったら、ミズ・コットンと一緒にハワードもいたから。ビルのことを知らせて。そのままみんなで一緒に玄関から出てきたはずなんだけど」

車椅子だから少し遅れているか。あるいは〝けらい《オベイ》〟の死体を見るのが嫌でどこかの部屋へ引っ込んでいるか、どちらかだろう。そう思った。

「ともかく」ミズ・コットンに負けまいと〝ちゅうりつ《ニュートラル》〟は仁王立ちになって彼女を睨み付ける。「これは殺人事件なんですよ。我々は現場を保存し、警察に通報しなければなりません」

「警察……って」怒るかと思いきやミズ・コットンは、まるで吹き出しそうになるのをこらえているみたいな複雑な顔になった。「あなた、ね。そんなこと、できるわけないでしょ」

「どうしてです。これが非常事態だってことが、まだ判らないんですか」

「ハワード。あなたはいま興奮しているようだから大目に見てあげるけど、少しは口を慎んだらどう。少なくとも、わたしの独断では何もできないと言っているのよ」

そういえばこれまで改めて考えてみなかったのも迂闊《うかつ》な話なんだけれど、今回のような緊急事態に際し救援を求めても、パトカーや救急車に即座には駆けつけてもらえそうにない環境に〈学校《ファシリティ》〉はあるわけだ。殺人事件なんて極端なケースでなくても、例えばこの陸の孤島で誰かが急病になったりしたらどうするんだろう？　それとも〝校長先生《プリンシパル》〟や〝寮長《RA》〟には医療の心得があるとか、そういうことなのかしら。

「ともかく」ミズ・コットンは、自分は責任を負うつもりはないと宣言したことで開きなおったのか、だいぶ落ち着いてきた。「シウォード博士がお戻りになるまで待ちなさい。どう対処するかは、すべて博士がお決めになるから」

「それじゃ手遅れですよ」とりつくしまもない彼女の態度に、さすがの〝ちゅうりつ《ニュートラル》〟も押され気味である。「パトカーがこんな場所へやってくるまでは相当時間がかかる。どうせ通報するなら、なるべく早いほうがいい」

「どうせ通報する、ですって？　それはどういう意味なの、ハワード。何の決定権もないくせに。勝手なことを言うんじゃありません」

「だって、ミズ・コットン――」

「博士たちだって、それほど遠くまで行っているわけじゃない。すぐに戻ってくるわ。いいから。それまでお待ちなさい。判ったわね」

くるりと踵《きびす》を返して裏手の網フェンスのほうへ向かうミズ・コットンに〝ちゅうりつ《ニュートラル》〟は縋《すが》りつくみたいに声をかけた。「あのう、どちらへ？」

「ビルの部屋からシーツを取ってくるのよ。いくらなんでも、死者をこんなふうに放置しておくわけにはいかないでしょ。動かしちゃいけないって言うのならせめて何か、かぶせてあげないと」

　ぼくたち四人は為《な》す術《すべ》もなく、ミズ・コットンの背中を見送る。彼女の姿が寮区画の裏口のほうへ消えるのを待っていたみたいに〝ちゅうりつ《ニュートラル》〟は、ぽつりと呟いた。

「――気に入らないな」

「おっと。きましたか」茶化すような言葉とは裏腹に〝妃殿下《ユアハイネス》〟の声は緊張にうわずっている。「その言い方には馴染《なじ》みがあるわ、ハワード。まさか、このビルの件にしてもわたしたちの推理能力を試すためのテストだ、なんて言い出すんじゃないでしょうね。こんなふうにしているけどビルはほんとうは生きているんだ、とか。これは実は死体じゃなくて彼をかたどった人形に過ぎないんだ、とか？」

「おいおい、ケイト」そう切り返す〝ちゅうりつ《ニュートラル》〟も、いつものハードボイルド探偵を気どろうとして失敗したみたいに声が硬い。「いくらなんでも、そこまで言うつもりはないさ。ビルはたしかに死んでいる。だけど、変だとは思わないか？」

「変なこと、いっぱいあり過ぎて、あなたがどれを指しているのか全然判んない」

「ミズ・コットンのことさ。こんな事件が起こったっていうのに、なぜすぐに警察に通報しない？　いくらシウォード博士がすべての決定権を持っているからって、いちいち彼女に相談しなければならないような次元のことじゃないだろ」

「っていうより彼女、そもそも通報しても無駄だと言ってるんじゃない？」

「あ？」

「だってさ、ここから一番近い警察署がいったいどこなのかわたしは知らないけど、新入生を迎えにゆくたびにシウォード博士たちが留守にする時間を考えれば、おいそれとやってこられる距離にないことは明らかでしょ」

「いくら遠いからって、いずれは通報しないわけにいかないだろ。たとえ到着するのに何時間、何日間かかろうとも、法治国家である以上、警察は駈けつけてくる」

「まことにごもっともだけど、ミズ・コットンはそうは思っていないみたい。法治国家もくそもない、自分の一存で通報した後で万一責任を取るはめになるのだけは真っ平御免、って感じで」

溜め息をつくと〝ちゅうりつ《ニュートラル》〟は地面に這《は》いつくばり、〝けらい《オベイ》〟の遺体を覗《のぞ》き込んだ。

「ちょっと。何をしているの、ハワード？」

「当分警察が来ないのなら、おれたちにできることをやっておかなくちゃ。とりあえず犯人の遺留品でもないか、と思ってさ」

「あ」と呻《うめ》いたぼくは無意識に、ズボンのベルトに突っ込んでいたピストルを取り出した。

「そういえば、これが――」

「え。おい」跳び起きるや否や〝ちゅうりつ《ニュートラル》〟はぼくの手からピストルをもぎ取った。「マモル。どうしたんだよ、こんなもの？　これ――」取り扱いの経験でもあるのか妙に慣れた手つきで銃身を調べていた彼は、やがて強張《こわば》った顔を上げた。「ほ、本物だぞ、これ」

「……やっぱりそう？」

「あんまり見かけないシャープなデザインだが、まちがいない。弾丸も装塡《そうてん》されている」

「マモルったら、いったいどうしたのよ、こんな危ないものを？」

「いや、だからそこに――」〝ちゅうりつ《ニュートラル》〟と〝妃殿下《ユアハイネス》〟双方から責められ、ぼくはへどもど。「ビルの肘の下に落ちていたんだ。てっきり彼がこんな武器を持ち歩いていたのかと思って。まさか、殺人の遺留品かもしれないなんて、まったく――」

え。まてよ。犯人の遺留品だって？　このピストルが？　だとしたら……ごく自然に導かれるある結論にようやく思い当たり、ぼくは絶句した。だとしたら〝けらい《オベイ》〟を殺したのは〝寮長《RA》〟ことミスタ・パーキンスってことになるじゃないか。だってこのピストルは今朝彼が裏手の網フェンスの前でかまえていたものと、とてもよく似ている。いや多分、同一物だ。するとやはりこれは――いや。まて。〈学校《ファシリティ》〉内でピストルを所持しているのが〝寮長《RA》〟ひとりだと確認されたわけではない。即断は禁物だ。まだ何も判っていない。ともすればパニックになりそうな自分を必死でそう戒《いまし》める。

「ねえ、ハワード、これが犯人のものであることにまちがいはないんだろうか」

「断定はできないが、可能性は高い。少なくともビルの持ち物だとは考えにくいからな」

「しかし、見たところ、ビルが撃たれた様子はないみたいだけれど」

「まあな。頭を殴られたのが致命傷のように見えるが、しかし案外このピストルで殴りつけたというのも、あり得るかも」
「だったら、どうして犯人は凶器をここへ残していったりし——」
誰かが小走りに駈けてくる気配がした。〝ちゅうりつ《ニュートラル》〟は慌ててピストルを背中へ隠し、
自分のベルトに銃身を差し込む。見るとミズ・コットンだ。畳んだシーツを持っていて、
それを拡げると、ふわりとビル・ウイルバーの遺体にかぶせた。
「さて。み ん な《ボーイズ・アンド・ガールズ》。行くわよ」
「ええと。これからどうするんですか」
「さっきも言ったでしょ。シウォード博士がお帰りになるまで待つんです。それまであな
たたち、あちこちうろうろしたりせずに。全員、食堂で待機していること。いいわね」
生徒たちが自分の後を付いてくるものと信じて疑っていない態度で、ミズ・コットン
はさっさと主要区画の玄関のほうへ歩き始める。仕方なく〝ちゅうりつ《ニュートラル》〟、〝妃殿下《ユアハイネス》〟、ス
テラ、そしてぼくの四人は彼女に従った。みんな時折、白いシーツをかぶせられている
〝けらい《オベイ》〟の遺体を、ちらりちらりと振り返りながら。
玄関から主要区画へ入り、食堂の出入口までやってきた時、ふいに〝ちゅうりつ《ニュートラル》〟が
「おいっ」と身の竦《すく》むような怒声を上げた。
「今度は何事なの、ハワード」という苛立《いらだ》たしげなミズ・コットンの叱責をものともせず、

〝ちゅうりつ《ニユートラル》〟は中央ホールへ向かって駈け出した。わけも判らずぼくたちも追いかける。と——

自動販売機の傍らに車椅子が停まっていた。まったく動く気配がない。見慣れたテディベアの刺繍《ししゆう》をあしらった水色の毛布。〝詩人《ポエト》〟愛用のものだ。それがいま黒く——いや、赤黒く染まって、彼の脚からずり落ちかけている。

車椅子に乗ったケネス・〝詩人《ポエト》〟・ダフィは、がっくり首をうなだれる姿勢で硬直していた。その喉元から包丁のものとおぼしき柄《え》が生えており、上着が毛布と同様、赤黒く染まっている。

息をしていない。

〝詩人《ポエト》〟は死んでいた。

# Ⅵ

女性たちの悲鳴が飛び交った。どれが誰の叫びなのか、まるで区別がつかない。きんきんと耳の鼓膜が破れそうな声、声、声。

それらが急に、嘘みたいに静まり返った。沈黙が不気味なくらいねばねばと、ぼくたちにまとわりついてくる。みんな〝詩人《ポエト》〟の惨状も忘れてしまったかのように、息を呑んでミズ・コットンと〝ちゅうりつ《ニユートラル》〟のふたりを注視した。

「な……なにを」ミズ・コットンは口をぱくぱくさせ、後ずさりしたそうに身をよじった。

「それは、な……何のつもりなの、ハワード」

「おっと、動いちゃいけない」〝ちゅうりつ《ニユートラル》〟は左手に握ったピストルの銃口を、ぴったりとミズ・コットンの眉間に当て、彼女が後ずさりするのを阻止している。「本物ですよ、これは。ちゃんと装塡《そうてん》されている。いま安全装置も外した。変なことをしたら、引き金をひきます」

「気でも狂っちまったの、あんたは」ミズ・コットンは思い切り怒鳴りつけてやろうとしたらしいのだが、掠《かす》れた弱々しい声とともに唾が飛んだだけだった。「こんな時に、何を考えているの。み、見なさいっ」と傍らの車椅子を指さした。血まみれになった〝詩人《ポエト》〟はぴくりとも動かない。「ケネスが……ビルに続いてケネスまで、こ、こんな……こんな大変な時に、そんなふざけた真似をして。いったい何を考えているの、あなたは」

「よく見てみなさい、ミズ・コットン」聞いているこちらが怖くなるほど〝ちゅうりつ《ニュートラル》〟の声は冷静だった。「まだ血が乾ききっていない。ケネスはたったいま殺されたばかりだ。ということは犯人は、まだここにいる。おれたちのすぐ近くに」

「そんなこと、み、見れば判るわ。だから言ってるでしょ。こんな大変な時に内輪で揉め事をしている場合なの」

「ケネスが殺された時、おれたちはみんな、建物の外にいたんですよ」

「えっ」

「ビル・ウイルバーの遺体と一緒にね。おれたち四人、つまりステラにケイト、マモルにおれはみんな外にいた。それはお互いが証人だ。な？」

相槌《あいづち》を求められても誰も頷《うなず》かなかった。ステラも〝妃殿下《ユアハイネス》〟も、ぼくも。ただ固まっている。いったい〝ちゅうりつ《ニュートラル》〟は何を言おうとしているのか。それが判らないからではなく、判り過ぎるほど明らかなのが恐ろしくて。

「つまり」そんなぼくたちにかまわず、彼は得々と言った。「おれたち四人は犯人じゃない」

「あたりまえでしょ、そんなこと。誰も疑ってやしないわ」

「だけど、あなたの場合はどうでしょうかね、ミズ・コットン？」

「な……な」うまく言葉が出てこない歯痒《はがゆ》さか、彼女は地団太を踏む。「な、なんですって。なんですってえっ」

「あなたはさっき、ビルにかぶせるためのシーツを取りにゆくと言って寮区画のほうへ入った。そのついでに――」車椅子に乗っている〝詩人《ポエト》〟を顎《あご》でしゃくってみせる。「ここまで足を延ばし、彼を刺し殺すことは充分に可能だった」

「そんなわけがあるもんかっ」どこからそんな声が出てくるのか、ぼくたちが思わず床から跳び上がりそうな迫力で彼女は吠《ほ》えた。「どうしてわたしがそんなことをするんだよ。えっ。どうして。どうしてこのわたしが、そんなばかなことをしなきゃならないんだい」

「そんなことは知りません」いまにも跳びかかってきそうな形相のミズ・コットンをさらに威嚇《いかく》するかのように〝ちゅうりつ《ニュートラル》〟は銃口を、ぐいと彼女の額に押しつけた。「ただ、ケネスを殺すチャンスがあなたにはあった。それだけはたしかだ。そして、おれたちにはなかった」

「わたしを陥れる気かい。そうやって、わたしを陥れる気なんだね」

「失踪しているルゥ・ベネットが犯人ではないのだとしたら、あなたの仕業《しわざ》と考えるしかないですよ。おれたちとしては」

「へっ。まさか」ミズ・コットンは眼を剝《む》いてステラと〝妃殿下《ユアハイネス》〟、そしてぼくを睨《にら》んできた。「まさかとは思うけど、あなたたちまでそんなふうに考えているんじゃないだろうね。え？　この愚か者のたわごとに惑わされて？」

「ミズ・コットン。そんなにご自分が疑われるのが嫌なら、はっきりさせましょうよ」

「なんだって」

「警察に通報しなさい。シウォード博士からマスターキーを預かっていますよね。だったら〈電話ボックス《テレフォンブース》〉を開けられるはずだ」

「そう。ふん。そういうことかい」唐突に——ほんとうに唐突にミズ・コットンは静かになった。さっきまで口汚く悪態をついていたのが、まるですべてお芝居だったかのように神妙になり、不敵な笑みまで浮かべたのである。「そういうことなの。だったら——」とロングスカートのポケットから何かを取り出すや、床へ放り投げた。がしゃん、と耳障りな金属音がした。

鍵束だった。「通報したいのなら」いまやミズ・コットンはぼくたちのことを、あからさまに冷笑していた「わたしは止めやしないさ。あなたたちが自分の手でおやり」

「——マモル」なぜか〝ちゅうりつ《ニュートラル》〟は途端に自信なさげな顔になった。「すまないが、きみが鍵束を拾ってくれ」

どうしようもない。言われたとおりにする。

「きみが警察へ通報するんだ」

「えーと……」ぼくは鍵束を見てみた。おびただしい数のキーだ。「すみません、ミズ・コットン。どれが〈電話ボックス《テレフォンブース》〉の鍵です？」

「丈の一番長いやつが」教えてくれないかと思ったのだが、彼女はあっさりとそう言った。「マスターキーだよ。それでどの部屋も開く」

一二〇号室は、すぐ眼の前だ。ぼくは一番長いキーを選んで、鍵穴に差し込む。そのまま回すと、かちんとロックの外れる音がした。

「え……えと」ドアを半分開けたところで、ぼくは振り返った。そういえば警察って何番に掛ければいいんだろう？　日本なら一一〇番だけれど、ここはいったい――「何番に掛ければいいの？」

「マモル」〝ちゅうりつ《ニュートラル》〟が答える前に〝妃殿下《ユアハイネス》〟が来てくれた。「わたしがやるわ」

〝妃殿下《ユアハイネス》〟に先を譲っておいてから、ぼくは一二〇号室、通称〈電話ボックス《テレフォンブース》〉へ入った。

ここへ足を踏み入れるのはもちろん初めてだ。室内を見回した途端、異様な雰囲気に呑まれそうになる。まさにSF映画のセットだ。カーテンの隙間から覗《のぞ》き見した時も圧倒されたけれど、四方を取り囲まれると頭がくらくらしてくる。コンピュータのCRTとか電子機器のコンソールとか、とにかくその類いのものなのだろう、用途も操作方法も想像のつかないハイテク機器が、ずらりと並んでいる。

「マ、マモル……」勇んで室内へ飛び込んだものの〝妃殿下《ユアハイネス》〟も圧倒されているらしく、ぼくと同じように茫然と立ち尽くしている。「いったい……いったい、どれが電話なの？」

そんなことを訊かれても、ぼくにも判らない。見たこともない機器の数々が、まるでこちらを嘲笑する悪魔のマスクのようだった。

「どれなの？」普段の凜々《りり》しさはどこへやら、〝妃殿下《ユアハイネス》〟は途方に暮れ、いまにも泣き出してしまいそうだ。「いったいどれが電話なの」

「まてよ。これは──？」

ぼくは眼についたものを反射的に手に取った。ちょっと見には電話機とは思えないような形状だったが、1から0までのテンキーが付いている。それだけなら卓上計算機という可能性もあるわけだが、小さいマイクロホンみたいなものも見える。もしかしたらこれが電話機かもしれないと思いつき、そのまま〝妃殿下《ユアハイネス》〟に手渡す。彼女も同じように考えたのだろう。眼を輝かせてテンキーを押した。しかし、それに続く操作手順の見当がつかないらしい。しばらくあれこれやっていたが、やがて諦めたように首を横に振った。

「……だめだわ」一二〇号室から出た彼女は〝ちゅうりつ《ニュートラル》〟にコードレス電話機とおぼしきそれを手渡した。「どうやったら通話状態になるのか、てんで判らない。通報するなら、ミズ・コットンにやってもらうしかない」

「ということだそうです」電話機とおぼしきものを〝ちゅうりつ《ニユートラル》〟は右手で持って差し出した。「ミズ・コットン、警察へ通報してください」

ミズ・コットンは動かなかった。黙ったまま腕組みをして〝ちゅうりつ《ニユートラル》〟を見ている。せせら笑うような態度だ。

「聞こえないんですか、ミズ・コットン。警察へ電話してください。これはお願いではない」と左手の銃口をかまえなおした。「命令です」

「命令?」ふんとミズ・コットンは、こちらが思わず涙ぐみそうなほど侮蔑的な仕種で鼻を鳴らし、ぼくたちひとりひとりを見回した。「命令だ? あんたが? え? あんたちが? このわたしに命令だってえ?」皺《しわ》だらけの首を晒《さら》してのけぞるや、ひっひっひと引きつけを起こしたみたいな声で笑い始めた。「ば、ばか言って。あー可笑《おか》しい。こんなばかな話、聞いたこともない。あんた、ばかね。ほんとに度し難いおばかさん。いま自分がどんな間抜け面を晒しているのか知りもしないで。わははは。お笑いだ。大笑いだ」

「よけいなことは言わないでよろしい。早く通報しなさい」

さらに催促する〝ちゅうりつ《ニユートラル》〟に向きなおるとミズ・コットンは下品な笑いを引っ込めるや、急に鬼のような形相になった。「だいたい以前から、わたしはあんたたちのことが嫌いだったんだ。大嫌いだったんだ。くそ」

自分に向けられた銃口がそのまま額に埋まりそうな勢いで罵倒し始めるミズ・コットン。

あまりにも早口なものだから、うまく聞き取れない。いくらぼくも日常の英会話が上達してきたとはいえ、それは普段は周囲のみんなが聞き取りやすいように気遣って明確に発音してくれていたお蔭もあるんだなと実感させられる。それほどミズ・コットンの罵声は意味不明だった。まるで録音テープを早送りしているかのように機械的で。

「や……やめて」ステラが自分の耳を塞《ふさ》いで、悲鳴を上げた。「やめて。やめてください、ミズ・コットン。お願い……お願いだから。やめて。やめて。もうやめてええっ」

いくらステラが力いっぱい大声を張り上げても、ミズ・コットンの罵声に掻き消されてしまう。お互い競うようにして声を張り上げているうちに中央ホールは悪夢のように奇怪な騒音に包まれる。度を失っているのはステラだけではなかった。〝妃殿下《ユアハイネス》〟も何か叫んでいる。やはり何を言っているのかぼくには聞き取れないほど早口だ。そのうち〝ちゅう《ニュー》りつ《トラル》〟まで怒鳴り合いに参戦するに至って、狂気が混ざり合った合唱は人声からは懸け離れた、異形《いぎょう》のノイズと化す。

気がつくと、ぼくも何か叫んでいる。自分で自分が何を言っているのか聞き取れない。みんな、変になっている。それを車椅子に座ったままの〝詩人《ポエト》〟の遺体が静かに聴いている。その眺めのコントラストに笑いそうになっている自分が怖い。このまま気が狂ってしまいそうだ。

ふと思い当たった。この異様な感覚には覚えがある、と。これは——そうだ、これはあの時の感じに似ている。ルゥ・ベネットという新入生に初めて引き合わされた時、彼がぼくたちを一瞥《いちべつ》して、浮かべた冷笑。あのなんとも言えない侮蔑のオーラに全身を晒された時の、いたたまれなくなる不安。そして恐怖。

(異教徒め)

ふいに誰かがそう罵っているかのような錯覚に陥った。誰かとはミズ・コットンだ。だが彼女は実際にそんな言葉を使ってはいない。にもかかわらずミズ・コットンはそう罵っていた。まちがいなく、そう罵っていた。

(異教徒ども。この異教徒どもめ。おまえたちなんか。おまえたちなんか。わたしとはちがう。わたしのような人間とはちがう。おまえたちは呪われた異教徒なんだ)

みんながいっせいに悲鳴を上げ、抵抗した。ほんとうにみんなが。ぼくも含めて。

(ちがう)

(ちがう。ぼくたちは)

(わたしたちは)

(異教徒じゃない)

(異教徒なんかじゃない。それは)

(そっちこそ)

(そっちこそが異教徒)

（異教徒め。この異教徒の女め）

ぐるぐるとノイズは果てしなく、脳の中で謎の言葉に変換される。視界が歪《ゆが》み、何か黒いモノが出現する――黒いモノ……だって？

頭が痛い。何だ。

なんなんだ、これは。

「やめろ……」

あれほどの騒音の中で、そんな低い呟《つぶや》きがどうしてぼくの耳まで届いたのか、判らない。〝ちゅうりつ《ニュートラル》〟は何度も「やめろ」「やめろ」と呟いた。そしてついに叫んだ。「やめろおおおおおっ」

同時に、パン、と風船が破裂するみたいな音が響きわたった。

一瞬にして周囲は静寂に包まれる。

ぐらり、とミズ・コットンの身体が傾く。まるでマネキン人形みたいに不自然に固まったまま、彼女は仰向けにひっくり返った。その額に穴が開いている。銃弾によって穿《うが》たれた穴が血を吹いている。

死んでいた。

ミズ・コットンは即死していた。

# Ⅶ

いったいどれくらいのあいだ茫然となっていたのだろう。もしかしたら立ったまま失神していたかもしれない。しくしくという泣き声で、ぼくは我に返った。ステラだ。彼女だけじゃない。普段は気丈な〝妃殿下《ユアハイネス》〟も、なりふりかまわず、べそべそ洟《はな》をすり上げている。

泣いているのは女の子たちばかりではない。はっと気がついてみればぼく自身、えぐえぐと必死で嗚咽《おえつ》をこらえているのだ。涙で眼がかすみ、鼻が詰まる。大きく喘《あえ》ぐようにしか呼吸ができない。改めて考えてみると、これまでぼくらは、いや少なくともぼくは〝けらい《オベイ》〟や〝詩人《ポエト》〟の突然の死という場面に遭遇しながら、あまりにも落ち着き過ぎていた。いささか不謹慎なほどに。もちろん、ほんとうに冷静だったわけではない。何もかもが一遍に起こったため、こちらの理性と反応が追いつきかねていただけだ。

それがいまミズ・コットンが頭を撃ち抜かれて即死した途端、ようやく死というものの、人間の手にあまる巨大な不条理さが胸に迫ってきた。しかも彼女を射殺したのは、ぼくたちの友人である〝ちゅうりつ《ニュートラル》〟で、その場面を手を伸ばせば届きそうな距離で目撃したのだ。自分のこの眼で。現場へ来てみたら死んでいたというのではなく、リアルタイムで見守っているあいだに、さっきまで息をしていたひとりの人間がもの言わぬ死体に変貌してしまったというショックは、それをショックという概念では捉えきれないほど大きく、重い。

それまで、どちらかといえば声を押し殺して泣いていたステラがふいに「もう嫌。もう嫌」と、ひと際大きく喚《わめ》いた。「どうしちゃったの、みんな。いったいどうしちゃったのよ。おかしいわよ、こんなの。狂ってる。狂ってるわよ。それとも狂っているのは、あたしのほう？」

「ステラ」とその腕に触れようとしたぼくの手を振り切ると、彼女はよろよろとした足取りで寮区画のほうへ向かった。

「痛い……頭が」一歩進んでは止まり、またふらふらと歩きながら天井を仰いでは「頭が痛い」と重い溜め息をつく彼女だった。「気持ち……悪い。吐きそう。あたし、吐きそう」

「ステラ」

「来ないで……誰も」口を押さえ、くぐもった嗚咽を洩らす。「誰もあたしのところへ来ないでちょうだいっ」とステラは自分の部屋、一〇一号室へ閉じ籠もってしまった。

「マモル、しばらくは」涙を拭《ぬぐ》いながら声をかけてくれる〝妃殿下《ユアハイネス》〟の存在を、こんなにいれば彼女も、そのうちきっと落ち着くから」

「そう……だな」

思い切って周囲を見回してみる。ほんの数秒前までは、たったそれだけのことをするのも恐ろしくて仕方がなかった。〝詩人《ポエト》〟の遺体はいまにも車椅子からずり落ちそうだし、そのすぐ横で額から血を流したミズ・コットンが仰向けに倒れている。なんでふたりとも起き上がらないの？――そんな現実逃避的な、それでいて切実な思いにかられた、まさにその時。

「……いい加減にしろよ」左手にピストルを握ったままの〝ちゅうりつ《ニュートラル》〟が、そう呟《つぶや》いた。

「もうほんとに、いい加減にしてくれ。頼むから」

ぼくは〝妃殿下《ユアハイネス》〟と顔を見合わせた。〝ちゅうりつ《ニュートラル》〟はいったい何を言っているのか、そもそも誰に向かって話しかけているのかも判らない――いや、判る。痛いほどよく判る。

彼はミズ・コットンの死体を、じっと見下ろしている。

「これはテストなんだろ？」弱々しく笑顔を浮かべた〝ちゅうりつ《ニュートラル》〟は両腕を大きく拡げ、ことさらに肩を竦《すく》めた。「これも推理能力テストのひとつなんだ。なあ。そうだろ」

「ハワード」

「おれには判っているんだ。さっき撃った弾は空砲だし、この婆さんは死んだふりをしているだけなんだ。いや、それとも――」

「ハワード」鞭《むち》のようにしなる囁《ささや》き声で〝妃殿下《ユアハイネス》〟は叱りつけた。「気をたしかに持って」

「それともこれは本人たちじゃなくて、精巧に出来た人形なのかよ。ミズ・コットンもケネス・ダフィも？　それから――」

「ピストルを放しなさい、ハワード」一転、母親のように優しく〝妃殿下《ユアハイネス》〟は辛抱強く説得する。「ゆっくりと。ね。床に下ろして」

「外に転がっているビル・ウイルバーも、いまごろシーツの下からのこのこ這《は》い出てきて、舌を出しているにちがいないんだ。なあ、そうだろ。ぴんぴんしているんだよな」

「指を一本ずつ離すの。慌てないで。ゆっくりと。気をつけて」

「どう……どうなって……いるんだ」いきなり〝ちゅうりつ《ニュートラル》〟の身体から力が抜けた。膝から床へ崩れ落ちるや、頭をかかえ、おいおいと声を上げて泣き出した。「ど、どうなっているんだよう。これはいったい、どうなっているんだ。お、教えてくれ。誰か教えてくよう。これはいったい、どういうことなんだよう」

号泣に身を震わせる彼の手から〝妃殿下《ユアハイネス》〟は用心深くピストルを剝《は》がした。「いい子だから。ハワード。いまは」彼の背中を優しくさすりながら、耳もとで囁く。「自分のお部屋へ戻っていなさい。ね。とりあえず」

「どうすればいいの？」これまでの、どちらかといえば尊大で自信たっぷりだった〝ちゅ《ニュー》うりつ《トラル》〟からは想像もできないほどひ弱な哀願だった。「おれ、どうすればいいの？　ねえ。おれはこれから、どうしたらいいんだよう」

「休むのよ、しばらくは。自分のベッドで。何も考えずに。ゆっくりと。詳しいことは、またそれから考えればいいの。判った？」

がっくりと〝ちゅうりつ《ニユートラル》〟の上半身が大きく〝妃殿下《ユアハイネス》〟のほうへ傾いた。それは指示をしてくれた彼女に感謝して頭を垂れたのか、それともバランスを崩して倒れかけただけなのか、まったく区別がつかない。

「マモル。あなたは大丈夫？　もしよかったらハワードを部屋まで連れていってあげ――」

「大丈夫だ」立ち上がった〝ちゅうりつ《ニユートラル》〟は普段の調子を幾分か取り戻したようだ。「大丈夫。おれなら大丈夫だよ。でも、すまないけど、お言葉に甘えて、ちょっと休んでくる」

ふらふらとよろけながら〝ちゅうりつ《ニユートラル》〟は寮区画のほうへ向かった。普段なら大した距離ではないのだが、いまは一番奥の一〇五号室まで無事に辿《たど》り着けるのかどうか危ぶまれるような足取りだ。彼が自分の部屋へ入り、ドアが閉まるのを確認して、ようやくぼくは肩から力を抜く。

「マモル」

振り返ってみると〝妃殿下《ユアハイネス》〟は、さっき〝ちゅうりつ《ニユートラル》〟から取り上げたピストルを、ずいと差し出してきた。

「え？」

「こんな物騒なもの、そこらへんに放り出しておくわけにもいかないでしょ」

「もっともだけれど、それはきみが持っていたほうがいい」

「ピストルは男の子の玩具」

「男も女も関係ない。一番冷静な者が預かっておくべきだ」

「悪いけど、わたし、いま見た目ほど冷静じゃないんだよ」

「これからどうする」

「どうする、って」焦《じ》れたように周囲を見回した拍子にふたりの遺体が眼に入ったのか、〝妃殿下《ユアハイネス》〟は慌ててこちらへ向きなおる。「わたしたちにできることなんて何もないわ。ただシウォード博士とミスタ・パーキンスが戻ってくるのを待つしか」

「いや、それはまずい」

「は？」

「それはまずいかもしれないんだ」

「何を言っているの、マモル？」

「シウォード博士とミスタ・パーキンスが戻ってくる前に、ぼくたちの手でなんとかしておかなければいけない。そんな気がする」

「なんとかって、いったい何をどうするの。いえ、そもそもどうしてわたしたちが、わざわざ何かをしなきゃいけないわけ？」

「ケイト。きみはぼくの頭が変になったと思うかもしれないけれど、気になることがあるんだ」

「何」

「一緒に来てくれ」

「どこへ」

「図書室」

ぼくは彼女の返事を待たずに主要区画のほうへ向かう。少し遅れて〝妃殿下《ユアハイネス》〟が付いてくる気配を感じながら図書室へ入った。ずらりと並ぶ書架。読書スペースには、丸いテーブルを中心にして椅子が四脚並んでいる。ステラたち第一班が課題発表のために使っていたのだろう。

「なんなの、こんなところへ来て」

「多分ここにあるんじゃないかと思うんだ」

「何が」

「証拠が、さ」

「だから何の」

「とにかく一緒に探してみてくれないか。何か変わったものがないかどうか——」

ぼくは、おやと身を屈《かが》めた。一番奥の椅子の後ろに何か光るものが落ちている。よく見てみると〝寮長《RA》〟の金色のライターだ。うっかり落としていったらしい。するとルゥ・ベネットを追いかけるよう急《せ》かされた際、彼が自分の白衣を叩いてライターを探していたのは〝校長先生《プリンシパル》〟の苛立《いらだ》ちを逸らそうとごまかしていたわけではなかったのか。

「あのさ、変わったもの、なんて漠然とした言い方をされてもね。もうちょっと具体——」不満げだった〝妃殿下《ユアハイネス》〟の声が、ふと緊張を帯びた。「ちょっと……マモル」

ライターを拾おうと伸ばしかけていた手を引っ込め、ぼくは身を起こした。「どうしたの」

「ひょっとして、あなたの言う変わったものって、これのこと？」

〝妃殿下《ユアハイネス》〟は丸テーブルの下を指さした。何かが落ちている。ラテン語の辞書だ。ハードカヴァーで重量たっぷり。それが開いたページを下に伏せる形で放り出されている。そして何よりも注目すべきは、本の角の固い部分に付着した黒っぽい染みと砂色の綿埃《わたぼこり》のような毛髪だ。

「そうだ。きっとこれだ」

「何なのこれ」

「凶器さ」

「凶器……って、まさか」

「ビル・ウイルバーを殴り殺すために使われたのが多分この辞書だ。つまり、ほんとうの現場はここなんだ。彼は図書室で殺害されたんだ」

「なのにいったいどうして、建物の外で発見されることになったの？」

「さっき実習《ワークショップ》の後、ぼくたちが応接室から出てきた時のことを憶《おも》い出してみて。きみとぼくが廊下へ出てみると、ちょうど第一班も実習《ワークショップ》を終えたばかりだったよね」

「そうだったわね、たしか。ちょうど彼らも廊下へ出てきたところで――」

「各自どういう順番で、ここから出てきた？」

「わたしたちが見た時――」宙に視線をさまよわせて〝妃殿下《ユアハイネス》〟は考え込む。「ケネスはもう中央ホールあたりまで行ってたよね、たしか。ハワードがシウォード博士を自販機の前でつかまえて、一席ぶっていたはず」

「そう。そしてステラが図書室から出てきた。続いてミスタ・パーキンス。そういう順番だった。ではビル・ウイルバーが図書室を出たのは、いったい何番目だったんだろう？」

「ケネスより先だったのか、それともミスタ・パーキンスの後だったのか――」ぼくが指摘しようとしていることを察したらしく、〝妃殿下《ユアハイネス》〟は大きく見開いた眼を、すぐに閉じた。まるで何かに対して祈っているかのように。「なるほど……そこが問題だと言うのね、マモル」

「そうなんだ。ぼくの考えを言うよ。実習《ワークショップ》の後で一番先に図書室を出たのは、ぼくたちが目撃したとおり、ケネス・ダフィだった。そしてステラも出てくる。これで図書室に残ったのは、ミスタ・パーキンスと、そしてビル・ウイルバーのふたりだけになった」

「まさか、そこを狙ったミスタ・パーキンスがビル・ウイルバーを殺害した、と言うの。この辞書で彼の頭を殴りつけて?」

「そのとおり。ビルを殺害したミスタ・パーキンスは彼の遺体を、あそこから——」と、ぼくは図書室の窓を指さした。「外へ運び出した。そして自分も窓から飛び下りると、ビルの遺体を芝生づたいに寮区画のほうへ引きずってゆく」

「何のためにそんなことを?」

「想像だけれど、ビルが一旦自分の部屋へ戻り、そして何らかの理由で窓から外を覗《のぞ》くかどうかした際にバランスを崩して頭から地面へ落下した結果、打ちどころが悪くて死んでしまった——と。おそらくミスタ・パーキンスは、そういう偽装を施すつもりだったんだ」

「つまり、事故死に見せかけるため、ビルを彼の部屋の窓の外まで運んだ、と?」

「想像だと一応断ったけれど、実はミスタ・パーキンスがビルの遺体を運んだという、決定的な証拠があるんだ」

「証拠ですって。どんな」

「いま、きみの手の中にある」

「これが?」ずっと持ったままのピストルを彼女はしげしげと見つめた。「なんで?」

「それはミスタ・パーキンスのものなんだ」

「え……あ、そうか」

「そういうこと。そもそもはきみが最初に教えてくれたんだよね。実はあの後ぼくも偶然、彼がそれをかまえている場面を目撃したんだけれど、また後で詳しく説明しよう。ともかく、ミスタ・パーキンスはそのピストルをいつも白衣のポケットに忍ばせて持ち歩いていた。それが、ここから外へ運び出して寮区画のほうへ引きずっていったビルの遺体を、偽装のため姿勢を修正する際、何かの拍子に、ぽろりとポケットから落としてしまったんだ」

「結果的にこのピストルが、ビルの遺体の下に隠れてしまう恰好になったわけね」

「偽装工作の作業に没頭していたミスタ・パーキンスは、そのことに気がつかなかった。手早く済ませなければならないと焦っていただろうし。なにしろ彼にはまだやらなければいけないことが山積みだったんだからね。遺体の姿勢を修正した後、外から一旦図書室の中へ戻り、一〇三号室へ行く。ビルの遺体から抜き取った鍵を使って部屋に入り、窓を開けておく。一〇三号室の鍵は遺体の傍《そば》に放り出しておけばいい。昼食の時間までに、ビルが自分の部屋の窓から転落して事故死したという状況をつくり上げておいてから何喰わぬ顔で食堂へ向かう、そういう段取りだったんだ。ところが、ミスタ・パーキンスのその思惑は途中で断念を余儀なくされる」

「どうして？」

「ビルを一〇三号室の窓の外まで運んだミスタ・パーキンスは、一旦外からここへ戻ってきた」再びぼくは窓を指さした。「そして、いかにもたったいま実習《ワークショップ》が終わったというふりを装って図書室から廊下へ出る。さあ急いで一〇三号室へ飛んでゆこうとした、その時——」

「思わぬ邪魔が入ってしまったってわけか」

「そう。シウォード博士だ」

「脱走したルゥ・ベネットを追いかけるために車を出せ、と。有無を言わせぬ彼女の命令に、ミスタ・パーキンスはどうしようもなくなった」

「結果的に、ビルを事故死に見せかける偽装工作は中途半端なままになってしまったんだ」

「それは判ったけど。でも、どうして？　どうしてミスタ・パーキンスがビルを殺さなければならないの。動機は何？」

「判らない。しかし、少なくとも現時点で判っていることが、もうひとつある。ミスタ・パーキンスが殺害したのはビル・ウイルバーだけではない、という事実だ」

「なんですって」

「ミスタ・パーキンスは、もうひとり殺している。ここの生徒を、ね」

どうやらぼくの言葉を誤解したらしく〝妃殿下《ユアハイネス》〟は、「それって、まさか……」と〝詩人《ポエト》〟の遺体のある中央ホールのほうを振り返った。

「いや、ちがうんだ、ケイト。ぼくが言っているのはケネスのことじゃない。ルゥ・ベネットさ」

「え？」眼を剝《む》いて、こちらに向きなおる。「え。え。え？」

「ルゥ・ベネットは、ここから脱走なんかしていない。既に殺されているんだ。おそらくは昨夜のうちに。ぼくたちに紹介された直後に、ね」

「昨夜？　って。マモルったら。そんなわけないじゃない。ルゥ・ベネットは今朝、寝坊してぐずぐずしてたのよ。それがなんで――」

「誰がそれを確認したの？」

「え」

「ルゥ・ベネットは今朝まで生きていて寝坊した、そのことを確認した者がどこにいるんだ？　ミスタ・パーキンス以外に」

「それじゃ……」〝妃殿下《ユアハイネス》〟は、まるで悲鳴を押し殺すみたいに自分の口に掌《てのひら》を当てた。

「そ、それじゃ、今朝ミスタ・パーキンスが一〇九号室へ行ったらルゥ・ベネットが気分が悪いと言っていて、さらにもう一回様子を見にいったら姿が消えていたというのは全部……全部、ミスタ・パーキンスのお芝居だったって言うの？」

「ここでさっきぼくが指摘した事実が、さらに重要な意味を帯びてくる。言っただろ。ミスタ・パーキンスは、いなくなったルゥ・ベネットを探し回っていたと主張しているが、それは嘘だ、と」

「わたしたちの個室も調べようとしたが鍵が掛かっていたので入れなかった、と。彼はそう言った。マモルの部屋のドアには鍵が掛かっていなかったはずなのに」

「そうなんだ。ミスタ・パーキンスは明らかに嘘をついている。ルゥ・ベネットを探し回っていたというのも嘘なら、そもそも今朝彼を起こしに一〇九号室へ行ったという行動からして、すべてお芝居だったんだ。ミスタ・パーキンスは、ルゥ・ベネットがとっくに昨夜から姿を消していることを知っていたにちがいない」

「では、なぜそんなことを知っていたかといえば、昨夜のうちに彼自身がルゥ・ベネットを殺していたからだ――と？」

「まさしく、そのとおり」

「だとしたら、彼はルゥ・ベネットの死体をどうしたのかしら」

「もう処分してしまったのさ。裏のワニたちの餌《えさ》にして」ぼくは昨夜、というより今朝方、建物の裏の網フェンス前での〝寮長《RA》〟の不審な行動について説明した。彼がピストルをかまえているのを目撃したのもその時だと付け加える。「――彼はあの時、既にルゥ・ベネットを殺害し、その遺体を処分してしまった後だったんだ」

〝寮長《RA》〟があそこを立ち去る際、地面から頭陀袋《ずだぶくろ》のようなものを拾い上げているシーンが脳裡《のうり》に浮かんできた。ほんとうに頭陀袋なのか、それともビニールシートのようなもののなのかは判らないが、ともかくあの中にルゥ・ベネットの遺体を包んで外へ運び出したにちがいない。

「でも、なぜ？　なぜなの？　なぜミスタ・パーキンスがそんなことをするの。ルゥ・ベネットを殺した後、ビル・ウイルバーにまで手をかけるなんて。いったい、どういう理由で？」

「それが判らない。まったく見当がつかない。だからこそ不気味なんだ」

「ちょっと待って。だとすると――」〝妃殿下《ユアハイネス》〟は声を低めた。「だとするとケネスを殺したのは誰なの？　ミスタ・パーキンスのはずはないわよね。彼はいまシウォード博士を車に乗せて、ルゥ・ベネットの捜索中なんだもの。ふたりが出発した時、ケネスはまだ生きていたんだし」

「その点に関しては、多分ハワードが正しいんだと思う」

「というと、つまり――」

「ミズ・コットンの仕業だろうね。他に考えようがない」

「でも、なんで？」同じ疑問を繰り返すのが疲れてきたのに、やめられなくて、〝妃殿下《ユアハイネス》〟は途方に暮れているようだ。「なんだって、そんなことをするのよ。お金と手間をかけてわざわざ世界じゅうから集めてきた生徒たちを次々に殺すなんて、そんなばかげた真似を？」

「たしかにシウォード博士なら、こんなことはしないだろう。彼女はこの施設の運営に、ことのほかご執心なようだから。ぼくたち生徒だって大切にするさ。でも、それに協力しているミスタ・パーキンスやミズ・コットンが、彼女と同じくらい熱心かというと、そうとは限らない」

ぼくが何を言おうとしているのかをなんとなく察知したのか、〝妃殿下《ユアハイネス》〟は瞬間的に心臓発作に見舞われたみたいな形相でこちらを睨《にら》んだ。しばし不気味な沈黙が下りる。

「むしろ」ぼくは咳払《せきばら》いした。「むしろ彼らふたりは嫌々、シウォード博士の道楽に付き合っているだけなのかもしれない。ミスタ・パーキンスに至っては死ぬほど好きなタバコを禁止されたり、死ぬほどまずい食事に付き合わされたりで、かなりストレスが溜まっているのはまちがいない。なんとかここを出てゆける口実はないものかと日々心を砕いているとしても、ちっとも不思議じゃない」

「だからって、まさか」なんとか笑ってみせようとしたらしい彼女だが、その顔は、せり上がってきた苦い胃液をむりやり呑み下したみたいだった。「まさか、ここの生徒がひとり残らず死んでしまえば、もうシウォード博士に協力しなくても済むようになるから――なんて。まさか。やめてよ。まさかそんな動機で、ひとりまたひとりと生徒たちを殺している、なんて言うんじゃ……」

「判らないよ。もちろん断定はできない。でも、仮にそういう可能性もあるのだとしたら、ミスタ・パーキンスが戻ってくるのをうかうかと待っているわけにはいかないんじゃないか?」

「ようやく判ったわ、マモル。シウォード博士たちが戻ってくる前にわたしたちでなんとかしなければいけないとあなたが言ったのは、そういう意味だったのね」

「そうなんだ。まさかとは思うけれど、まだまだ凶行が続くことになるかもしれないし」

「でも……でも」もどかしそうに〝妃殿下《ユアハイネス》〟は身をよじった。「どうすればいいの、わたしたち? いったいどうすればいいって言うのよ」

「それを考えなければいけない。ステラやハワードとも相談して——」

「待って」びくんと〝妃殿下《ユアハイネス》〟は背筋を伸ばし、図書室のドアのほうを振り返った。「あれは……あれは何の音?」

# Ⅷ

ぼくには何も聞こえなかったのだが、とりあえず図書室を出る〝妃殿下《ユアハイネス》〟の後に続いた。中央ホールのほうへ向かう。嫌でも〝詩人《ポエト》〟とミズ・コットンの遺体と対面せざるを得ないと思うと気が重かったけれど、食堂の前を通り過ぎるあたりから、それどころではなくなってしまった。聞こえる。聞こえるのだ。何か電子音のようなものが。

緊張のあまりか〝妃殿下《ユアハイネス》〟は一旦立ち止まると、ぼくの手を握りしめてきた。こちらも思わず強く握り返し、ふたり並んで中央ホールを抜ける。〈電話ボックス《テレフォンブース》〉こと一二〇号室のドアが開けっぱなしになっていて、問題の音はそこから発している。ぼくたちは再び、まるでSF映画のセットのようなハイテク機器の山の中へ足を踏み入れた。電子音は一定の間隔を空け、ずっと鳴り続けている。よく見るとその音に合わせて、緑色のランプが点滅しているのだ。耳慣れない音だが、この一定の間隔の空け方には馴染《なじ》みがある。これは

──

「ひょっとして」〝妃殿下《ユアハイネス》〟も同じことを思いついたようだ。「電話……じゃないの、こ

れ?」

「そうだ」緑色のランプが点滅しているのは、さきほどのものとはまた別のテンキー付きの機器だ。まちがいない。これは電話だ。「きっとそうだよ、ケイト」

「マモル」緑色の点滅に吸い寄せられるように手を伸ばそうとしたぼくを〝妃殿下《ユアハイネス》〟は、ぐいと引き戻した。「どうする気」

「だって、電話に――」

「出ちゃだめ。ちょっと待つの」

「え。どうして」

「いいから」

わけが判らなかったけれど、言われたとおり、待った。電子音はずっと鳴り続けている。何十回鳴っただろうか、ふいにぷつりと途切れる。途端に居心地が悪くなるほど静かになった。が、再び緑色のランプの点滅とともに電話の呼び出しとおぼしき電子音が鳴り始める。何十回か鳴った後、音は一旦途切れる。そしてまた鳴り始める。しばらくその繰り返しが続いた。

「――ねえ、マモル」電子音の中、〝妃殿下《ユアハイネス》〟が囁《ささや》いた。「仮にこの機械が電話だとしての話だけど。いったい、どこの誰から掛かってきているんだと思う?」

「そんなことは判らないよ。きっとシウォード博士の関係者だとは思うけど」

「関係者ではなくて、シウォード博士本人なんじゃないかしら」

「博士が？　どうして？」

「ちょっと来て」またもや〝妃殿下《ユアハイネス》〟はこちらの返事を待たずに、握ったままのぼくの手をぐいぐいと引っ張って一二〇号室を飛び出した。「確認したいことがあるの」

〝詩人《ポエト》〟とミズ・コットンの遺体から眼を逸らしながら、ぼくたちは中央ホールを抜ける。図書館へ戻るつもりかと思ったらその前を素通りして、玄関から外へ出た。

ガレージへ来た。中を覗《のぞ》くと白いセダンが一台、グレイのバンが一台、停められている。グリーンのステーションワゴンは見当たらない。

「シウォード博士とミスタ・パーキンスは」なにやら満足げに〝妃殿下《ユアハイネス》〟は頷《うなず》いた。「グリーンのステーションワゴンに乗って、ルゥ・ベネットを探しにいったんだ」

「そうみたいだね」

「一昨日、ルゥ・ベネットを迎えにゆく時も同じ車を使ったんじゃなかった？」

「そういえば――」一昨日、ミズ・コットン監督のテストの後、たまたまここを覗いた時のことを憶《おも》い出した。「うん。そうだった。たしかに」

「ルゥ・ベネットをどこから連れてきたのかは判らないけど、往復にかかった時間からして、かなり遠方よね」

「もちろんそうだろう」

「当然、ガソリンの消費量も相当なものだったでしょう」

「だろうね」

「もちろん、途中で給油したかもしれない。あるいは一昨日の夜、戻ってきてから裏の簡易ガソリンスタンドで補給したかもしれないけれど、仮にそれをうっかり忘れていたとしたら？」

「ん？」

「ルゥ・ベネット追跡を焦るあまり、ガソリンが残り少なくなっているステーションワゴンを、うっかり選んでしまった。その結果、ガス欠になってしまったかもしれない、ってことよ」

「なんだって。じゃあ、いまごろシウォード博士とミスタ・パーキンスは――」

「荒野のど真ん中で立ち往生しているのよ」

「しかし、どうして車がガス欠を起こした、なんて考えたの？」

「だって、ＳＯＳが来ているでしょ」

「ＳＯＳ？」

「あの電話」

「あ。そうか。やっと判ったよ。ミズ・コットンに別の車で迎えにきてもらおうとしているのか」

「そう。ステーションワゴンに車載電話はなかったはずだから、携帯電話か、それともどこか途中で電話ボックスを見つけたんでしょうね」

「じゃあ、やっぱりあの電話、出たほうがいいんじゃないの？」

「ばか言わないでよ、マモル。自分が言ったことを忘れちゃ困るわ。電話に出てみて、それがシウォード博士だったらいいけど、ミスタ・パーキンスだったらどうするつもり？」

「あ……」

「ね？　あなたの考えによればミスタ・パーキンスはルゥ・ベネットを殺し、そしてビル・ウイルバーも既に殺しているんでしょ。最悪の場合、これからも犯行を続けて、わたしたち全員を抹殺するつもりなのかもしれない。そんな彼に、この現状をいったいどう説明するつもり？」

「それはそうだけど……しかし、だったら、どうしたらいいんだ？」

ガレージに停められている二台の車を交互に見つめていた〝妃殿下《ユアハイネス》〟は、おもむろに言った。

「鍵束は？」

「え」

「さっき一二一〇号室を開けたでしょ。マスターキーが付いている、シウォード博士の鍵束」

「え、ええと」そういえばあの後、鍵束をどうしたっけ？　ドアの鍵穴に挿してぐるりと回し、ロックを外したところまでは憶《おぼ》えているが。その後、これといった記憶がない。ということは——「多分、一二〇号室のドアに挿し込んだままじゃないかと思うんだけど」

〝妃殿下《ユアハイネス》〟は無言でガレージを出てゆく。まだ手を繋《つな》いだままなので、ぼくも否応なく付いてゆく恰好になる。一二〇号室へ戻ってみると、はたして鍵束はドアに挿し込まれたままになっている。

左手にピストル、右手にぼくの手を握って両手が塞《ふさ》がっている彼女は、「それを抜いて。持ってきて」と指示してくる。

「どうするの？」鍵束を手に取るや、再びガレージへ取って返す。「どうするつもりなの？」

「運転するのは、いつもミスタ・パーキンスの役割よね。どうやらシウォード博士は運転ができないみたい」

「そうなのか」

「従って車のキーは全部ミスタ・パーキンスに預けてあるんでしょう。でもここの責任者である以上、シウォード博士がスペアキーを持っていたとしてもおかしくない。でしょ？」

「それはそうだ」

「だとしたら、それはここに——」ようやくぼくの手を放すと〝妃殿下《ユアハイネス》〟は鍵束を受け取った。その中からキーをひとつ選び、バンのドアに挿し込む。しかしうまく回らない。

「あってもおかしくない」続いて白いセダンのほうを試してみると、これが見事にロックが外れた。「——というわけよ」

「それはいいけど、どうするつもりなんだ？」

「いい、マモル。考えてみて。多分いまも一二〇号室では電話が鳴り続けている。でもわたしたちはそれに応答せず、ずっと無視し続けている」

「ああ」

「さて。このまま放っておいたとしたら、どうなると思う？」

「どうなる……って、どうにもならない」

「シウォード博士たちは次にどういう手だてを取ろうとするか、という意味よ」

「どうして電話に誰も出ないのか、事情が全然判らないものの、ともかくミズ・コットンに応援を頼むのは諦めるしかないと判断するだろうな」

「多分ね。だとしたら、ともかく自力でここへ戻ってこざるを得ない。たとえ歩いてでも、ね」

「それしかないだろうな」

「では、歩いてここへ戻ってくる役目を負うのはシウォード博士なのか、それともミスタ・パーキンスなのか。さて、どちらでしょう？」

「どちらってことはないだろ。ふたり一緒に歩いて戻ってくるさ」

「そうかな。そうはならないとわたしは思う」

「どうして」

「先ずまちがいなく、ミスタ・パーキンスが独りで歩いて戻ってくるわ」

「だから、どうしてそうなるの？」

「いくらここへ電話しても誰も出ない。当然、施設のほうでは何か緊急事態が起こっていると博士たちは察する。さて、そこでミスタ・パーキンスの立場になって考えてみて。彼はビル・ウイルバーが事故死したと見せかけるための偽装工作を中断したままになっているのよ。彼にしてみれば当然、いまごろビルの死体はみんなに見つかっていると、そう覚悟せざるを得ない。そうでしょ。加えて、自分のピストルがなくなっていると気づけば、わたしたちがそれをもとに推理し、彼の犯行であると見抜いたことも察知している。そう考えるべきでしょ」

「なるほど」少し飛躍があるような気もしたが、一応納得しておく。「それはそうだ」

「ミズ・コットンが電話に出ないことをミスタ・パーキンスがどう解釈しているかまでは、ちょっと見当がつかない。でも、殺人犯である彼としては一刻も早く遠方へ逃亡しなければならないことはたしかよ。そのためには足が要る」

「ガス欠になってしまったステーションワゴンでは駄目なわけだ。すると彼は、このバンかセダンを取りに戻ってくるつもりだ、と」

「そのとおり。しかも自分独りで、ね」

「シウォード博士はどうするんだ？」

「自分が歩いて戻り、車とガソリンを持ってくるから待っていてくれと、そう言ってミスタ・パーキンスは彼女を丸め込むつもりでしょう。どうせうんざりするほど歩かなければいけないんだから何もふたり揃って疲れることはない、かよわい女性はステーションワゴンの中でのんびり待っていてくれ――というふうに言えばいいわけよ」

「逃亡の足を確保するためだけなら、別にシウォード博士が一緒に戻っても同じじゃないの」

「とんでもない。マモルったら、また自分が言ったことを忘れている。これから逃亡しようという者にとって、口封じをする相手はひとりでも少ないほうがいいに決まっているでしょ？」

「すると、パーキンスは……」初めてミスタ抜きで彼の名前を口にしたぼくは、思わず武者震いをしてしまった。「ここへ戻ってきたら、先ずぼくたち全員を始末するつもりだ、と」

「そういうこと。だから――」〝妃殿下《ユアハイネス》〟はセダンの運転席に滑り込むと、ピストルを助手席に置き、キーを回した。三回目にエンジンが掛かる。「だからそうなる前に、こちらはさっさと逃げておかなきゃあ、ね」

「ちょ、ちょっと待てよ。ケイト」完全に予想外の彼女の行動に、ぼくは心底たまげてしまった。「きみ、運転……できるの？」

「十二だから、まだ免許証は持っていないけど」にかっと不敵に笑ってみせる。「でも、できるわ。簡単よ。ノークラッチだもの。ギアをドライヴに入れてアクセルを踏めば、まっすぐ進む。町なかで運転しろと言われたら、ちょっと困るけど。一本道だもの。前進後進だけでＯＫ。楽勝よ。さ、早くふたりを呼んできて」

「え」

「ステラとハワード。ふたりをここへ置いておくわけにはいかないでしょ」

「しかし、みんな揃って闇雲に逃げて、どうしようって言うんだ」

「ともかく先ずシウォード博士と合流すること。具体的な対策はその後、相談する。わたしたちにできることには限りがあるもの」

「もっともだけど、博士はぼくたちの言うことを信じてくれるんだろうか。よりによって、パートナーであるパーキンスが生徒たちを殺し回っている、なんてとんでもないことを――」

「あたりまえでしょ」

「ずいぶん自信ありげだね」

「だって、わたしたちは大切な被験者だもの」

咄嗟《とっさ》には意味が判らなかったが、どうやら〝ちゅうりつ《ニユートラル》〟が〈学校《ファシリテイ》〉＝秘密探偵養成所説を信じているのと同じように、〝妃殿下《ユアハイネス》〟はここが前世人格再現能力を持つ者が集められた秘密研究所であると、やっぱり信じているわけだ。

「全世界から数少ない人材を苦労して集めているんだもの。普段は厳しくても、いざとなればわたしたちのほうが立場は強い。大丈夫。わたしを信じて。大船に乗ったつもりでいて」

「判った」そう胸を叩いてくれているのに、これ以上反対する理由はなかった。「すぐ呼んでくる。待っていてくれ」

「急いでね。あ、待って。それから——」助手席に置いてあったピストルを、彼女はぼくの手に押し込んできた。「やっぱりそれは、あなたが持っていてちょうだい。だってわたしは運転しなきゃいけないんだし」

「了解」

もちろんピストルなんかを持ち歩くのは嫌だったんだけれど、何もかも女の子に任せてしまうわけにはいかない。ぼくは銃身をズボンの尻のポケットに突っ込んだ。

ガレージを出て、建物玄関へ戻りかけ、ぼくは慌てて方向を変えた。中央ホールを経由すると、再び〝詩人《ポエト》〟とミズ・コットンの遺体と対面しなければならなくなる。どうせ〝ちゅうりつ《ニユートラル》〟の部屋は寮区画の一番奥にあるんだから、芝生づたいに行って裏口から入ろう。もちろん外には〝けらい《オベイ》〟の遺体もあるわけだけれど、白いシーツをかぶせられている分だけ、遥かにましだ。

教室の窓を通過すると、すぐに一〇一号室、すなわちステラの部屋だ。そこの窓から彼女を呼び出せば話が早いとも思ったのだが、こんな時だ、いきなり外から窓ガラスを叩かれたらステラも警戒するだろう。いたずらに怯《おび》えさせることもない。白いシーツをかぶせられた〝けらい《オベイ》〟の遺体を避け、ぐるりと寮区画の裏へ回る。

「ハワード」裏口から入って一〇五号室のドアをノックした。「ハワード、ぼくだ。マモルだよ」

返事がない。さっきよりも、ちょっと強めにノックしてみた。

「ハワード、聞こえるか？　緊急なんだ、詳しいことは後で話すから。とにかく開けてくれ」

やはり返事がない。ドアノブを回してみると、鍵が掛かっている。今度はかなり強めにノックしてみた。結果は同じ。いっこうに返事がない。ドアに耳をつけてみたが、何の気配もしない。

他の部屋へ行っているのだろうか？　ぼくは真向かいの自分の部屋、一〇六号室のドアノブを回してみた。おや。鍵が掛かっている。今朝ロックし忘れたというのは自分の勘違いだったのだろうかと一瞬慌てたが、すぐに思い当たった。ルゥ・ベネットが隠れていないかと捜索に来た〝校長先生《プリンシパル》〟が、立ち去る際、マスターキーで施錠していったのだろう。いや、待てよ。

そうとは限らないか。〝校長先生《プリンシパル》〟は施錠せずに立ち去ったのに、いま誰かが一〇六号室に忍び込んで室内からロックを掛け、立て籠もっているという可能性もあるわけだ。まさかとは思うのだが念のために調べておこうと、ぼくは自分の部屋の鍵を取り出そうとした。ところが、ない。どのポケットを探ってみても一〇六号室の鍵が見当たらないのだ。どうやら今朝慌てて部屋を飛び出した時、ドアにロックを掛け忘れたのは、そもそもいつも枕元に置いてある鍵を取り忘れたからだったと思い至る。ということは、ぼくは自室から閉め出されてしまったわけだ。まいったな。まあいいか。〝妃殿下《ユアハイネス》〟がマスターキーの付いた鍵束を持っているから、いざとなれば開けてもらえばいいんだし。

念のためもう一回、一〇五号室のドアをノックしてみた。「ハワード。ひょっとして、そこにいるのか?」返事がない。耳をそばだててみたが、やはり気配は感じられない。諦めることにした。

それぞれ無人の一〇四号室、一〇七号室、そして〝けらい《オベイ》〟の一〇三号室、〝詩人《ポエト》〟の一〇八号室、さらに無人の一〇二号室、一〇九号室と順番に調べてみたのだが、いずれも鍵が掛かっており、ノックしてみても応答はなかった。

ようやく一〇一号室の前へ辿《たど》り着く。「ステラ」と呼んでノックした。「ステラ。ぼくだ。

マモルだよ。開けてくれ」

反応がない。もう一回「ステラ？」とノックしておいてから、ぼくはドアノブを回してみた。ロックが掛かっていて動かない。まだ恐怖が拭《ぬぐ》いきれておらず、誰の顔も見たくないのか。それとも疲れて眠り込んでしまったのか。どちらかだろう。まさか、どこか別の部屋へ行っているとは思えないが、一応探してみたほうがいいだろうか——と思案しているところへ、それは来た。

最初は地震かと思った。ずんっ、と重い地響きとともに建物の壁が揺れ、天井から埃が舞い降りてくる。地響きのような衝撃は一回では終わらない。二回、三回と立て続けに襲ってくる。その激しさは風圧となって、ぼくを廊下にすっ転ばせた。どこか遠くでガラスが粉々に砕け散る音が響いてきた。これまた二回、三回と立て続けに。

ぼくはなかなか起き上がれなかった。しばらく気絶していたような気もする。四方八方からこちらの全身を押し包み、聴覚を麻痺させそうな地鳴りめいた轟音《ごうおん》は、さっきよりはおさまったとはいえ、まだ続いている。あれはいったい何の音だ。ふと、この世の終わりという言葉が頭に浮かぶ。

ショックで腰が抜けたのか、足腰が立たない。ぼくは必死で廊下を這《は》った。さっきの衝撃は明らかに建物の前方からやってきた、そう見当をつけながら中央ホールのほうへ匍匐《ほふく》前進する。〝詩人《ポエト》〟とミズ・コットンの遺体の存在を気にする余裕は、もはやない。ともかく一刻も早く、何が起こったのかをこの眼で確認しなければという焦りに引きずられながら、玄関へ向かった。

それでも中央ホールを抜ける際、反射的にちらりと自動販売機の横を見やる。ミズ・コットンはほぼそのままの姿勢だったが、さっきの衝撃で車椅子が動いたのだろう、〝詩人《ポエト》〟の遺体は職員住居区画寄りに移動している。

ようやく立ち上がったぼくの眼は玄関ドアに釘付けになった。ガラス戸に無数の罅《ひび》が入っている。その向こう側の景色が一面、陽炎《かげろう》みたいにゆらゆら揺らいでいる。物の輪郭が歪んでいるのだ。

燃えている。炎が視界を塞いでいる。火事だ。それも、ただの火事じゃない。あの大きな炎、そして照り返し。半端じゃない。大火事だ。ようやくそう悟った途端、ガソリンの臭いが鼻をついた。

玄関から外へ出るのは無謀な気がして、ぼくは先ず教室のドアを開けてみた。しかし、中へは入れない。強烈な熱気と噎《む》せかえるような臭気が、ぼくの身体ごと廊下へ押し返さんばかりに、顔面を叩きつけてくる。両腕で頭部を庇《かば》いながら、なんとか教室の窓の外を見ようとした。しかし、見えない。何も見えない。ほんとうなら窓越しにガレージとガソリンスタンドが見えるはずだ。なのに、何ひとつ見えない。教室の窓の外は一面、紅蓮《ぐれん》の炎に包まれていたからである。赤い炎のあいだから、もくもくと瘤《こぶ》のように黒煙が膨張する。爆風の衝撃をもろに受けたらしい窓は、ガラスがすべて割れ、枠組みが歪《ゆが》んでいた。
一面の炎。吹き込んでくる煙。
その揺らぎ。眼の錯覚だろうか、赤い炎と黒い煙の瘤が一瞬、化け物か何かが笑っているかのように見える。生前の〝詩人《ポエト》〟の声がわんわんと耳鳴りのようにぼくの頭蓋骨《ずがいこつ》を揺すった。

あいつだ……

あいつだ
あいつが目を覚ました
目を覚ましてしまったんだ
牙を剥《む》いている
あいつが牙を剥いている
牙を剥いて襲いかかってくる
ぼくたちはみんな
みんな滅ぼされてしまう

# Ⅸ

「マモル……」弱々しくそう呼んでくる声で、ぼくは我に返った。ごほごほと咳《せ》き込む音が続く。「マモル、返事をして……どこ？　どこにいるの？　マモル」

英語ではなく日本語だった。お母さんのことを連想させるその響きの懐かしさに、ぼくは思わず涙ぐんでいた。「ステラ」声のする中央ホールのほうへ一目散に走った。「ステラ、いま行くよ。ステラ、ステラ」

一〇一号室のドアが開いていた。その隙間から黒っぽい煙が噴き上がっている。彼女の部屋の窓も爆風の衝撃でガラスが割れてしまったらしい。廊下へ避難したステラは、真向かいの一一〇号室のドアにもたれかかって咳き込んでいた。煙をもろにかぶってしまったらしく、彼女の顔や胸もとが黒く煤《すす》けている。

「大丈夫か、ステラ」

「マモル、何」ごほごほと咳き込む彼女の黒い頬は涙で光っていた。ショックのあまりか虚《うつ》ろな表情のままぼくの腕の中に倒れ込んでくる。「なんなのこれ……何があったの、いったい」

「判らないけど、どうやらガソリンスタンドが爆発したらし――」

あっ、とぼくは叫び声を上げた。ステラを抱き寄せる腕に反射的に力が入ってしまったらしく、彼女は痛そうに身をよじる。

「ど、どうしたの、どうしたのよ、マモル」

「ケイト……」

「え?」

「ケイトがいたんだ、ガレージの中……に」

「なんですって?」

「白いセダンの中に……エンジンをかけて……ぼくたちを乗せて、ここから逃げるために
……運転席で待っていたのに」

「ガレージって――まさか」その事実を受け入れる気力をふりしぼろうとしているのか、ステラはあたりまえのことをわざわざ口にした。「ガソリンスタンドの隣りの?」

「ひょっとして……ひょっとして、ケイトはさっきの爆発で――?」

ステラはじっとぼくを見つめた。その先は続けないで欲しいと訴えるかのように。

「そんな……そんな」

セダンのハンドルを握り、逞《たくま》しくも可愛らしく微笑んでいる〝妃殿下《ユアハイネス》〟の顔が残酷なほ

ど鮮烈に浮かんでくる。あちこちの隙間から噴き出てくる煙のせいだろうか、涙がいがらっぽく眼に染みる。

いきなり頭上から滝のように冷たい水が降り注いできて、ぼくは我に返った。施設内のスプリンクラーが熱を感知し、作動したのだ。センサーが鈍っていたのだろうか、ずいぶん反応が遅いじゃないかと腹立たしい気持ちになる。

「と、とにかく逃げなきゃ」ぼくはステラの手を引っ張った。「建物から出よう。こちらへも火が燃え移ってくるかもしれない」

ぼくとステラはお互いの身体を支え合いながら寮区画の裏口へ急いだ。スプリンクラーの水でずぶ濡れになりながら裏口へ到達。ドアを開けると、多少の焦げ臭さはするものの、すぐ近距離で大火災が起こっているとは信じられないくらい爽やかな空気が全身を優しく包み込んでくる。そのまままっすぐ逃げてゆきたかったが、そこから先は沼を囲む網フェンスに阻まれている。

建物を挟んで火災現場とは反対側の、バスケットコートのある敷地へぼくたちは避難した。〈学校《ファシリティ》〉の向こう側からは、もくもくと黒い煙が空へ噴き上がっている。建物の屋根を飛び越えてこちら側へやってこようとする赤い魔物。陸に揚げられた魚のように炎がびちびち跳ね回っている。いっこうに勢いが衰える気配がない。

「どうなるの、あたしたち」譫言《うわごと》のように呟《つぶや》くステラの頬に濡れた黒髪が貼りついている。

「……いったいどうなってしまうの」

　何も答えられない。己れの無力さが口惜しかったけれど、どうしようもない。建物のどこかで消火器を見た覚えがあるが、ぼく独りであの巨大な炎に立ち向かうのは、いくらなんでも無茶だ。誰か手伝ってくれる者でもいれば――と、そこまで考えて、はっとした。

「ステラ……ハワードは、どこ？」

「え？」まぶたに貼りつく髪を掻き分けようとする彼女の手が止まった。嫌な予感に襲われたのか、声が震えている。「どこ……って、知らないわ。自分の部屋じゃないの？」

「いないみたいなんだ。さっき何度もノックして呼んでみたんだけれど。まったく応答がない。ひょっとしてきみの部屋には行っていない？」

「なんでハワードが」呟き込んだ拍子に胸に痛みでも覚えたのか、彼女は顔をしかめる。「みんなと一緒ならともかく、なんで彼がひとりで、あたしの部屋へ来なくちゃいけないの」

「別に変な意味じゃないんだけれど。だったら、彼はどこへ行ってしまったんだろう……」

　あるいは〝ちゅうりつ《ニユートラル》〟は、ミズ・コットンを射殺してしまった自責の念に耐えきれず、行き先も決めずふらふらと建物の外へさまよい出ているのかもしれない。その発作的な行動がさいわいして爆発に巻き込まれずに済んだのかもしれない。そうだったらいいのだが。いいや、きっとそうだ。だって、こんな大騒動になっていながらなお建物内に留まっていられるわけがないじゃないか。一〇五号室にしろ他の部屋にしろ。たとえ眠り込んでいたとしても、あの大地を揺るがす轟音《ごうおん》で目が覚め、跳び起きているはずだ。

　ということは、さっきの爆発で犠牲になったのはやはり……「すまないけど、ステラ、ちょっとここで待っていてくれる？」

「どこへ行くの？」

「ガレージの様子を見てくる」

「あたしも行く」

　ぼくたちは建物の玄関の前を通って、ガレージのほうへ行ってみた。もちろん安全のため炎と煙からは充分に距離をとり、遠巻きにする。

　ガレージは、まるで紙が燃えるみたいに盛大にオレンジ色の炎を噴いていた。時折そのあいだから柱のようなシルエットが垣間見えるものの、セダンやバンの輪郭は消失している。周囲に散乱している残骸を見るまでもなく、跡形もなく吹っ飛んだことは明らかだった。

「ほんとに……」ステラは洟《はな》をすすり上げながら、ぼくの腕にしがみついてきた。「ほんとうにケイトは、あそこにいた……の？」

　頷《うなず》くこともできず、ぼくはただステラによりかかるようにして泣くしか、為《な》す術《すべ》はなかった。

＊

　今日は昼食も夕食も食べそこねてしまった……周囲が暗くなってきた頃、ぼくが真っ先に思ったのはそのことだった。以前はあんなにうんざりしていたはずのミズ・コットンの料理だけれど、もう一回チャンスがあるものならば喜んで食べたい、そんな気持ちだった。もしも神さまがミズ・コットンの死を「なかったこと」にしてくれるのなら、その代わりにぼくは何でもする。生まれて初めて真剣に、そう祈った。もちろん〝けらい《オベイ》〟、〝詩人《ポエト》〟そして〝妃殿下《ユアハイネス》〟の死も含めて。今日の出来事をすべて最初からやりなおせるものならば、いったい何を惜しむことがあろうか、と。

　夜になっても、ガレージのあたりから噴き上がる煙は途切れることはなかった。暗い空に灰色のペンキを刷毛で塗っているかのような眺めだが、赤い炎はもうあまり見えなくなっている。

　ぼくは一旦、職員住居区画のほうの裏口から建物へ戻った。〝寮長《RA》〟の部屋、一一五号室を調べてみると、うっかり者の彼はドアに鍵を掛け忘れてくれていたので、そこから毛布やクッションなどを失敬する。ついでにソフトドリンクとスナック菓子も見つけたので、ステラと分けて喉を潤し、飢えを癒す。彼女とふたりで毛布に身を包み、芝生の上で夜を明かすことにした。火の勢いはほぼ止まったようだが、煙は未だにくすぶっている。今晩のところは〈学校《ファシリティ》〉内には留まらないほうが賢明と思われた。

「絶対に、絶対に一緒に――」毛布の中でぼくにもたれかかりながら、風邪でもひいたのか、ステラは哀しげに鼻を鳴らし続ける。「絶対に、ふたりとも生きて、ここから出てゆくのよ」

「もちろんさ」

「あたしはパリへ帰るわ。両親が待ってくれているアパルトマンへ。そしてもと通り、家族みんなで平和に暮らすのよ。そうでしょ?」

「そうだとも。もちろん、そうだとも」

「マモルは神戸へ帰るのよね」

「帰るよ。無事に」

「何も心配することはないのよね?　あたしたち、ふたりとも?」

「ないさ。何もない」

「ねえ」

「うん」

「ふたりとも無事に家へ帰るのはいいけれど。これから離ればなれになっちゃうのよね。あたしはパリで、マモルは神戸」

「いつでも会えるさ」

「そうね。でも、いつでも、って嫌。いつも一緒にいて欲しい」

「ステラ」

「一緒にいたい。マモル。ねえ。大人になったらあたしを迎えにきて。パリまで。そして神戸へ連れていって」

「ステラ」

「約束してくれる?」

「約束するよ」

「ほんとね。約束よ。約束よ」

「約束するよ」

「ずっと一緒にいてくれる?」

「一緒にいるよ。大きくなったら結婚しよう」

「結婚するのよ、あたしたち。ね。大人になったら夫婦になって。ずっと。ずっと一緒に。平和に。いつまでも……いつまでも」

そんな夢のような話を、ぼくとステラは飽きることなく何度も何度も譫言のように繰り返した。それは今日、たった一日のうちに世界の何もかもが変わってしまったショックをお互い、なんとか乗り越えようとしてのことにちがいなかった。

＊

ふと目を覚ますと、すっかり夜が明け、あたりは明るくなっていた。時刻は既に午前七時を回っている。今日も呪わしいほど好いお天気だが、透き通りそうな青空に向かって細長い素麺《そうめん》みたいな煙があちこち立ちのぼっている。楽園のような好天も、前日の地獄のような出来事は決して夢ではなかったという現実を帳消しにしてくれはしない。

傍らを見るとステラは毛布にくるまり、クッションを枕にして、まだ眠っていた。彼女を起こさないように気をつけながら、ぼくはそっと立ち上がる。〈学校《ファシリティ》〉の玄関の前を通って、ガレージが在ったはずの場所へ行ってみた。

見覚えのある物体は何ひとつ残っていない。すべてが黒く焦げ、溶けている。焼け跡は邪悪な煤に覆われている。散乱しているのはセダンとバンの残骸と思われたが、そう言われても元の形を想像できない。〝妃殿下《ユアハイネス》〟も、こんなふうに吹き飛ばされてしまったのだろうか。想像したくもなかったが、周囲には蛋白質が焼けたとおぼしき臭気が漂い、無慈悲に肺を掻き回してくる。

頭痛と吐き気をこらえながら、ぼくは〈学校《ファシリティ》〉のほうを見た。スプリンクラーのお蔭なのか、完全に炎上はしなかったものの、建物のあちこちが黒く焦げている。特に損傷が激しいのは、ガソリンスタンドから一番近かった教室で、壁が消失し、水浸しの煤まみれになった室内が丸見えだ。図書室はかろうじて壁は残っていたが、やはりあちこちが焦げ、窓ガラスの大半が砕け散っている。

一〇一号室のステラの部屋の窓が開いている。煙から逃げるのに必死で、とても閉めている余裕はなかっただろう。もちろんガラスは粉々だ。隣りの一〇二号室と〝けらい《オベイ》〟の一〇三号室は、やはり爆風を受けてか窓ガラスのところどころに罅《ひび》が入ったり割れたりしていたが、壁はそれほど被害を受けていない。一〇四号室から向こうの部屋はガソリンスタンドから距離があったお蔭で、かろうじて難を逃れたらしく、窓ガラスも無事だ。

一〇三号室の窓の下には〝けらい《オベイ》〟の遺体があった。かぶせられていた白いシーツは飛ばされ、建物の壁にへばりついている。昨日はたしかにうつ伏せになっていたはずが、いまはやや建物寄りに、横向きに寝ころがる姿勢に変わっている。爆風に煽られたらしい。その遺体の濁った瞳が偶然、ぼくのほうを見据える角度になった。一〇五号室の〝ちゅうりつ《ニュートラル》〟の部屋も詳しく調べてみるつもりでいたのだが、〝けらい《オベイ》〟と眼が合ってしまったせいで、すっかりその気力が萎えてしまう。

ぼくは踵《きびす》を返し、ガソリンスタンドが在ったところへ戻ってきた。まだ火種が残っているのか、あちこちから細い煙が立ちのぼっている。もちろんもとの設備は跡形もない。昨日いったい何が起こったのだろう。洩れたガソリンに引火して爆発したことはまちがいないものの、こんな場所にどうして火の気があったのかが判らない。

この黒い焼け跡のどこかに〝妃殿下《ユアハイネス》〟の遺体もある。あるはずだ。が、いくら眼を凝《こ》らしても、ひとの形に見えるものは残っていない。その意味を想像しようとすると気が狂いそうな哀しみと絶望に見舞われ、ぼくは眼を逸らした。その時。

彼の姿に気がついた。左右に荒野を従えた一本道を歩いて〈学校《ファシリティ》〉へ向かってくる、そのひと影。やがて赤い縮れ毛にメガネ、裾《すそ》の揺れる白衣などもはっきり見えるようになる。〝寮長《RA》〟ことミスタ・パーキンスだ。よたよたと疲労を隠せない足取りの彼は独りで、〝校長先生《プリンシパル》〟の姿は見当たらない。この点に関して〝妃殿下《ユアハイネス》〟の予想は、ずばり当たっていたわけだ。

ぼくはゆっくりと彼のほうへ向かった。ちょうど〈学校《ファシリティ》〉の玄関前で〝寮長《RA》〟と遭遇する。はからずもぼくが彼を出迎えるような恰好になった。不思議に恐怖感はない。もしかしたらこの時点で既にぼくは自身の生命に対する執着を失っていたのかもしれない。

〝寮長《RA》〟はぼくの肩越しに、燃え尽きたガレージとガソリンスタンドを、じろりと見た。口の端っこに火の点いていないタバコを咥《くわ》えている。もうかなり長時間そうしているらしく、タバコはくたりと折れ曲がっていた。

「あなたのライターなら」無意識にぼくの口から出てきたのは、そんな言葉だった。「図書室にありましたよ」

「そうか。ありがとう」

いつもの無愛想な表情のまま、彼はガラスに鋲の入った玄関の扉を開けた。その拍子に枠に引っかかっていたガラスの破片が地面に落ち、ぱりんと音を立てて割れる。半焼した〈学校《ファシリティ》〉へ入ってゆく〝寮長《RA》〟の後に、ぼくも続いた。

「――さて、と」ガラスの破片が散乱する図書室へ入り、しばらく丸テーブルの周囲をうろうろしていた〝寮長《RA》〟は、やがて肩を竦《すく》めた。「どこにあるんだ、ライターは？」

「その奥の――」指さそうとした手を、ぼくは引っ込めた。くだんの椅子の下に金色のライターは見当たらなかった。爆風で位置が変わったのかと思ったが、そんな様子もない。

「おかしいな。たしかに昨日、そこに落ちているのを見たんですけど」

「ふん」

それ以上ライターについては追及せず、〝寮長《RA》〟は廊下へ出た。ガスレンジで火を点けようと思ってか、食堂へ入ろうとした彼は、つと足を止めた。のっそりした態度はそのままだったが、やや早足に中央ホールのほうへ行く。もちろんそこには〝詩人《ポエト》〟とミズ・コットンの遺体がある。

「やれやれ。これはまた派手にやったもんだ」

ふたりの他殺死体を前にしても〝寮長《RA》〟は、まるで怯《ひる》みもしない。驚いてもいない。むしろ、こうなることを予測していたかのようだ。

「どういう経緯だったんだ？　きみの知っている範囲でいいから、順を追って説明してみろ」

　振り返らずにそう訊く彼の白衣の背中に、ぼくは語りかける。昨日建物の外で倒れているビル・〝けらい《オベイ》〟・ウイルバーを発見した一件から始め、その遺体の下から小型のピストルを発見したこと、中央ホールへ戻ってみたらケネス・〝詩人《ポエト》〟・ダフィが何者かに刺殺されていたこと、それに関して警察への通報を断固拒否したミズ・コットンをハワード・〝ちゅうりつ《ニュートラル》〟・ウイットが勢い余って射殺してしまったこと、そしてシウォード博士に合流するべくケイト・〝妃殿下《ユアハイネス》〟・マックグローがセダンへ乗り込んで待機しているところへ大爆発が起こったことなどを説明した。ただし、自分も含めて各人が折々に披露した推理・仮説などはいっさいまじえず、ただ目撃・遭遇した事実のみを淡々と。

「——なるほど、な」白衣のポケットに両手を突っ込んだ〝寮長《RA》〟は、ぼくのほうを振り向いた。「なるほど」

「シウォード博士は、どうしました」

「わたしと同じように徒歩で、こちらへ向かっている。車が途中でガス欠になってしまってな。夜を徹して歩いているうちに、休む頻度の高い彼女と、だいぶ差がついてしまった」

「ほんとうですか」

「嘘をついてどうする。いずれ彼女がここへ着いたら、はっきりすることさ。何を心配している？」

「まさか、博士はいまごろ殺害されて、路上に放置されているんじゃないか、と」

「殺害されて？　誰に？」

「あなたにですよ、ミスタ・パーキンス」

その決めつけにびびったのはむしろぼく自身のほうで、〝寮長《RA》〟はのほほんとしている。

「おいおい。なんだってまた、わたしが彼女を殺さなければいけない？」

「動機は知りません。でも、少なくともあなたは、ビル・ウイルバーを殺したでしょ」

唇の端でぶらぶらさせていたタバコの動きが止まった。〝寮長《RA》〟は、じろりとぼくを睨《にら》む。

「さっきも言ったように、ビルの遺体の下にはこのピストルがあった」ぼくは尻のポケットから現物を抜き、彼の眼の前に差し出した。思えばずいぶん無防備なことをしてしまったものだが、それだけ興奮していたのかもしれない。「これはミスタ・パーキンス、あなたのものでしょう」

「よく知っているな」これまたあっさり〝寮長《RA》〟は認めた。「なるほど。ビルの遺体の下にこれがあった。それは判ったが、それだけで、なぜわたしが犯人だと言える？」

「ビルが殺害されたほんとうの現場は、図書室だった」深く考えずにピストルを自分の尻ポケットに戻したぼくは、昨日〝妃殿下《ユアハイネス》〟に披露した推理を繰り返した。「凶器はラテン語の辞書です。事故死に見せかけるため、あなたはビルの死体を図書室の窓から外へ出し、寮区画まで運んだんだ。彼の死体を地面に横たえ、姿勢を整えようとしていたその時、ポケットの中のピストルが滑り落ちてしまったが、あなたはそれに気がつかなかった」

「そのとおり」〝寮長《RA》〟は溜め息をつき、再びタバコをぷらぷらと唇の端っこで弄《もてあそ》び始めた。「後で気がついて、もしやとは思ったんだが。取りに引き返す暇がなかった。そうか。やっぱりあそこにあったのか」

「じゃあ認めるんですね、ミスタ・パーキンス。あなたがビルを殺したことを。そして、ルゥ・ベネットを殺したことを？」

「ルゥ・ベネットを殺したのも」なぜか〝寮長《RA》〟にしては珍しく、楽しげに笑う。「わたしの仕《し》業《わざ》だというのか」

「昨日の明け方、ぼくは見たんです。あなたが裏の網フェンスのところにいたのを。午前四時過ぎだった。その時は何が起こっているのか判らなかったけれど、いまにして思えばあなたはあの時、ルゥ・ベネットの死体を沼のワニの餌《えさ》にしていたんだ」

「まったくそのとおり」〝寮長《RA》〟はあくまでも楽しげに認める。「もっと正確に言えば、ルゥ・ベネットの死体は、わたしの部屋のバスルームで四肢をばらばらに切断した上で、網フェンス越しに裏の沼へ遺棄した。口で言うと簡単そうに聞こえるかもしれんが、いやはや、想像以上に重労働だったよ。もう二度とやりたくない」

「ミスタ・パーキンス、まさかあなたは、ふざけているんじゃないでしょうね」

「ん。どうしてだ」

「ぼくをからかっているんですか。ビル・ウイルバーとルゥ・ベネットを殺したことを、そんなにあっさり認めるなんて。それとも、ぼくが子供だからと思って侮《あなど》――」

「おいおい。たしかにわたしはビル・ウイルバーの死体を図書室から寮区画の外へ運んだとも。認めるよ。しかし、わたしはビルを殺したとは、ひとことも言っていないぞ」

「え……そ、そんな」

「同様に、たしかにわたしはルゥ・ベネットの死体を解体した上、ワニたちの餌にした。それもほんとうのことだ。認めよう。しかし、わたしはルゥ・ベネットを殺してはいない」

「そんな……だ、だって」

「事実だ」

「信じられない。自分が殺したわけでもないのに、どうしてわざわざ被害者たちの死体を始末しなければならないんです?」

「誰かがやらなければいけなかったからさ」彼はまだ微笑を浮かべていたが、その眼に浮かんだ色はどことなく哀しげだった。「しかしここに他に適任者はいない。だからわたしがやった。そもそもこんなトラブルは、これが初めてではないんだ」

「まさか……まさか」今日のぼくは異様に頭が冴えているようだ。とんでもないことに思い当たってしまった。「まさか、ここの環境に馴染《なじ》めなくて家族のもとへ帰ったとされている、デニス・ルドローも……？」

「おや。デニスのことを知っているのか。まあ、それも当然か。別に他の者たちに口止めをしているわけでもないし。そうさ。そのとおりだ。デニス・ルドローは家族のもとへ帰されてはいない。ここで死んでいる。その死体を始末したのも、このわたしだった。ただし――」〝寮長《RA》〟は口から抜いたタバコをこちらに突きつけ、ぼくを遮った。「彼を殺したのは、わたしではない」

「どういうことです……」彼が嘘をついていると断じるのは簡単なはずだった。なのに、どうしてもそうは思えず、頭がぐらぐらしてくる。「いったいどういうことなんですか」

「さっきのきみの話にも出てきたな、マモル」〝寮長《RA》〟は自分の背後に倒れているミズ・コットンの死体を、親指を立てて示した。「彼女が警察に通報することをあくまでも拒んだ、と。それがなぜか、きみに判るか」

「いいえ」

「単純な話なんだ。ここへ警官たちを呼ぶわけにはいかない。ここは政府の認可も何も受けていない、非合法は施設だからな。言ってみれば最初から犯罪者の巣窟なわけで」

「そんな……そんなばかな」悪寒《おかん》にも似た不安が腹の底から込み上げてきた。「そんなはずはない。だってぼくたちは家族の了解のもと、ここへ預けられているのに」

「いかにも、家族の了解は得ているとも」〝寮長《RA》〟のメガネの奥の眼に、心なしか憐れみが灯ったようだった。「きみたちを厄介ばらいしたくてたまらなかった家族の了解を、な」

「厄介……ばらい？」

「きみたちの家族とシウォード博士の利害は一致した。だからこそ、この施設は存在するんだ。博士は自分の研究に利用するという目的のために、きみたちを引き取る。一方家族は、お荷物であるきみたちを引き取ってもらう代わりに、なにがしかの資金を提供する。そして後の口出しはいっさいしない。そういう約束なんだ。たとえきみたちがここで野垂れ死のうと、ね」

いったい何を言っているんだ、このひとは。気でも狂ったのか。厄介ばらいだって？　どうしてお父さんやお母さんがそんなことをしなけりゃならないんだ。ぼくを家から追い出して、それで何の得がある？　息子を差し出す代わりにお金がもらえるとでもいうのなら別だけど、資金までシウォード博士に提供しなきゃいけない、なんて言う。そんなばかな話があるもんか。

「いったいここは――」言ってやりたい文句はたくさんあったけれど、とりあえずぼくは、かねてより抱いていた疑問を優先することにした。「こんなふうにぼくたちを集めて、いったい何の研究をしているんです？」

「研究、か」〝寮長《RA》〟はいつもの、自分が生きていることと自体を恨んでいるかのような無愛想な表情に戻った。「一応お題目はそうなっているから、わたしもそういう言い方をしたがね。実情はそんな立派なものじゃない。単に頭のいかれた博士さま《ミズ・P・H・D》の自己満足なのさ、すべては」

「頭のいかれた……って、シウォード博士のことですか？」

「彼女は博士なんかではない」

「なんですって」

「単にわたしたちにそう呼ばせて、ひとり悦にいっているだけでね。彼女はそもそも大学にもろくに行っていない。単なる心理学マニアなんだ」

「マニア……って」

「だから、まともな学者には相手にされない。彼女はそれが口惜しくて、自分の研究をなんとか学会に認めさせようと必死なのさ。こんなふうに莫大な金をかけてまで」

「たしかに、ぼくたちの世話のために使っている費用は少なくはないでしょう」

「きみたちの生活費なぞ、たかが知れている。このプロジェクトのためにデボラがいったいどれくらいの金を使ったかを知ったら、きみは卒倒することまちがいなしだ。ただし現在のこの国の貨幣価値をきみが理解できるなら、だがね。こんな――」と〝寮長《RA》〟は右手をポケットから出して、天井のあたりを指し示す。「レトロな建物を探し出し、改装するだけでも大変だった。加えて中に揃える小道具。しかしなんといっても一番の金喰い虫だったのは、応接室のテレビと、そして車だ」

テレビと車……？　テレビは通常放送を受信できないように細工してあるんだろうけれど、そのためにさほど費用がかかるとは思えない。おまけに車に至っては、いったい何がそんなに金喰い虫だと言うのだろう？　三台とも至ってありふれたステーションワゴン、セダン、そしてバンだったじゃないか。しかしいまのぼくには、その疑問を詳しく詮索している余裕はなかった。次々に暴露される〈学校《ファシリティ》〉そしてシウォード博士の真実に、ただただ驚嘆し、呆《あき》れていた。

「不幸なことに、デボラには金だけはあった、親から相続した天文学的な額の財産が。それを湯水のように自分の道楽に注ぎ込んだ」

デボラというのがシウォード博士のファーストネームであることを憶《おも》い出すのに、ずいぶん長くかかったような気がする。

「公平に言って、それだけのことはあった。この一年ほどのあいだにデボラの研究――正確に言えば自称研究だが――は、まあまあの成果をあげた。それは認めてやってもいいだろう。彼女の理論自体は、目も当てられないほどの絵空事というわけでもなかったんだ、となってしかし、すべては思わぬ副産物を生んでしまった」

「副産物？」

「誰も予想し得なかった怪物だ」

「怪物……」

ぞっとした。〝詩人《ポエト》〟の生前の声が頭の中で、ぐるぐる回る。(何か邪悪なモノが)(ここには何か邪悪なモノが棲《す》んでいるんだ)

「ひょっとして、それが……それが連続殺人の犯人のことなんですか」

「そうだ。デニス・ルドローを殺し、ビル・ウイルバーを殺し、ケネス・ダフィを血祭りに上げた後、ケイト・モズリィ・マックグローを吹き飛ばした。おそらくハワード・ウイットトもな」

「彼も殺されている、と言うんですか?」

「賭けてもいい、一〇五号室に死体がある。これだけの爆発騒ぎと火事があったにもかかわらず、いっこうに姿を現さないのは、ハワードがもう息をしていないからだとしか考えられん」

「でも、もしかしたらミズ・コットンを射殺したショックを乗り越えられなくて、発作的に外へさまよい出ているのかも――」

「だったら、わたしがここへ戻ってくる途中で彼と遭遇しているはずだ。そうだろ。ここから一番近い街へ出るまで一本しか道がないんだから」

「しかし、ハワードの部屋には鍵が掛かっていたのに、犯人はどうやって……」

「なんでもないことさ。もっともらしい理由をつけて室内へ押し入り、殺害した後、彼から鍵を奪い、施錠して逃げればいい。それだけだ」

「単なる憶測でしょう」

「では確認してみよう。ドアには鍵が掛かっていると言ったな。窓から中が覗《のぞ》けるかもしれない」

「カーテンが閉められていたら？」

「その場合は、ガラスを割ってでも室内へ入ってみよう。なに、いまは非常事態だ。それくらいの手段を取ってもデボラも文句は言えまい」

　結果的に〝寮長《RA》〟は一〇五号室の窓ガラスを割る必要はなかった。部屋のカーテンは開いていて、そこから室内が覗けたのである。

　ハワードはベッドの上に倒れていた。首に何かが巻きついている。死んでいるのは明らかだった。

「わたしが言ったとおりだっただろ」

　寮区画の裏口から〈学校《ファシリティ》〉へ入ると、〝寮長《RA》〟は中央ホールへ戻った。ぼくはただ機械的に彼の後を付いてゆく。

「いったい……誰が、こんなことを」

「おいおい」今度こそガスレンジでタバコに火を点けるためだろう、食堂へ向かおうとしていた足を止めて〝寮長《RA》〟はぼくを振り返った。「まだ気がつかない、なんてことはあるまい」

「何を……です？」

「ビル・ウイルバーが殺された時のことさ。彼は図書室で殺された。現場に凶器もあった。そう指摘したのは他ならぬきみだろう。犯行時、図書室にいたのは課題発表中の第一班のメンバー三人と、そしてわたしだけだった。そうだろ。わたしは殺していない。そして残りのケネス・ダフィとビル・ウイルバーも殺害されているとなれば、あと残っているのは――」

「嘘……だ」怒鳴ろうとしたのに、か細い笛のような声しか出てこない。「そんな……そんなことは嘘だ。ステラがそんな……そんな」

「ビル・ウイルバーが殺された時、わたしは図書室にいた。まさにこの眼で目撃したよ、はっきりと。彼女が哀れなビルの頭に、ラテン語の辞書を叩きつけたところを」

「そんな……いや、待てよ。それがほんとうなら、ケネス・ダフィもその現場を見たはずだ。そして知っていたはずだ。いったい誰がビル・ウイルバーを殺したのかを」

「そのとおり。ケネスも見た」〝寮長《RA》〟はまったく怯まない。「だからこそ彼も殺されたんだ。殺人事件の目撃者だったんだからな。口封じのために抹殺されたというわけさ」

「しかし……しかしケネスは、そんなことはひとことも言わなかった。ステラが犯人だなんて、そんなことはひとことも――」

「ケネスにはケネスの事情があったんだろう」車椅子のほうを一瞥《いちべつ》した〝寮長《RA》〟は、寮区画のほうへ歩き出した。「ついてこい」

「どう……するんです」

「証拠を見せてやろう」

彼は一〇一号室の前に立った。煙に巻かれそうになったステラが逃げ出した時のままだから、当然ドアは開いている。

「マモル、きみはこの部屋へ入ったことは？」

「一度だけ」

「ここを」ずかずかとステラの部屋へ入ると、〝寮長《RA》〟は簡易キッチンの下の収納を開けた。「覗いたことはあるか？」

「それも一度だけ――」

「だったら判るんじゃないか？」と身を引いて顎《あご》をしゃくった。「何か無くなっていないか？」

たしかに無くなっていた。調理用の器具――包丁が一本。

「さっきの説明によれば、君が外で倒れているビル・ウイルバーの死亡を確認した時、この部屋にはステラとケイトがいた。きみは彼女たちに、ミズ・コットンを呼んでくるよう指示した。彼女たちは食堂にいたハワードと合流し、ミズ・コットンを外へ連れ出す。この時、ケネスも一緒に外へ出てきたものとばかり、みんなは思い込んでいるだろ。しかし実際は、ちがうんだ」

ぼくは身体じゅうが、ぶるぶる震え出すのを抑えることができなかった。

「玄関のほうへ向かった際の各自の順番は曖昧だ。しかし、ひとつたしかなことがある。車椅子のケネスは一番最後で、そしてほんの短いあいだにしろ、ステラは彼と一緒だったということだ。もちろん、何のためだったのかは判るな？」

「そんな……」

「きみの指示を受けてこの部屋を飛び出した際、彼女はケイトよりも、わざと一瞬遅れた。もちろん、ここにあった包丁を隠し持つために。死体発見の騒ぎに乗じて、ビル・ウイルバー殺害の目撃者、ケネス・ダフィを抹殺するつもりで」

「そんな……そんな」

「そして彼女は実行した。ミズ・コットンを玄関から連れ出すハワードとケイトを先に行かせて隙を衝き、みんなから遅れて中央ホールにいたケネスの首を包丁で刺した」

「だって……そんな……だって」

「たしかに彼はステラが犯人だとは告発しなかったかもしれないが、彼女にしてみればケネスの存在は時限爆弾のようなものだ。生かしておくわけにはいかなかったんだ」

「そんなことは信じられない。そもそも彼女がビル・ウイルバーを殺害したという一件からして、変じゃないですか。理屈に合わない。だってその時、ステラは図書室で課題発表の途中だった。あなたもケネスも同席していた。そうなんでしょ？　なのに、なぜわざわざそんな状況下でステラは、ビル・ウイルバーを殺さなきゃならないんです。あなたとケネスに目撃されることは判りきっている。同じ殺害するにしても、もう少し時と場所を選びそうなものでしょう。それをどうして――」

「それは――」初めて〝寮長《RA》〟は言い淀《よど》んだ。すっかりくたびれてしまったタバコを投げ捨てた。「それはなかなか説明がむつかしい。ただ――」

「ただ？」

「これだけは言える。ステラはあの時、瞬間的に正気を失っていた。それは、自分のファンタジーに付き合ってくれないビル・ウイルバーに我慢ができなくなったからなんだ」

「ファンタジー……？」

「かつて彼女がデニス・ルドローを殺したのも、それが動機だった」

「どういうことなんですか」

「デニスは、あくまでもステラのファンタジーに付き合うことを拒否した結果、殺害された。一方ビルも、実はきみがここへやってくる前からステラのファンタジーには馴染めず、精神的に不安定だったんだが、なんとかケイトのほうにくっつくことで、ことなきを得ていたようだ」

「ケイトのほうへ、くっつく……ことで」

ぼくは奇妙な光景を憶い出した。あれは一昨日だったか、食堂でのこと。昼食に遅れそうになり〝妃殿下《ユアハイネス》〟と一緒に駈け込んだぼくに対して〝けらい《オベイ》〟は妙に場違いなくらい親しげな表情を見せた。わけが判らなかったが、あれはもしかして、本来ステラ派のはずのぼくが〝妃殿下《ユアハイネス》〟派に鞍替《くらが》えした、と彼が勘違いしたからだったのかもしれない。言葉を換えれば、自分の仲間がひとり増えたと思い込んで喜んでいたからだったのかもしれない。そんな考えが浮かんできた。

「もちろん、ケイトだってみんなとファンタジーを共有しているという点では同じだったが、ステラほど自己流を強く押しつけないという点で、もっと気楽だったんだろう。しかしビルはいずれにしろ精神的に限界が来ていたんだな。あるいはステラがデニス・ルドローに何をしたか、薄々見当をつけていたのかもしれない。だからこそルゥ・ベネットが失踪したと知った時、真っ先にステラの関与を疑い、彼女を責め始めた。わたしとケネスがいる前で。興奮したビルはステラにはっきりと訣別を宣言してしまった。もう二度と彼女のファンタジーには付き合わない、とな。ステラの怒りは、それはすさまじかった。だからビルは殺された」

「その場で、ですか」

「その場で、だ。自分の大切なファンタジーを完全に拒否されたステラは、それほどまでに度を失っていたということだよ」

「だったら、目撃者の抹殺も図書室で実行しなかったのは、なぜです」

「ケネスはいち早く逃げ出してしまったからな。当然ステラは後で彼を始末するべく虎視《こし》眈々《たんたん》、チャンスを窺《うかが》っていたんだろう」

「どうして彼女は、ケネスは殺したのに、同じ目撃者であるあなたの口を塞《ふさ》ごうとはしなかったんですか?」

「そんなことをしたら、損をするのは他ならぬステラ本人だぞ」

「……なんですって?」

「ステラは、自分がやったことの後始末をしてくれるのが誰なのか、よく知っているんだ。デニス・ルドローの一件でそれを学習したんだろう。だからこそ一昨日の夜中、厳密に言えば日付はもう昨日になっていたと思うが、寮区画の廊下で遭遇したルゥ・ベネットを殺害してしまった時も、真っ先にわたしのところへ救援を求めにきた」

あ、とぼくは思った。一昨日の夜中——それはステラがぼくの部屋を訪問していた時のことではあるまいか? 〈学校《ファシリテイ》〉生活全般について不満を並べ立てた彼女がぼくの部屋を辞去したのは、たしか十二時近く。そこから自分の部屋へ戻る途中、彼女は廊下でルゥ・ベネットと遭遇したのか?

「夜、廊下を歩いていたステラの気配を察したルゥは自分の部屋から出てきて、彼女をつかまえた。そしてステラのファンタジーには絶対に付き合ってやらないと宣言したらしい。おまえたちの仲間には絶対になってやらない、と。それを聞いた彼女は逆上し、ルゥ・ベネットの首を絞めて殺した。そういう経緯だったようだ」

「その後、ルゥ・ベネットの死体の始末をわざわざあなたに頼みにいった、と言うんですか」

「それがわたしの任務だというのが、ステラの認識なのさ。デニス・ルドローの時もやってくれたんだから今回もお願いね、みたいな。気楽な調子で。それとも――」〝寮長《RA》〟はふと、それまで見たこともないほど子供っぽい仕種《しぐさ》で首を傾《かし》げ、新しいタバコを口に咥えた。「彼女は知っているのかな?」

「何をです」

「わたしの弱みを、さ」

「あなたの弱み?」

「さっきも言ったように、ここはその存在を世間に対して胸を張れるような類いの施設ではない。デボラが何をやっているのかが明るみに出たら、人権団体から批難を受けるのはもちろん、刑事罰に処せられる可能性すらある。デボラがきみたちの家族と取り交わした契約の内容が、この国の法律に抵触しているのはまちがいない。なにしろ一種の人身売買なんだからな」

「人身……売買」

「そうだ。ここは姥捨山《うばすてやま》さ。ただし、肝心のデボラはそうは思っていないがね。あくまでも自分の研究のためにきみたちと、そしてきみたちの家族に協力してもらっている、と。そういう認識なんだ。だから、もしもここで殺人事件が発生した、などと彼女が知ったとしたら――」

「さすがに警察を呼ぶでしょう」

「いいや、疑わしいね。そのかわり、困るだろう。大切な研究の邪魔をされたと悲嘆に暮れるかもしれない。いずれにしろ、デボラがそんなふうに困るところをわたしは見たくない。それがわたしの弱みであり、ステラはそのことを承知している。だから、あんなふうに顎でわたしをこき使えるんだろう。なんだかそんな気がしてきたね」

「ちょっと待ってください。するとシウォード博士は、これまでの殺人事件のことを全然知らないのですか?」

「もちろん、知らない。デニス・ルドローもルゥ・ベネットもここから脱走したんだと、いまでも彼女は信じている」

「あなたはなぜ、そこまでして、シウォード博士のために――」

さすがに野暮なことを言っていると気づいて、ぼくは口をつぐんだ。〝寮長《RA》〟と〝校長《プリン》先生《シパル》〟の関係を、ぼくとステラのそれに置き換えてみれば一目瞭然だからだ。

ふと、ぼくは悟った。〝寮長《RA》〟は愛する女性のために罪を重ねている。しかし、そうせずにはいられない一方で、罪悪感に押しつぶされそうにもなっているにちがいない。だから彼は、自分の犯罪がいつか暴露される方向へ持ってゆくべく、無意識に小細工を施している。つまり、自覚しているかどうかはともかく〝寮長《RA》〟は破滅願望を抱いているのだ。その証拠もある。ルゥ・ベネットの死体を処分した時のことだ。その現場をぼくに目撃されたのは、もちろん偶然だろう。しかし彼があの位置をわざわざ選ばなかったとしたら、その偶然も起こり得なかったのだ。だってそうだろう。単に死体を処分したいだけならば、もっと〈学　校《ファシリティ》〉の建物から離れたポイントへ行けばいい。網フェンスは遥か彼方まで続いているのだから。なのに〝寮長《RA》〟は寮区画に近いあの場所を、わざわざ死体遺棄のために選んだ。それはなぜか。無意識に生徒の誰かがその場面を目撃してくれないものかと期待したからに他ならない。つまり彼は、己れの犯罪の露見をきっかけにして現在の境遇から抜け出したいと切望しているのだ。たとえ身の破滅と引き換えにしてでも。

「しかし……判らない。もしもあなたの言うことがすべて正しいのだとしたら、ケイト・モズリィ・マックグローとハワード・ウイットを殺したのもステラだった、ということになる」

「もちろんそうだ」

「しかし、動機は何です？」

「彼女が殺人を犯す動機は、たったひとつしかないんだよ。それは他者に自分のファンタジーを拒否されたからだ」

「ファンタジー、ファンタジーって、さっきからいったい何のことです。それに、ハワードの場合はどうか知らないけれど、ケイトは単にここから車を出してみんなを脱出させようとしていただけなのに、そんな彼女をどうして……」

　まてよ。ふとある可能性に思い当たったぼくは、背筋が凍る。ステラが〝妃殿下《ユアハイネス》〟に対して殺意を抱いたとすると、考えられる動機がひとつある。それは嫉妬だ。セダンでここを脱出しようという相談がまとまる直前、ぼくと〝妃殿下《ユアハイネス》〟はふたりだけで何度も図書室や〈電話ボックス《テレフォンブース》〉を往き来した。中央ホールを経由して。それを一〇一号室にいたステラが盗み見しようと思えば簡単にできたはずだ——ずっとお互いに手を繋《つな》いで行動していた〝妃殿下《ユアハイネス》〟とぼくの様子を。

「だからこそ、だよ」

「え。だ」単なる自惚《うぬぼ》れであって欲しいと身が焼けそうな思いにかられていたぼくは我に返った。「だからこそ……って？」

「デボラの研究の恩恵を誰よりも享受しているのはステラなのさ。ここは楽園なんだ。少なくともステラ・デルローズにとっては」

「どうも意味がよく判らない」

「ミズ・コットンが撃たれた時のことを、ようく憶い出してみるがいい」

「ミズ・コットンが……？」

「彼女を殺したのは誰だと思う」

「それはハワード・ウイットですよ。彼がピストルを持っていたんだから。ぼくは見たんだ。彼女の額に銃口を当てて、そして引き金をひくところを。この眼で。ぼくだけじゃない。みんな見た」

「それはそうだろう。たしかにミズ・コットンを撃ったのはハワードだ。しかし、彼に引き金をひかせたものは、はたして何だったのか」

「ハワードは自分で引き金をひいたんでしょ。ちがうんですか」

「ミズ・コットンはその時、彼女のファンタジーを破壊しようとしていた。ステラにとって、あの女は楽園の破壊者だった」

ぎくりとした。楽園の破壊者――それをごくあたりまえのように「異教徒」という言葉に置き換えて考えている自分に気がついたのである。しかし、なぜ？　自分で自分が不可解だった。何か異形《いぎょう》のものが我が身にとり憑《つ》いたかのような錯覚に陥り、気味の悪い冷や汗が全身から噴き出る。

「ステラは我慢ならなかったろう。殺せ、その女を殺せ――と。そう念じたはずだ。ハワードはその念波に逆らえなかった」

「あなたの言っていることは支離滅裂だ」

「いいや。極めて合理的さ。なぜなら、ファンタジーを壊される苦痛は、ハワードも共有していたからだ。ステラほど極端ではないにせよ、な。自分の苦痛を和らげるために引き金をひく。それを後押ししてくれたのがステラの、彼女自身のファンタジーに対する妄念だったというわけだ」

「またファンタジーですか。もういい加減、その言葉は聞き飽きた。それはともかく、ステラにとってこの施設がそんなに大切な場所ならば、ガレージごとケイトの乗っていた車を吹き飛ばすなんて乱暴な真似をするとは——」その時ぼくの眼に、あるものが飛び込んできた。「……まさか」

「どうしたんだ、マモル?」

ここは一〇一号室。言うまでもなくステラの部屋だ。その窓からぼくは眼が離せなくなる。窓ガラスは開いている。そして割れている。他の部屋と同様に爆風を受けて——

ぼくは黙ったまま、ゆっくり窓を閉めた。それまで内側になっていたほうの窓ガラスを。そちらは割れていない。少し罅は入っているものの、割れてはいなかった。もう一方、すなわち窓が閉められた状態で外側になっていたほうのガラスの惨状とは極めて対照的に。

「なるほど」説明しなくても〝寮長《RA》〟はぼくが言いたいことを悟ったらしい。窓から首を突き出し、隣りの一〇二号室の窓がどういう状態になっているかを確認して、頷いた。

「なるほどな。つまり、ガレージとガソリンスタンドが爆発した時、ここの窓は最初から開いていた――というわけだ」

　そのとおり。ステラは爆発音に驚いて何事か確認するためにこの窓を開けたのだと、ぼくはこれまでなんとなくそう思い込んでいた。しかしそうではない。最初から開いていたのだ。ガレージにガソリンをまき、そして火をつけた後、急いでこの部屋へ戻ってこられるようにするために。

　ステラは、ぼくが〝妃殿下《ユアハイネス》〟と中央ホール経由で手を繋いで行動しているのに気づき、ずっと監視していたのだろう。ぼくたちがガレージへ行った時も物陰からやりとりを聞いていたにちがいない。セダンに乗り込んだ〝妃殿下《ユアハイネス》〟を残して芝生づたいに寮区画の裏口へ向かうぼくをやり過ごした後、ステラは図書室へ行き、落ちている〝寮長《RA》〟のライターを手に入れる。そしてガソリンをまいたり、自分の部屋の窓を開けておいたりして準備を整えた。導火線のようにぎりぎりのところまで伸ばしてガソリンをまき、火をつける。そして急いで窓から自分の部屋へ飛び込む。そういう段取りだったのだ。

「ただしステラが犯人だという前提がなければ、そのために開けておいた、とは断定できないがな。たまたま新鮮な空気を吸うために――」〝寮長《RA》〟は言葉を切り、鼻をひくつかせた。「おい、何か臭わないか？　これは――焦げ臭いぞ」

「外の臭いが風に乗ってきているんですよ。まだ火種があちこちに残っているから」

「いや、そうじゃない。これは向こうのほうから臭ってくる」

一〇一号室から廊下へ出る〝寮長《RA》〟の後に、ぼくも付いていった。

「たしかに臭う。食堂のほうから臭って——」

〝寮長《RA》〟が中央ホールを抜けようとしたその時、悲鳴が上がった。誰のものなのか判らない。ぼくが上げたのかもしれない。

立て続けに悲鳴と怒号が入り乱れ、揉み合う影が交錯したかと思うや、くぐもった呻《うめ》きを曳《ひ》きずりながら〝寮長《RA》〟の身体が、ぐらりと傾いた。廊下に倒れた拍子に、さっきまで彼が口に咥えていた、火のついていないタバコがぽろりと落ちる。

食堂から調達したのだろう、血まみれの肉切り包丁を彼女は握りしめていた。服も、そして顔面も返り血に染まっている。そんなステラの姿を見た時、ぼくの脳裡《のうり》に去来したのは、とてつもなくばかげた苛立《いらだ》ちだった——おいおい、なんでここに肉切り包丁なんかが出てくるんだ？　そんなもの〈学校《ファシリティ》〉に必要だったのかよ。肉料理なんて、ミズ・コットンは一度も食べさせてくれなかったのに。おかしいじゃないか、と。

# X

食堂のほうからは、いまや大量の煙が噴き出していた。明らかに火事だ。しかし昨日の火災の影響にしては建物のこちら側に火種が残っていたとも思えない。不思議だったけれど、前日〝校長先生《プリンシパル》〟から一時的に〈学校《ファシリティ》〉の管理を任されたミズ・コットンが昼食の準備の途中で死んでしまったせいだとぼくが思い当たるのは、ずっと後になってからである。例によってあのまずいクズ野菜スープを鍋にかけ、ことこと煮ていたのだろう。そこへ問題の紙袋をステラの部屋からスナック菓子とソフトドリンクを盗んだ証拠として押さえようと〝ちゅうりつ《ニュートラル》〟がやってくるわ、〝けらい《オベイ》〟の他殺死体を発見したことを知らせに〝妃殿下《ユアハイネス》〟とステラがやってくるわで、ミズ・コットンはすっかり手がお留守になってしまう。どうせ生徒たちの用件はすぐにかたがつくと高を括《くく》り、鍋の火を止めておかなかったにちがいない。あるいは弱火にする程度の措置はしておいたのかもしれないが、いずれにしろ昨日の昼から厨房の火は点けっぱなしになっていたのだ。それがここへきて鍋の中味がすっかり蒸発し、熱を帯びた箇所から発火したというわけだ。

　ぼくは倒れている〝寮長《RA》〟の脈をとってみた。しかし既に死んでいる。一瞬のうちにステラは、彼を何度もめった刺しにしたらしい。普段わりあい血色がいいはずの〝寮長《RA》〟の顔は白茶け、胸と腹部は赤いだんだら模様になっている。

「……ステラ」おびただしい返り血を浴びた彼女の形相が、もくもくと煙の中に隠れそうになり、ぼくは慌てた。「ここから逃げるんだ」

「あたしは、あたしはねっ」彼女はぼくの腕を振り払い、これまで聞いたことのないような憎々しげな声で叫んだ。「あたしは、あたしよっ」

「判ってるよ。判っているとも」

「あたしはステラ・ナミコ・デルローズ。いま十一歳で、両親と一緒に凱旋門《がいせんもん》の見える、大きなアパルトマンに住んでいる」

「判っている。判っているさ」ぼくは再び、彼女の手を握った。できる限り優しく。「そしてぼくはマモル・ミコガミ。いま十一歳。日本の神戸で両親と一緒に住んでいる。大きくなったらフランスへ、きみを迎えにゆくんだ。ステラ」

　ステラは再び叫ぼうとしたのか大きく口を開けたが、声が出てこない。いたずらに何度も何度も口を動かす。その眼には明らかな狂気と、そして逃げ場を失った哀切が宿っていた。ぼくは慎重に、ゆっくりと彼女の頬に手を添え、ステラの視線を〝寮長《RA》〟の死体から外させた。指に、ぬるりとした血の感触が残る。

おそらくステラは〝寮長《RA》〟とぼくの会話のほとんどを盗み聞きしていたのだろう。秘密を暴露した以上、もはや〝寮長《RA》〟は彼女にとって大切なファンタジーを守ってくれる番人ではなくなってしまった。だからステラはすぐさま厨房へ行き、包丁を握りしめて、やってきた。これまでと同じように。自分のファンタジーを台無しにした者を罰し、処刑するために。

「行こう、ステラ」

ぼくは彼女の手を引っ張った。これだけ熱気が籠もってきているにもかかわらず昨日とちがって、いっこうにスプリンクラーが作動する気配がない。機械系統の故障なのか、それとも水が足りなくなったのか。原因は不明だが、このままでは食堂から出火した炎は、すぐに建物全体に拡がるだろう。声が出ない歯痒《はがゆ》さに身をよじり髪を振り乱しているステラを引きずるようにして、ぼくは玄関から〈学校《ファシリティ》〉の外へと逃げ出した。

「あたしの名前はステラ……」ぼくに促されるまま〈学校《ファシリティ》〉から遠ざかりながら、彼女はようやく声を出した。「ステラ・ナミコ・デルローズ。いま十一歳。両親と一緒に、凱旋門の見える、パリの大きなアパルトマンに住んでいるの」

「そうだよ。ステラ。そしてぼくの名前はマモル・ミコガミ。いま十一歳。日本の神戸で両親と一緒に住んでいる。大きくなったら、きみをお嫁さんにするためにフランスへゆくんだ」

ぼくたちはそんなやりとりをひたすら反復しながら、左右に荒野を従えた一本道を進んだ。やがて炎の舞い上がる〈学校《ファシリティ》〉が、〝寮長《RA》〟のあの金色のライターほどのサイズになった頃、ようやくステラに笑顔が戻った。

「そうよ」しかし彼女の瞳に、もはや正気は戻らなかった。「そうよ。あたしはステラ。十一歳。あなたはマモル。十一歳。あたしたちはおおきくなったら結婚するの。神戸で。いえ、パリで」

「そうだよ、ステラ。もうすぐだ。もうすぐ、ぼくたちは結婚する」

そんなふうに話を合わせながらも、もはやぼくは彼女とファンタジーを共有してはいない。いまにして思えば〈学校《ファシリティ》〉でステラの妄想に完全に同調する者は、ひとりもいなかったのだろう。彼女の物語を拒絶して殺されたデニス・ルドロー、ルゥ・ベネット、そしてビル・〝けらい《オベイ》〟・ウィルバーは別格としても。他のみんなも、ステラのファンタジーに違和感を覚えながらも、それぞれ独自の物語に縋《すが》ることで、なんとか辻褄《つじつま》を合わせ、世界の歪《ゆが》みの調整を試みていた。

〈学校《ファシリティ》〉が秘密探偵養成所であるという物語に頼ったハワード・〝ちゅうりつ《ニュートラル》〟・ウイット。あるいは輪廻転生《りんねてんしょう》による前世人格再現能力の持ち主が集められた研究所であるという物語を紡いだケイト・〝妃殿下《ユアハイネス》〟・マックグロー。いや、ここは現実の世界ではなくデータスーツによって映し出されるヴァーチャル・リアリティの世界だという物語を編み出したケネス・〝詩人《ポエト》〟・ダフィ――要するにそういうことだったのだ。ファンタジーを他者に強要しようとしたのは何もステラだけではない。みんなそうだったのだ。このぼくだって例外ではない。ただ強要の度合いにおいて、ステラの強引さは他の者たちを圧倒してしまった。それだけの話だったのだ。たったそれだけの……

「あたしの名前はステラ・デルローズ、いま十一歳で――」と壊れたテープレコーダーのように繰り返すステラに微笑みかけていたぼくは、ふと道の向こうからやってくるひと影に気がついた。

いつもきれいにまとめている茶色の髪が、いまは乱れきっている。〝校長先生《プリンシパル》〟こと、デボラ・シウォード博士だ。

「――あなたたち？」それまで転ばないのが不思議なくらいよろよろとした足取りだった〝校長先生《プリンシパル》〟は、ぼくとステラの姿を認めた途端、思わず眼を疑うような速さで駈け寄ってきた。しかしすぐにステラの顔と服が血に染まっているのに気がついたのだろう、ぴくんと立ち止まった。「ど、どうしたの。何があったの……あれは」

〝校長先生《プリンシパル》〟の視線を追って振り返った。〈学　校《ファシリティ》〉から盛大に舞い上がる煙。いまや、この距離からでも炎の勢いが判るほどだ。

「まさか……あれは、わたしの施　設《ファシリティ》が？」

「残念ながら、シウォード博士」ぼくは、ゆっくりと彼女に近寄った。「あなたの施　設《ファシリティ》が燃え落ちるのは時間の問題です」

「い、いったい何があったの？　逃げてきたのは、あなたたちだけ？　他のひとは？　ロンは？　エリイは？」

ロンというのは多分〝寮長《RA》〟――いや、パーキンスのことだ。ロン・パーキンス。そういうフルネームだったのか。そう察しをつけても、もはや何の意味もない。

「死にました、みんな」

「ど……」ぼくの言葉にどの程度の信憑性を認めるべきかと値踏みしているみたいな、妙に卑屈な眼つきで絶句する。「どういうこと」

「それはこちらが訊きたい。いったい、これはどういうことだったんです」

「何を言っているの、マモル」

「あなたの研究とやらのことに決まっている。いったい、ぼくたちを利用して何をしようとしていたんです？」

　いかにも、そんな不本意な質問をされても答える義務はない、とでも言いたげな笑みを〝校長先生《プリンシパル》〟――いや、デボラ・シウォードは浮かべた。

「じゃあ、こう訊きましょう。ぼくはいま、ほんとうはいったい何歳なんです？」

*

そう。ぼくはもはやステラの支配するファンタジーの中にはいない。いくら主観的には十一歳のままでも、自分の手や身体を見てみれば判る。どう考えても七十代。へたしたら八十代だ。そしてもちろんステラも……〝詩人《ポエト》〟──いや、ケネスも。〝妃殿下《ユアハイネス》〟──いや、ケイトも。〝けらい《オベイ》〟──いや、ビルも。〝ちゅうりつ《ニュートラル》〟──いやハワードも。みんな十一、二の子供なんかじゃない。老人なのだ。七、八十代の。

「あなたの施設《ファシリティ》がもと病院だったのには、ちゃんと意味があったんですね」黙っているデボラ・シウォードにかまわず、ぼくは喋《しゃべ》り続けた。「個室にはそれぞれ介護用に、通常よりも広いスペースのバスルームが備えつけられている。ぼくは以前、それは車椅子での生活を余儀なくされているケネス・ダフィにとってさいわいだったと思ったことがあったけれど、実は彼だけの問題ではなかった。いつぼくたちも同じように足腰が立たなくなるか、判らなかったからなんだ」

ビル・ウイルバーの死体を見つけた時、ぼくは一〇一号室の窓から飛び出そうとした。しかし主観的には楽々とこなせそうなそんな行動も、実際には身体が追いつかない。ぼくが思いなおしたのはケイトに止められたからというより、ぼく自身、無意識にその危険性を悟っていたからなのだ。

「いま思えば、ミズ・コットンのあの食事にもちゃんと意味があった」

デボラ・シウォードは徐々に警戒し、威嚇《いかく》するような眼つきになってきた。

「歯が弱く、そして高血圧が心配な高齢者であるぼくたちに摂らせるには、ああいう味気ない内容の献立にするしかなかった」

そう。いつだったかパーキンスが、老人の食事にむりやり付き合わされるのは閉口するとデボラにクレームをつけていたと、ケネスから聞いた。ケネスもぼくも、その老人とはミズ・コットンのことだと勘違いしていたが、ほんとうはぼくたち自身を指しているのだ。

「そして、デボラ、あなたはマスターキーを使って時々ぼくたちの部屋へ忍び込み、買い置きのスナック菓子やソフトドリンクを盗んでいた」

「どうして」黙って無視し続けるわけにもいかないと観念してか、デボラは溜め息をついた。「どうして、そんなことまで?」

「気がついたのはハワードですよ」例の値段シールの裏のサインの一件を説明する。「あなたがそうしていたのも、もちろん意味があってのことだった。主観的に食べ盛りのぼくたちは、お小遣いをもらえば欲求に任せてスナック菓子やソフトドリンクを買う。普段の食事への不満も手伝って、ね。しかし実際には、ぼくたちはそんなものを買っても食べられないんだ。全然食べられないことはないだろうけれど、少なくとも子供の時のように身体は受け付けてくれない。食べるスピードは買うスピードに、とうてい追いつかない。従って、放っておいたらスナック菓子やソフトドリンクは不自然なくらい大量に余ってしまうことになる。さすがにぼくたち自身、そのことを不審に思い始めるかもしれない。それがきっかけになって、施設《ファシリティ》を覆うファンタジーが崩れるかもしれない。あなたはそうならないように用心をしたんですね、デボラ。昨日ミズ・コットンに、いつものように処分しておけと指示していた紙袋にも、ステラの部屋から盗んだキャンディバーやスプライトが入っていたんだ」

ミズ・コットンのあの「みんな《ボーイズ・アンド・ガールズ》」という巻き舌の呼びかけにひそかに込められた皮肉の意味が、いまこそ判る。判り過ぎるほどに。ミズ・コットンはぼくにとって祖母くらいの年齢だとばかり思い込んでいたけれど、とんでもない。へたしたらぼくのほうが彼女よりも歳上だったのだ。

「そこまで気づいてしまった、なんて……」デボラは歯茎を剝《む》き出し、宙を何度も殴りつけるという、あまり品性の窺《うかが》えない態度で口惜しがった。「なんてことよ。いったいなんてことなの。わたしの研究が……せっかくいいところまで行っていたのに、これでわたしの努力もすべて――」

「いったい何の研究をしていたんです。個人的には非常に興味をそそられますが」

「そうね、簡単に説明すれば――」多少は彼女をおだててやるつもりもないわけではなかったものの、やはり矜持《きょうじ》を刺戟《しげき》されたのだろうか、こちらが呆《あき》れるほどデボラは急に雄弁になった。「例えば、ここに石があるとするわね。それは黒い色をしている。それが客観的事実だと思ってちょうだい。当然あなた以外のひとたちも、そう認識するはずよね。ところがコミュニティを構成するほとんどの人間がそれを白だと言ってしまったら、どうなるか？　その石は黒いにもかかわらず白くなってしまう。石そのものが変色するという意味じゃないのよ。この石は白いのだという認識が、その社会にとっての客観的事実になってしまうの。判るかしら、マモル？　このように、主観的な錯覚はマジョリティの総意にとってかわることで、その社会における客観的事実に変換されてしまう。その錯誤のシステムを解明するのが、わたしの研究の目的だった」

ぼくは以前——いや、いまとなっては大昔と言わなければなるまい——母が言っていた言葉を憶《おも》い出す。物理学的な見地に立てば、神なんてものはこの世に存在しない。それが客観的事実だ。しかし百人のうち九十九人が「存在する」と言ってしまえば、そちらがその社会にとっての真実になってしまうのだ、と。いくら残りのひとりが「存在しない」と科学的に正しい主張をしようが、九十九人のほうがそれを事実として受け入れない限り、戯言《ざれごと》だと認識される。正しいはずの人間のほうが狂っていることにされてしまうのだ。

「もうだいたい察しているようだけど、マモル、あなたたち六人のほんとうの年齢は七十、もしくは八十代なのよ。でもみんな、十歳から十二歳までのあいだで記憶が止まっている。

ある種の健忘症が原因で、人生におけるそれ以降の記憶を完全に失っている状態なの」

なぜぼくたちは施設《ファシリティ》へ連れてこられる直前の、家族からいわゆる中継点へと移行する際の記憶がないのか。これで説明がつく。ぼくの場合、日本を出国する記憶がないのは当然なのだ。ぼくはもともとこの国で余生を過ごしていたと考えられるからである。大人になって移住してきたのか、あるいはこちらに住む自分の子供や孫を頼って異国へ渡ってきたのか、どちらかだろう。ぼくの身柄をデボラに渡した中継点の身元不明の中年男女とは、ぼくの子供、もしくは孫たちだったはずだ。

ビル・ウイルバーがあずけられた中継点は、年配の婦人の独り暮らしだったという。最初からいやに馴れなれしげな態度で、彼は気味が悪かったと言っていたという話だが、おそらくその婦人はビル自身の娘なのだ。父親に接するのだから、馴れなれしいのは当然である。

「これまでの半生の記憶がぷっつりと途絶えているあなたたちは、七、八十代の老人としての人格を自分の中で構成できない。主観的には少年少女のままなのよ。客観的には立派なお爺ちゃん、お婆ちゃんたちなのに、ね」何が可笑《おか》しいのかデボラは、くっくっくと声を抑えて笑う。「もちろん、それはあくまでも主観的に、よ。いえ、主観すら怪しいかもしれない。だって早い話、あなただって鏡を見たら変に思うわけでしょ、マモル？　自分は十一歳の少年のはずなのに、鏡に映っているこのお爺さんはいったい誰なんだ、とね」

そうだ。朝、顔を洗った後、鏡を覗《のぞ》き込んだ時、ふと覚える違和感。あれは——あれは無意識が、ほんとうのぼくの顔を認識していたからなのだ。ほんとうのぼくを。七十過ぎの老人の顔を。

「でもね、そう戸惑っているマモルに対して、周囲の者たちが全員、あなたは十一歳だ、十一歳の少年なんだと言い張ったとしたら、どうかしら？　冗談のつもりなんかかけらもなく、真剣にね。心からそれが事実だと信じて言うのよ、マモル、あなたは十一歳の少年なんだ、と。たとえあなた自身が、それはちがうと反論しても、コミュニティはそれを認めてくれない。そう。みんながみんな、黒いはずの石を白いと言う。その時、黒い石は白くなる。客観的事実として、ね。判る？　あなたは老人ではなく、少年なの。それが事実となるのよ。やがてその社会的了解は、あなた自身の認識能力をも支配するようになる。五感はすべて歪んだ情報しか、あなたの自我に送り込まなくなる。嗅覚も、味覚も、触覚も、聴覚も、そして視覚も。すべて」

「視覚も……」

そうだ。いまのぼくにステラ・デルローズは老婆に見える。しかしこれまで、ぼくは彼女のことを十一歳の少女だと信じきっていたのだ。ちゃんと眼が見えていたにもかかわらず。視覚が歪んだ情報をぼくの脳に与えていたからだ。ステラだけではない。ケイトのことも、ケネスのことも、ハワードのことも、ビルのことも。

「たとえ情報が歪んでいても、みんながそれを受け入れてしまえば、それは社会的事実となる。いわゆる共同錯誤という現象よ。でもね、理屈としてはそのとおりでも、現実問題としてそれほどの錯誤が社会的規模で成立するものなのか？　視覚、聴覚すべての五感を支配し、認識能力をも歪める共同錯誤現象がはたして起こり得るのか？　それがわたしの研究テーマだった」

デボラは、まるでどこかの講堂でスピーチをしているかのような大袈裟《おおげさ》なアクション付きで弁舌を揮《ふる》った。ぼくやステラの姿はもう眼に入っていないらしい。どっぷり自分の世界に浸っている。

「理論を証明するためには実験をすればいい。閉ざされた環境の中で、人生の記憶が少年少女のままストップしている老人たちを集め、黒いモノを白だと言い聞かせることによって、共同錯誤現象は起こるとわたしは主張した。老人ばかりを集めた施設《ファシリティ》をつくり、そしてそこを主観的な認識の歪みによる少年少女のコミュニティに変貌させてみせる、とね。しかし、学会に一笑に付されてしまった」得々と演説していたデボラは急に般若《はんにゃ》みたいな形相になり、吐き捨てた。「誰ひとり、まともに取り合ってはくれなかったのよ。その根拠が聞いて呆れる。いくら記憶障害によって自分自身は少年や少女だと思い込んでいる者であっても、他者のことは見たまま認識する。すなわち、あとのメンバーは老人として接するしかないから、そんな特異なコミュニティが成立するはずはない——と」

そう。そうなのだ。ここへ連れてこられたばかりの時。ぼくの眼に他のみんなは、まるで異形《いぎょう》の化け物のように映った。あれもいま思えば、まだ施設《ファシリティ》の特殊な環境に染まっていない意識で彼らを見たからだったのだ。みんなありのまま、すなわち実年齢のまま見えたのだ。ステラも含めて。

「くだらない。ほんとうに、くだらないにもほどがある。なんて陳腐な言い種なのよ。それでも学者かって言いたくなるわ。人間の認識能力がいかに歪み得るのかがこの研究の肝なのに、そもそもそんなことは起こり得ないなんて言うんだから。話の始まりようがない。はっ。どいつもこいつもばか丸出し。そんなやつらを相手にしちゃいられない。だからわたしは自分の手で実験することにした。そのために施設《ファシリティ》を用意した。そしてそれはうまくいっていたわ。ね、そうでしょ？」

ぼくは頷《うなず》いた。頷くしかなかった。

「そうでしょ。そうでしょうとも。それはあなたが一番よく実感しているはずよね。ご覧なさい。わたしは正しかった。正しかったのよ。それを証明するためにどれだけの資金がかかったか。両親の遺産をすべて注ぎ込んだ。莫大な額だったわ。ほんとうに、マモル、あなたが知ったら卒倒するでしょうね、きっと」デボラはパーキンスと同じことを言った。まったく同じ註釈まで付け加えて。「――といっても昔のUSドルしか施設《ファシリティ》内で使ったことのないあなたには、現在の貨幣価値がどれくらいのものなのか全然ピンとこないでしょうけど」

「ロン・パーキンスは、一番の金喰い虫はテレビと車だったと言っていた」

「そんなことをあなたに喋ったの、あのひと？　でも、そうよ。ちょっと考えてみれば判るでしょ。ここの環境に不審を覚えられないように、あなたたちが知っている形の家電製品や自動車などを施設《ファシリティ》には揃えておかなければならなかった。中でも頭痛の種だったのが、六十年も前のデザインのテレビと車を用意することよ。ほんとうに大変だったわ。本物の在庫なんか滅多にないし、たとえあっても眼玉が飛び出るほど高価とくる。レプリカだって、おいそれと簡単にはつくれない。苦労したなんてものじゃないわよ」

六十年前のデザイン……そのひとことに、ぼくは発熱したかのように頭が、ぼうっとなった。それほどの長い歳月分、ぼくは記憶を失っているのだ。いや、人生そのものを、失ってしまっている。もう取り返しはつかない。その喪失感。どう受けとめたものか判らない。気が遠くなるばかりだ。

道理で、と納得したこともある。一二〇号室、通称〈電話ボックス《テレフォンブース》〉の設備だ。並んでいるのが何の機械なのか、ぼくたちにはさっぱり見当がつかなかった。電話機すらまともに使えなかった。あれはすべて現在から――少なくともこちらの主観では――六十年後の未来世界のテクノロジーだからだ。パーキンスのピストルにしても、詳しくないぼくが見慣れない形状なのは当然としても、拳銃の扱いに通じていたはずのハワードでさえ、見たことのないデザインだと言っていた。それも当然で、自分の時代のものではなかったからなのだ。

ケイト・モズリィ・マックグローが言っていたことを憶い出す。たまに彼女は夢に見たという。アメリカでは絶対にお目にかかれないような外観の宮殿に住んでいる自分の姿を。そして、これまた見たこともないようなデザインの服を着た可愛らしい男の子と女の子たちにかしずかれて、優雅に暮らしている自分の姿を。ケイトはそれを前世のお姫さまとしての記憶が再現されたものだと信じていたけれど、そうではない。他ならぬ彼女自身の現世の記憶なのだ。ケイトも七十を過ぎ、大きな家でたくさんの孫たちに囲まれて幸せに暮らしていたかつての自分の姿を、そうとは意識せずに、夢の中で反芻《はんすう》していたにちがいない。

ぼくたちがテレビ番組も観られず、新聞も雑誌も読めないようになっていたのも、これまた当然の措置だ。ニュースや報道などに接すれば、いまが自分たちにとっての現代ではないことは一発でばれてしまう。いや、そもそも新聞や雑誌なんてメディアはいまの時代、もはや存続していないという可能性すらある。

「あとは、コミュニティを構成するための人員を何人まで増やせられるかがポイントだった。たとえ小さいグループ内ではうまくいっても、構成員が増えただけで破綻してしまうような共同錯誤現象では成果として完璧とは言えない。とりあえずは十人を目標にしていたんだけれど。それが……」夢から醒めたかのように、デボラの声はしぼんだ。「それが、こんなことになるなんて。いったい火事の原因は何だったの?」本人は意気消沈しているのだろうが、一連の連続殺人事件のことなど知る由もないその口ぶりは、こちらからすると呑気《のんき》に聞こえる。「エリイが火の元の点検を怠るはずはないし。まさかロンがタバコの不始末を?」

コミュニティを構成する人数が増えれば増えるほど共同錯誤現象の成立は困難になる。それはそうだろう。ほんとうは黒いものを白いと言い張り続けるわけだから、いつどんな些細な齟齬《そご》をきっかけにして破綻してしまっても、ちっともおかしくない。特に、自分たちのファンタジーにまだ馴染《なじ》んでくれていない新入生を迎える時が、なんといっても最大の危機だ。なぜなら、ルゥ・ベネットがそうであったように、施設《ファシリティ》にいるのが少年少女などではなく老人と老婆であることは、新入生の眼には一目瞭然なのだから。そしてそれこそがケネス・ダフィの言っていた「試練」に他ならない。

もちろん同じ新入生でも、そのタイプはさまざまだ。順応性に富んだ性格、すなわちぼくのような者は、在校生たちが少年少女であるという嘘を受け入れるのと引き換えに、自分も十一歳の少年であるというファンタジーをみんなに共有してもらう。そうやって徐々に共同錯誤の環に加わる。この妄想の移植作業が成功するか否かは、まさに綱渡りだ。だからこそルゥ・ベネットに最初に紹介された時、ぼくたちの身体には拒否反応が起こった。

新入生たるべき少年がそこにいなかったからである。そこにはただ、ひとりの老人が佇んでいただけだからである。その老人の姿とは、ぼくたちみんなにとって自分のファンタジーを根底から揺るがしかねない、ある種の「鏡」であったのだ。ぼくは自我の安定のためにその鏡から眼を逸らし「そこには誰もいない」という欺瞞に走った。デボラ・シウォードがその鏡のことを「十一歳の少年」とお墨付きを与えてくれるまでは。

ぼくたちはこうした妄想をお互いに補強し合うことで偽の少年少女〈学校《ファシリティ》〉をつくり上げてきたわけだが、その共同作業に馴染めず、こちらの欺瞞をむりやり暴こうとした者たちも当然いた。それがデニス・ルドローであり、そしてルゥ・ベネットだったのだ。ビル・ウイルバーも最後にはそうなった。だから彼らは排除されてしまったのだ。ここが永遠の少年少女の国であるという共同錯誤、そのファンタジーに他の誰よりもこだわったステラ・デルローズに殺されるという形で。

……そうか。

そうだったのか。ぼくはいま、すべてを悟ったような気がした。

これは一種の『宗教戦争』だったのだ——と。

（異教徒め）

（異教徒どもめ）

（ちがう）

（ぼくたちは）（わたしたちは）

（異教徒じゃない）

（異教徒なんかじゃないぞ）

（そっちこそ）

（そっちこそが異教徒）

ハワード・ウイットがミズ・コットンを射殺する直前、ぼくたち全員が経験したあの異様な雰囲気。あれはぼくたちとミズ・コットンとのあいだで繰り広げられた宗教戦争だったのだ。当然のことながらミズ・コットンは、ぼくたちがほんとうは少年少女ではなく、自分よりも遥かに歳老いた者たちであることを知っている。デボラ・シウォードの指示ならばともかく、ぼくたち自ら彼女に押しつけようとするファンタジーに、ミズ・コットンは我慢できなかったにちがいない。言ってみれば、ぼくたちとミズ・コットンはそれぞれ別の神に帰依していたのであり、そこには信仰上の行き違いがあったのだ。

　引き金をひいたのはハワードだったが、そうさせたのはステラだ——パーキンスはそう言った。しかしそれはちがう。あれは異教徒対異教徒の闘いだった。人類が長い歴史の中で繰り返してきたように、お互いの信仰の優劣を巡って殺し合いをしたのだ。ぼくもミズ・コットンにとって異教徒のひとりであった以上、その責任は免れない。たしかにステラはハワードに引き金を引かせたかもしれないが、その作業に加わったのは彼女だけではない。そこにはケイトもいたし、そしてこのぼくもいたのだ、ハワードも含めて、ぼくたちみんなで殺したのだ、ミズ・コットンを。

「それにいくら急な火災とはいえ、どうして他のひとたちは逃げられなかったの？　だいたいスプリンクラーは」

「デボラ」延々と続きそうな彼女の繰り言を、ぼくは無遠慮に遮った。「ひとつ訊きたい」

「え？」

「ぼくらが受けていた授業《レッスン》と実習《ワークショップ》にはどういう意味があったんだろう。授業《レッスン》のほうは普通の学校のそれに準じていたようだから、まだ判るが。午後の実習《ワークショップ》というのは——」

「あれはロンの発案よ。あたしは彼に、なんでもいいから、あなたたちがボケないように適当なレクリエーションをあてがっておけと命じた。単にそれだけの話よ」

なるほど。だから彼の出す課題の設定には、いつも惚け老人が登場していたのか？　あれはパーキンスの婉曲な皮肉だったのかもしれない。どんな事件やシチュエーションを設定しようとも、惚け老人が無為にやったことでした、という解釈が必ず選択肢として成立するために？　狂った老人であるぼくたちへの、それはパーキンスのささやかな悪意だったのだろうか。

「あなたは、ぼくたちの中に永遠の少年少女という共同錯誤をつくった」

「そうよ。うまくいったのよ。理論通りに」

「しかし同時に、怪物もつくってしまった」

「怪物？」

「ケネス・ダフィが言ってたよ。施設《ファシリティ》には何か邪悪なモノが棲《す》みついている、と」

「な……何の話なの、それは？」

「いまにして思えば、彼は表面上はステラのファンタジーに付き合いながらも、無意識にその欺瞞を見破っていたんだな」

デボラは、ぼくに抱き寄せられてぼんやりしているステラをまじまじと見つめた。

「あくまでも彼女のファンタジーを拒絶し、おまえは少女じゃなくて老婆だと喝破したデニス・ルドローを、ステラが殺してしまったことにも、薄々気がついていたのかもしれない」

「な……」とてつもない悪臭でも嗅いだかのようにデボラは鼻と眉間のあいだの部分に醜い皺《しわ》を何重にも刻む。「なんですって？」

「だからケネスは、ぼくに警告した」じりじりとこちらの首でも絞めかねない形相で近寄ってくるデボラを無視して、ぼくは続けた。「そいつは変化を好まないんだ、と。ここは永遠の少年少女の楽園であるというファンタジーを絶対に壊してはいけない。うっかり事実を直視したが最後、ぼくたちはみんなそいつに滅ぼされてしまうんだ、とね」

うおっと獣のような怒号がデボラの口から洩れたその瞬間。

ぱんっ、と風船が破裂したような音が響いた。

*

それが銃声だと悟るよりも早く、デボラ・シウォードの身体は地面に崩れ落ちていた。

ステラだ。彼女はいつの間にか、ぼくのズボンの尻ポケットに突っ込んでおいたはずのピストルを握りしめている。額から血をしたたらせて絶命したデボラを、無表情に見下ろしている。

「ステラ――」

彼女は――いや……

そいつは、ぼくを見た。

これっぽちの迷いも彼女にはなかった。そのままピストルの銃口をぼくの眉間に突きつけるや、引き金をひく。

カシャッ――

乾いた金属音が響いた。

弾丸は発射されない。

ステラは無表情のまま、ぼくではなく、どこか遠いところを見据えながら、何度も何度も、引き金をひき続けた。

カシャッ、カシャッ、カシャッ、カシャッ――

カシャッ、カシャッ――

カシャッ――

そのまま永遠に続くかとも思われた。

しかし、やはり弾丸は発射されない。故障したのか、それとも最初から二発しか装塡《そうてん》されていなかったのか。

ステラは虚ろな眼つきのまま、いきなりピストルを投げつけてきた。真正面にいたぼくが避けきれるはずもなく、銃身をもろに顔面で受けとめる。

一瞬、視界が暗転し、はっと気がついたら地面に膝をついていた。

鼻血を流して呻《うめ》いているぼくの横をすり抜け、ステラは一本道を歩き始めている。どこへ続くとも知れぬ地平線に向かって。

眼から飛び出た火花がおさまるのを持つ余裕もなく、ぼくは急いで彼女の後を追う。

「ステラ」

彼女は振り返ろうとしない。

「ステラ、ぼくの名前は？」

こちらの声が聞こえているのかどうかも、はっきりしない。

「ぼくの名前はマモル。十一歳。日本の神戸に住んでいる」

ひと声発するたびに、顔じゅうがじんじん痺《しび》れ、痛んだ。鼻骨が折れているのかもしれない。鼻血もどくどくと止まる気配がない。

「そしてきみの名前はステラ。ステラ・ナミコ・デルローズ。いま十一歳で、両親と一緒に凱旋門の見えるパリのアパルトマンに住んでいる」

彼女は振り返らない。ただ歩く。ふらふら足をよろめかせながらも、背筋を伸ばして。

彼女を追いかけながら、ぼくは悟った。どんなに頑張ってみても、もう彼女は十一歳には戻らないのだな、と。それはぼくも同じだ。

しかしステラもぼくも、もはや実年齢の自分たちを受け入れられないところへ来てしまっている。ここはぼくたちの知らない六十年後の未来世界。そして主観的には一度も会ったことのない自分自身の子供もしくは孫に、こうして見捨てられてしまった身なのだ。その現実にいったいどう立ち向かったらいいというのだろう。

ぼくは十一歳なんだ。何がなんでも、そう思い込もうとした。

そしてステラも。

彼女が十一歳なら——

ぼくも十一歳になれる。

そうだとも。

「ステラ、きみの名前はステラ・ナミコ・デルローズ。いま十一歳で、両親と一緒に凱旋門の見えるパリのアパルトマンに住んでいる」

いくら語りかけても、彼女は後ろを振り返ろうとはしない。

ただ前へ、前へ。

機械的に歩く。

「ステラ」

ぼくは自分の掌《てのひら》を見た。

皺、皺、皺、そして皺だらけの皮膚。

「ステラ、愛している」

声を上げるたびに鼻血が口へしたたり落ち、息が金気《かなけ》臭い。

その臭気が、破滅の予感を煽った。

「ステラ、愛しているんだ、きみのことを」

ぼくの脳裡《のうり》には、かつて――昔むかし、もはや憶い出せないくらいの、そして取り返しようのない大昔、どんなにひどい暴力を受けても父を見捨てようとはしなかった母の姿が渦巻いている。

＊作者付記＊

冒頭のエピグラフはそれぞれ、
『聖書』（口語訳／日本聖書協会）
『エリオット』（深瀬基寛・著／筑摩書房）
より引用させていただきました。明記して御礼申し上げます。

# 解説

大矢博子（書評家）

　本書は二〇〇三年に文藝春秋の叢書〈本格ミステリ・マスターズ〉の一冊として出された『神のロジック　人間《ひと》のマジック』を改題・再文庫化したものである。

　トリッキーな仕掛けと驚愕の真相で、当時の本格ミステリファンの度肝を抜いてから十八年。今回再読して驚いた。十八年前の作品なのに、まさに二〇二一年の今に向けて書いたかと思われるような仕掛けとテーマが込められていたのだ。

　舞台は、明確には説明されないが、どうやらアメリカ南部と思われる人里離れた荒野。そこに建つ謎の〈学校《ファシリティ》〉に暮らすマモルこと御子神衛《みこがみまもる》の視点で物語は進む。

　全寮制のその〈学校《ファシリティ》〉には、マモルの他に、〝詩人《ポエト》〟、〝ちゅうりつ《ニュートラル》〟、〝けらい《オベイ》〟、〝妃《ユア》殿下《ハイネス》〃、そしてマモルと仲のいいステラの、合わせて六人の生徒がいる。指導するのは〃校長先生《プリンシパル》〃と〃寮長《RA》〃。食堂を切り盛りするのはミズ・コットンだ。

家族から引き離され、さまざまな厳しい制約が課されたその〈学校《ファシリティ》〉で、生徒たちは授業《レッスン》と実習《ワークショップ》に励む。授業《レッスン》は普通の勉強だが、実習《ワークショップ》はちょっと風変わりだ。ディスカッションでさまざまなシチュエーションの犯人当てゲームに挑戦するのである。

これだけでも充分謎めいた状況なのに、もうひとつ不思議なことがある。ここに集められた生徒たちは誰一人、自分がここへやってきた頃の記憶がないというのだ。かつては親と暮らしていたのに、気づけばここに来ていた——ここに連れてきた大人がいたような気がするが誰なのかわからない——え、何それ。

さらにこの〈学校《ファシリティ》〉には、新入生が入る度に〃邪悪なモノ〃が目を覚ますという奇妙な噂があった。そして実際に新入生が〈学校《ファシリティ》〉にやって来た日、マモルはとても気味の悪い体験をする。のみならず、生徒たちが次々と殺されて……。

いやはや、全方位にミステリアスではないか。

気になるところは多々あるが、というか気になるところしかないが、中でもこの現実離れした〈学校《ファシリティ》〉において妙にそこだけゲーム的な実習《ワークショップ》に注目願いたい。父親のビデオコレクションのラベルが剝《は》がされ、床にぶちまけられていた理由は何で、家族の誰が犯人か——などという設問に生徒たちは頭を絞り、話し合い、それぞれ論理的と思われる解釈を出し合い、摺り合わせ、結論を出す。

　これは西澤保彦が〈タックシリーズ〉でよく使うディスカッション推理だ。著者のお家芸と言っていいだろう。与えられた情報のみで蓋然性《がいぜんせい》の高い解釈を捻《ひね》り出すこのシステムは、知的ゲームとしてのミステリの面白さに満ちている。が、ここでのポイントはその先にある。この実習で鍛えられた彼らは、別の謎についてもそれぞれが独自の解釈を開陳する。別の謎——この〈学校《ファシリティ》〉は何なのか、という最も大きい、最も基本的な謎だ。

　何の意図でこんな実習をさせられているのか。もしかしたらこの〈学校《ファシリティ》〉は××で、自分たちは××のために集められたのではないか。そんな〈推理〉を、複数の生徒が披露する。

　解釈のバリエーションを味わう、という点ではとても楽しい。論理的ではあるが子どもらしい飛躍した発想には思わず頬《ほお》が緩む。しかしそれは同時に、自分たちがなぜここにいるのかわからないという根源的な恐怖に、何か説明をつけようとする悲しい足掻《あが》きにも見える。こんな特殊な場所に集められた自分は、何か特別な選ばれた人間なのかもしれない。そうだったらいいな。そんな〈推理〉に縋《すが》ることで、彼らは不安な現実から目を逸らし、自分たちだけで作り上げた幸せなファンタジー、共同幻想の中にいられるのだ。

　たとえそれが外から見たら、とても不確かで不穏なものであったとしても。

幸せなファンタジー。共同幻想。これが本書を読み解く鍵になる。

マモルが両親と暮らしていた頃、母親と交わした会話に注目願いたい。クリスチャンである母親が、神さまなんて非科学的というマモルに向かって、科学的な事実と信じることは別物だという話をする。その例として、マモルはポストが赤だと思っているが、マモル以外の全員が青だと言ったら、マモルの方が間違っていることになる──と説明するのだ。

「わたしたち人間はね、自分が信じるものしか事実とは認めないの。たとえそれが嘘でも、ね」

マモルは納得できない。宗教なんてものがあるせいで戦争が起きているじゃないか、自分たちの神と信じる神が違うというだけで殺し合っているじゃないか、と。

著者が本書を執筆していた頃、当時のブッシュ米大統領はイラクを「悪の枢軸」と呼び、侵攻を開始した。二〇〇一年の9・11同時多発テロを受けてのこの第二次湾岸戦争は、キリスト教国とイスラム教国の宗教戦争でもあった。そんな時代だったからこそ、著者は〈学校《ファシリティ》〉の生徒たちに「自分の信じるものだけが正しい」という「共同幻想」の危うさを仮託したのだろう。

だが、それが二〇二一年の今、圧倒的なリアリティをもって、ともすれば湾岸戦争以上に身につまされる問題として、読者の前に立ち塞がる。

ここ数年で加速した分断。格差。激しい差別。ネットの普及で対立が顕在化し、同じ幻想を持つものだけで固まることが容易になった。自分の信じたい情報だけを選択し、そこに耽溺することが可能になった。ＳＮＳがそれを助長した。陰謀論が世界を席巻し、自分の考えと違うものは嘘だ悪だ、騙されていると切り捨てるようになった。都合のいいように情報を捻《ね》じ曲げ、捻じ曲げているという自覚もないままに、信じたいものだけを信じるという共同幻想。その実例がすぐそばにある。

二〇二一年の今に向けて書いたかと思われるようなテーマ、というのはこのことだ。

ミステリの真相を明かすわけにはいかないのでやや曖昧《あいまい》な表現になるが、本書には共同幻想が崩れる様子が描かれている。それは前述した「この〈学校《ファシリティ》〉はこういうところで、僕たちは特別な存在で」というレベルの幻想だけではない。彼ら自身のアイデンティティが揺さぶられるような、大掛かりな崩壊が待っている――とだけ書いておこう。そのくだりの衝撃たるや！　それにより、謎めいていた〈学校《ファシリティ》〉の真の姿が露《あら》わになるのだ。なぜ生徒たちには記憶がないのか。新入生がやってくるときに目覚める〝邪悪なモノ〟とは何なのか。連続殺人の犯人とその動機は。すべてがつながり、思いもかけなかった絵が浮かび上がる様は圧巻である。

真相がわかってからもう一度最初に戻って読み返すと、序盤から実に細やかに伏線が張られていたことに驚くだろう。はじめは何の気なしに流したところが、まったく別の意味を持っていたことに気づいて呆然とするに違いない。

本書に仕掛けられたトリックは実に大掛かりなもので、大掛かりであるがゆえにそこのみに注目が集まりがちなのだが、本書の核は共同幻想そのもののあやうさと、それが崩れることが何をもたらすかの描写にある。共同幻想がはびこり、自分にとって居心地のいいファンタジーに固執する様を目の当たりにすることが増えた現代だからこそ、その描写に戦慄する。大掛かりなトリックはそのテーマを支えるためのものだ。決して読者を騙して驚かせるためだけのトリックではないのである。

幻想が崩れたあとのマモルと、彼の悲痛な叫びは、いつまでも読者の胸に残るはずだ。

私は冒頭で「二〇二一年の今に向けて書いたかと思われるような仕掛けとテーマ」と述べた。テーマは前述した通りだが、仕掛けの方にも触れておこう。

本書は先に述べたディスカッション推理の他に、閉鎖状況（クローズドサークル）での連続殺人というミステリファン大好物の要素も用意されている。そしてもうひとつ――これまたネタバレにならないよう表現するのが難しいのだが、本書は一種の「特殊設定ミステリ」である、というところまでは言ってもいいだろう。

特殊設定ミステリとは、SFやホラーなどの設定を使って、現実とは異なる特殊なルールのある世界が舞台となり、そのルールに則《のっと》った形で事件や推理が展開する作品のこと。二〇一〇年代後半から現在に至るまで、ミステリ界では特殊設定ものが大盛況だ。佳作が続々と発表され、二〇二〇年に至ってはミステリランキングの上位にも多く食い込んだほどである。

だが、そもそも西澤保彦はSFミステリで登場した作家である。これまでもタイムリープものや人格転移ものなど、さまざまな特殊設定ミステリで人気を博してきた、これまたお家芸なのだ。

だが本書の特殊設定は、それらSFミステリとは一線を画する。こういう形での特殊設定の使い方があるということ、特殊設定がテーマに密接につながっていること、そしてそれを十八年前にやっていたということに、存分に驚いていただきたい。

ジャンルの面でもテーマの面でも、二〇二一年に再度お届けするにふさわしい作品である。初めての方はもちろん、単行本や文春文庫で読まれた方も、ぜひもう一度手にとってほしい。そのときとは違った感覚で、物語を味わえるはずだ。

コスミック文庫

**神《かみ》のロジック**
**次《つぎ》は誰《だれ》の番《ばん》ですか？**

2021年6月25日　初版発行
2024年8月16日　8刷発行

【著 者】
西澤保彦《にしざわやすひこ》

【発行者】
佐藤広野

【発 行】
株式会社コスミック出版
〒154-0002 東京都世田谷区下馬 6-15-4
代表　TEL.03（5432）7081
営業　TEL.03（5432）7084
　　　FAX.03（5432）7088
編集　TEL.03（5432）7086
　　　FAX.03（5432）7090

【ホームページ】
https://www.cosmicpub.com/

【振替口座】
00110 - 8 - 611382

【印刷／製本】
中央精版印刷株式会社

乱丁・落丁本は、小社へ直接お送り下さい。郵送料小社負担にて
お取り替え致します。定価はカバーに表示してあります。


ISBN978-4-7747-6299-9 C0193